NAMI

un voyage à soi

Symbole du mouvement perpétuel de la vie, *Nami* signifie vague en japonais. C'est aussi la maison d'édition qui donne vie à une littérature de l'intime. Une littérature qui nous parle de nos joies, de nos peines, de nos défis et de nos choix.

À travers des romans français, francophones ou étrangers, nous vous invitons à célébrer à nos côtés l'inimitable pouvoir de la littérature et à découvrir des plumes uniques, de nouveaux horizons et des personnages en quête d'eux-mêmes.

Titre original : *The Wishing Game*
Copyright © Meg Shaffer, 2023
Première publication en langue anglaise par Ballantine Books, New York.

Traduit de l'anglais par Laurent Bury

Pour la traduction française :
© Nami, une marque des éditions Leduc, 2024
76, boulevard Pasteur
75015 Paris – France

ISBN : 978-2-493816-55-9
Maquette : Patrick Leleux PAO

Pour suivre notre actualité, rejoignez-nous sur Instagram (@editionsnami) !

Nami s'engage pour une fabrication écoresponsable !
Amoureux des livres, nous sommes soucieux de l'impact de notre passion et choisissons nos imprimeurs avec la plus grande attention pour que nos ouvrages soient imprimés sur du papier issu de forêts gérées durablement.

Meg Shaffer

RENDEZ-VOUS SUR L'ÎLE DE L'HORLOGE

Roman

Traduit de l'anglais par Laurent Bury

NA
MI

PROLOGUE

Mai

Tous les soirs, Hugo allait se promener sur la plage de Cinq Heures, mais ce jour-là, pour la première fois depuis cinq ans, ses pas vagabonds tracèrent un SOS dans le sable.

Il dessina les lettres avec soin, assez grandes pour qu'on les voie depuis l'espace. Même si cela n'avait aucune importance, puisque la marée aurait tout effacé le lendemain matin.

C'est sur un coup de tête que Jack l'avait baptisée « plage de Cinq Heures ». Selon lui, c'était le destin qui avait voulu qu'il découvre ce petit coin de forêt atlantique une vingtaine d'années auparavant. Ces trente-cinq hectares au large de la côte du Maine formaient un cercle presque parfait. Jack Masterson, qui avait inventé l'île de l'Horloge sur le papier, pouvait maintenant la construire dans la vraie vie. Dans son salon, Jack avait une horloge dont le cadran arborait pour chaque heure l'image d'un endroit de l'île – le phare pour midi, la plage à cinq heures, l'auberge à sept, le puits à souhaits… D'où parfois des conversations de ce genre :

— *Où vas-tu ?*

— *À Cinq Heures.*

— *Tu rentres quand ?*

— *Avant le phare.*

Les lieux étaient des temps, les temps étaient des lieux. Un peu troublant au début, mais vite charmant.

Hugo, lui, ne trouvait plus ça ni troublant ni charmant. On pouvait devenir fou, à vivre dans une maison pareille. C'est peut-être ce qui était arrivé à Jack.

Ou bien c'est ce qui était arrivé à Hugo.

SOS.

Sauvez notre santé mentale.

Le sable était si froid sous ses pieds nus qu'il semblait humide. Quel jour était-on ? Le 14 mai ? Le 15 ? Il n'en était pas certain, mais il savait que l'été serait bientôt là. Son cinquième été sur l'île de l'Horloge. *Peut-être un de trop*, songea-t-il. Ou bien était-ce cinq étés de trop ?

Hugo se rappelait qu'il avait exactement trente-quatre ans, ce qui voulait dire – s'il calculait bien (c'était peu probable car les peintres ne sont pas réputés pour leurs compétences en mathématiques) – qu'il avait passé près de quinze pour cent de sa vie sur une île, à jouer les nounous auprès d'un adulte.

Pouvait-il partir ? Il en avait rêvé pendant des années, mais seulement comme un adolescent rêve de s'enfuir. C'était différent, à présent. Il faisait maintenant des projets, ou du moins il projetait de faire des projets. Mais quelle destination choisir ? Retour à Londres ? Sa mère y habitait, mais elle avait enfin décidé de refaire sa vie – nouveau mari, nouvelles belles-filles, nouveau bonheur ou quelque chose comme ça. Il ne voulait pas la gêner.

Bon, Amsterdam ? Non, il ne parviendrait jamais à y travailler. Rome ? Même problème. Manhattan, alors ? Brooklyn ? Ou à huit kilomètres de là, Portland, pour qu'il puisse garder un œil sur Jack, à une distance limitée mais plus saine ?

Hugo s'en sortirait-il ? Pouvait-il abandonner ici son vieil ami sans personne pour l'aider à compter les heures, à distinguer le phare de l'auberge ?

Si seulement le vieil homme se remettait à écrire. Au crayon, au stylo, à la machine, avec un bâton dans le sable… n'importe quoi. Hugo prendrait même son prochain récit sous la dictée si Jack le lui demandait – et il le lui avait proposé.

— S'il te plaît, pour l'amour de Dieu, de Charles Dickens et de Ray Bradbury, avait-il dit à Jack pas plus tard que la veille, écris quelque chose. N'importe quoi. Gaspiller un talent comme le tien, c'est comme brûler des billets de banque sous le nez d'un mendiant. C'est cruel et ça pue.

Tels étaient les mots que Jack lui avait lancés au visage des années auparavant, quand Hugo gâchait son talent dans l'alcool. Ils étaient aujourd'hui tout aussi vrais et bien sentis qu'alors. Des millions d'enfants, et de grands enfants aussi, pleureraient de joie si Jack Masterson publiait une nouvelle histoire de l'île de l'Horloge et du mystérieux Cerveau qui vivait dans l'ombre et exauçait les vœux des enfants courageux. L'éditeur de Jack lui envoyait régulièrement des caisses remplies de courrier d'admirateurs, de milliers d'enfants le suppliant d'écrire à nouveau.

Ces lettres étaient autant de SOS.

Sauvez nos histoires.

Mais, depuis cinq ans, les journées de Jack se résumaient à traîner dans son jardin, lire quelques pages d'un livre, faire une longue sieste, boire trop de vin au dîner, et s'enfoncer dans ses cauchemars quand la petite aiguille rejoignait le quai de Neuf Heures.

Quelque chose devait changer, et vite. Ce soir, à dîner, Jack n'avait pas vidé sa bouteille, contrairement à son habitude. Il avait été plus silencieux, ce qui pouvait être bon signe, ou très mauvais. Et il n'y avait pas non plus eu de devinettes amères, même pas la préférée de Jack…

Deux hommes sur une île attribuent à la mer
La perte d'une épouse et la mort d'une fille.
Pourtant aucun n'est père et aucun n'est marié.
Quel est donc le secret de la mer et des femmes ?

Était-ce trop espérer de croire que Jack remontait enfin à la surface ?

Hugo s'avança jusqu'au bord de l'eau. Il laissa les vagues s'approcher de ses orteils mais pas plus. Il n'adressait plus la parole à l'océan. Idée excentrique ? Oui, mais c'était très bien comme ça. Il était peintre. Il était censé être excentrique. Jadis, il avait aimé l'océan, avait aimé le voir chaque matin, chaque soir, contempler toutes ses facettes, tous ses visages. Peu de gens savaient à quoi ressemblait la mer à chaque saison et sous chacune des phases de la Lune, mais lui, il savait. Et il savait qu'elle était aussi dangereuse qu'un volcan endormi. En paix, l'océan était magnifique, mais lorsqu'il le voulait, il pouvait détruire des royaumes. Il y a cinq ans, il avait anéanti le petit royaume bizarre de l'île de l'Horloge.

Jack croyait peut-être aux vœux, ou il y avait cru autrefois, mais pas Hugo. Le dur labeur et le pur hasard l'avaient conduit où il se trouvait. Rien d'autre.

Mais ce soir-là, Hugo fit le vœu que quelque chose tire Jack de son apathie, brise le sortilège, lui redonne une raison d'écrire. N'importe quelle raison. L'amour ? L'argent ? La haine ? Autre chose à faire que se noyer lentement dans le cabernet hors de prix ?

Hugo tourna le dos à la mer. Il retrouva ses chaussures et les épousseta.

Lorsqu'il était revenu à l'île de l'Horloge, il s'était juré de n'y rester qu'un mois ou deux. Puis il avait dit qu'il attendrait que Jack se rétablisse. Cinq ans après, il était encore là.

Non. Ça suffit. Le temps est écoulé. Il est l'heure de s'en aller. D'ici le printemps prochain, il serait parti. Il ne pouvait pas regarder son vieil ami se décolorer comme l'encre sur un vieux papier, jusqu'à ce que plus personne ne puisse en déchiffrer l'écriture.

Une fois sa décision prise, Hugo se mit en marche vers le chemin. À cet instant précis, il vit une lampe s'allumer à une fenêtre.

La fenêtre de la fabrique à histoires de Jack.

La fabrique à histoires où seule la gouvernante avait mis les pieds depuis des années… et c'était son jour de congé.

À la fenêtre brillait une lueur dorée. La lampe-citrouille de Jack. Pour la première fois depuis des années, Jack était assis à son bureau. Le Cerveau allait-il à nouveau faire courir sa plume sur le papier ?

Hugo attendit que la lumière s'éteigne, prouvant que c'était une erreur, un caprice, que Jack cherchait simplement un livre égaré, une lettre perdue.

La lampe resta allumée.

C'était trop beau, et cependant Hugo l'espérait de tout son cœur. Il fit des vœux sur chaque étoile du ciel nocturne. Il faisait des vœux, il espérait, il priait pour que ce soit vrai.

Il priait pour obtenir le plus ancien de tous les miracles : ramener un mort à la vie.

— D'accord, vieux, murmura Hugo à la lumière de la fenêtre de la maison sur l'île de l'Horloge. Il serait grand temps.

PREMIÈRE PARTIE

Faites un vœu

ASTRID S'ÉVEILLA d'un sommeil profond et sans rêves. Qu'est-ce qui l'en avait tirée ? Son chat avait-il sauté sur le lit ? Non. Ronronaldo dormait comme une souche, roulé dans son panier sur le tapis. Parfois le vent réveillait Astrid en secouant le toit de leur vieille maison, mais les branches des arbres étaient immobiles. Pas de vent cette nuit. Elle avait peur, mais elle se leva et s'approcha de la fenêtre. Un oiseau avait peut-être frappé à la vitre.

Astrid sursauta quand la pièce fut inondée d'une lumière blanche, comme les feux avant d'une voiture, mais mille fois plus puissante et plus brillante.

Puis tout redevint noir. Était-ce ce qui l'avait réveillée ? Cet éclair de lumière dans sa chambre ?

D'où venait-il ? *se demanda-t-elle.*

Astrid s'empara des jumelles suspendues à la tête de son lit. Elle s'agenouilla à la fenêtre, les yeux collés aux oculaires, et observa la surface de l'eau, là où une île solitaire reposait comme une tortue somnolente dans l'océan froid.

La lumière apparut à nouveau.

Ce devait être celle du phare. Le phare de l'île.

— Mais, murmura Astrid à la vitre, ce phare est éteint depuis toujours.

Qu'est-ce que cela voulait dire ?

La réponse lui vint aussi soudainement que la lumière à sa fenêtre.

Avec le moins de bruit possible, elle quitta sa chambre et se glissa de l'autre côté du palier. Max, son frère âgé de neuf ans, ronflait si fort qu'il bavait sur son oreiller. Pouah. Dégueulasse. Les garçons… *Astrid lui tapota l'épaule, puis recommença. Elle dut le tapoter douze fois pour le réveiller.*

— Qu-que… ? Qu-quoi ? Quoi ?

Il ouvrit les yeux, essuyant la bave sur la manche de son pyjama.

— Max, c'est le Cerveau.

Cela retint son attention. Il se redressa sur son lit.

— Eh bien ?

Elle sourit dans l'obscurité.

— Il est revenu sur l'île de l'Horloge.

Extrait de *La Maison sur l'île de l'Horloge*, premier volume des *Aventures de l'île de l'Horloge*, par Jack Masterson, 1990

1

Un an après

À L'ÉCOLE, la cloche sonna deux heures et demie, et il s'ensuivit l'habituel martèlement de petits pieds. Lucy se chargea des cartables et des boîtes à goûter tandis que Mrs Theresa, la maîtresse, dispensait les avertissements coutumiers.

— Cartables, boîtes à goûter et papiers ! Si vous oubliez quelque chose, je ne vous le rapporterai pas chez vous, et Miss Lucy non plus !

Certains des enfants l'écoutèrent, d'autres l'ignorèrent. Dieu merci, c'était une école maternelle, donc les enjeux n'étaient pas très importants.

Plusieurs élèves la prirent dans leurs bras au moment de sortir. Lucy savourait toujours ces « pouic-pouic », comme elle les appelait. Ces câlins rapides compensaient la routine épuisante de son rôle d'assistante pédagogique : arbitrer les bagarres dans la cour de récréation, nettoyer après les accidents sur le pot, nouer et renouer un millier de lacets, sécher un millier de larmes.

Quand la classe fut enfin vide, Lucy s'avachit sur sa chaise. Par chance, elle n'était pas de corvée de bus ce jour-là, donc elle avait quelques minutes devant elle.

Theresa étudiait les dégâts, un sac-poubelle à la main. Sur toutes les tables rondes traînaient des morceaux de carton, des tubes de colle ouverts. Le sol était jonché de crayons gras et de cure-pipes multicolores.

— Et voilà, dit Theresa en agitant les mains. C'est comme si toutes les âmes s'étaient envolées vers le paradis.

— Mais nous, nous sommes restées sur Terre. Qu'est-ce que nous avons fait de mal ?

À cet instant précis, Lucy décollait un chewing-gum de sous la table pour la deuxième fois de la semaine.

— Donne-moi le sac-poubelle, s'il te plaît. C'est mon travail.

— Tu es sûre que ça ne te dérange pas si je te laisse faire le ménage ? demanda Theresa.

Lucy lui fit signe qu'elle pouvait y aller. Theresa semblait aussi épuisée qu'elle, et la pauvre femme avait le lendemain une réunion du conseil d'école. Quiconque croyait qu'enseigner était facile n'avait clairement jamais essayé.

— Ne t'inquiète pas, ajouta Lucy. Christopher a toujours envie de m'aider.

— J'adore ça, quand les enfants sont assez jeunes pour croire qu'ils jouent quand on leur refile une corvée. (Theresa récupéra son sac à main au fond d'un tiroir de son bureau.) J'ai dit à Rosa qu'elle ne pouvait pas passer la serpillière dans la cuisine parce que c'était un travail de grand, et elle a boudé jusqu'à ce que je la laisse faire.

— C'est ça, le métier de mère ? Rouler ses enfants dans la farine ?

— À peu près, oui, répondit Theresa. À demain. Dis bonjour à Christopher de ma part.

Theresa partit, et Lucy jeta un coup d'œil à travers la salle de classe, qui semblait avoir été frappée par une tornade arc-en-ciel. Lucy fit la tournée des tables, remplissant son sac de pommes et d'oranges en papier poisseux, de raisins et de citrons en papier poisseux.

Lorsqu'elle eut terminé le nettoyage, elle avait de la colle plein les mains, une fraise en papier attachée à son pantalon de toile, et une crampe dans la nuque à force de se pencher au-dessus des petites tables. Elle avait besoin d'une longue douche à dix mille degrés et d'un verre de vin blanc.

— Lucy, pourquoi tu as une banane dans tes cheveux ?

En se retournant, elle vit un petit garçon aux cheveux noirs et aux grands yeux qui la dévisageait du seuil de la porte. Elle leva une main et sentit sur sa tête un morceau de papier. Une chance que son sang-froid ait été mis à l'épreuve depuis quelques années en tant qu'assistante pédagogique, sans quoi elle aurait lâché toute une série de jurons fleuris.

Sans un mot, et avec toute la dignité qu'il lui restait, elle détacha de ses cheveux la banane en papier.

— En fait, Christopher, la question est plutôt : pourquoi tu n'as pas de banane dans les cheveux, toi ? (Elle tenta de ne pas penser à tout le temps pendant lequel ce fruit était resté collé sur sa tête.) Tous les gens cool en ont.

— Ah, dit-il en roulant ses yeux noisette. Je ne dois pas faire partie des gens cool.

Elle plaça délicatement la banane au sommet du crâne de l'enfant. Ses cheveux noirs ondulaient juste assez pour donner l'impression qu'il venait de passer quelques heures la tête en bas.

— Voilà, maintenant tu es cool.

Il fit tomber la banane et la colla à son vieux cartable bleu. Il se passa les mains dans les cheveux, non pour les recoiffer, mais pour les regonfler. Elle adorait ce drôle de petit garçon qui était plus ou moins à elle. Qui serait peut-être un jour le sien.

— Tu vois ? Je ne suis pas cool.

Lucy tira une des minuscules chaises et s'y assit, puis en proposa une autre à Christopher. Il s'y avachit avec un gémissement fatigué.

— Mais si. Moi, je te trouve cool. Chasse aux chaussettes !

Elle saisit les chevilles du petit garçon et posa ses pieds sur ses genoux afin de procéder aux fouilles archéologiques quotidiennes pour exhumer ses chaussettes de ses chaussures. Avait-il les chevilles exceptionnellement maigres ou des chaussettes anormalement glissantes ?

— Toi, tu ne comptes pas, dit Christopher. Les maîtresses sont obligées de trouver que tous les élèves sont cool.

— Oui, mais je suis l'assistante de la plus cool des maîtresses, donc je m'y connais.

Elle remonta d'une main ferme chacune des chaussettes.

— C'est pas vrai.

Christopher laissa retomber ses pieds à terre et serra son cartable bleu contre son ventre comme un oreiller.

— Ah non ? Laquelle est plus cool que moi ? Je me battrai avec elle sur le parking.

— Mrs McKeen. Elle fait des déjeuners pizza tous les mois. Mais on dit que tu es la plus jolie.

— Super !

Lucy ne se faisait pourtant aucune illusion. Elle était la plus jeune des assistantes, et c'est à peu près tout ce qu'elle avait comme atout. Au mieux, elle était dans la norme sur tous les autres plans – cheveux bruns aux épaules, grands yeux bruns qui lui valaient régulièrement d'être crue plus jeune que son âge, et une garde-robe qui n'avait pas été renouvelée depuis des années. Pour se rhabiller, il fallait de l'argent.

— Il faudra que j'obtienne un certificat officiel pour confirmer ça. Tu as des devoirs à faire ?

Elle se redressa et reprit le ménage, frottant les tables et les chaises au désinfectant. Elle espérait que Christopher répondrait non. Dans sa famille d'accueil, les adultes avaient peu de temps à lui consacrer, et elle essayait de compenser en lui offrant ce qu'il ne recevait pas à la maison.

— Pas beaucoup.

Il posa son sac sur la table. Le pauvre petit, il avait l'air si fatigué. Il avait des cernes noirs sous les yeux, et les épaules voûtées par l'épuisement. Un enfant de sept ans ne devrait pas avoir la mine d'un policier blasé enquêtant sur un crime particulièrement sinistre.

Elle se planta devant lui les bras croisés, le flacon de désinfectant suspendu à un doigt.

— Tu es sûr que ça va ? Tu as dormi, cette nuit ?

Il haussa les épaules.

— Cauchemar.

Lucy se rassit à côté de lui. Il posa sa tête sur la table.

Elle en fit autant et leurs regards se rencontrèrent. Il avait le bord des yeux rougis, comme s'il s'était retenu toute la journée de pleurer.

— Tu veux me raconter ?

Elle l'interrogeait d'une voix basse et très douce. Les petits qui ont la vie dure méritent qu'on leur parle gentiment.

On prétend que les enfants sont très résilients, mais ceux qui disent ça ont oublié à quel point le monde est sans pitié avec les plus jeunes. Lucy avait encore des bleus à l'âme à cause de tous les coups qu'elle avait encaissés dans son enfance.

Christopher appuya son menton contre sa poitrine.

— Toujours pareil.

Toujours pareil signifiait le téléphone qui sonne, le couloir, la porte ouverte, ses parents sur le lit qui semblent endormis mais les yeux grand ouverts. Si Lucy avait pu accueillir ce cauchemar dans sa tête à elle pour en soulager l'enfant, elle l'aurait fait pour qu'il passe une bonne nuit.

Elle posa une main sur son petit dos et le tapota. Il avait les épaules minces et délicates comme des ailes de papillon.

— Moi aussi, je fais encore des cauchemars, parfois. Je sais ce que c'est. Tu en as parlé à Mrs Bailey ?

— Elle m'a dit de ne pas la réveiller, sauf pour une urgence. Tu sais, avec les bébés…

— Je vois.

Lucy n'aimait pas ça. Elle savait bien que la mère adoptive de Christopher avait deux enfants en bas âge. Malgré tout, il méritait qu'on s'occupe de lui aussi.

— Tu sais, je suis sérieuse quand je dis que tu peux m'appeler si tu n'arrives pas à dormir. Je te lirai une histoire.

— J'ai eu envie de te téléphoner. Mais tu vois…

Christopher était terrorisé par les téléphones, et elle ne pouvait pas vraiment l'en blâmer.

— C'est pas grave. Je tâcherai de trouver un vieux magnétophone et de t'enregistrer une histoire, pour que tu puisses l'écouter la prochaine fois que tu as du mal à t'endormir.

Il sourit. Un tout petit sourire, mais c'est dans les plus petits emballages qu'il y a les plus beaux cadeaux.

— Tu veux faire une sieste ? Je peux t'installer un matelas.

— Non.

— Tu veux lire ?

Il haussa les épaules à nouveau.

— Tu veux… (Elle s'interrompit, le temps d'imaginer quelque chose qui le détournerait de son cauchemar.)… m'aider à emballer un cadeau ?

Intéressé, il se redressa, souriant jusqu'aux oreilles.

— Tu as vendu une écharpe ?

— Trente dollars. La laine m'en a coûté six. Fais le calcul.

— Euh… vingt-deux ? Quatre ! Vingt-quatre.

— Bravo !

— Je peux la voir ?

— Je te la montre, on l'emballe, et on écrira une lettre.

Lucy se dirigea vers le bureau où Theresa et elle enfermaient chaque jour leurs clés et leurs affaires. Un sac à commissions en plastique contenait la toute dernière création de Lucy : une écharpe toile d'araignée en laine moelleuse, rose et crème. Elle sortit l'objet et, pour Christopher, la drapa sur ses épaules comme un boa de plumes.

— Tu aimes ?

— C'est un truc de filles, commenta-t-il en inclinant la tête de gauche à droite comme pour en jauger le mérite.

— Une fille l'a tricotée, et une fille l'a achetée. Et je te signale qu'au XIXe siècle, le rose était considéré comme une couleur de garçons, et le bleu comme une couleur de filles.

— Bizarre.

— Toi, tu es bizarre, répliqua Lucy en le pointant du doigt.

— Non, c'est toi qui es bizarre.

Lucy lui frappa doucement le sommet du crâne avec le bout de l'écharpe, et il éclata de rire.

— Va chercher notre papier à lettres. On doit écrire un mot de remerciement.

Christopher courut vers l'armoire à fournitures. Il adorait ce meuble. C'est là qu'étaient cachées toutes les choses amusantes : les pochettes de carton toutes neuves, les sacs de cure-pipes, les paillettes, les feutres et les crayons de couleur, les décorations pour Halloween. Il y avait aussi de beaux papiers offerts par la mère d'un des élèves de l'an dernier, qui tenait une papeterie. Lucy avait réquisitionné le papier bleu ciel à nuages blancs pour leur « firme ».

— Je peux l'écrire pendant que tu emballes ? demanda Christopher en revenant à la table.

— Tu veux écrire la lettre ? s'étonna-t-elle alors qu'elle maniait la brosse à peluches.

Sur Etsy, elle vendait environ une ou deux écharpes par semaine. Pour la plupart des gens, trente ou quarante dollars de plus tous les huit jours ne valaient pas le temps consacré à tricoter une écharpe à quatre aiguilles. Mais pour Lucy, le moindre cent avait son importance.

— Je me suis entraîné, affirma Christopher. Hier soir, j'ai écrit une page entière.

— À qui était-elle adressée ?

Lucy plia soigneusement l'écharpe et l'enveloppa dans du papier de soie blanc.

— À personne.

— C'est qui, Personne ? Un nouvel ami ?

— Je l'ai écrite pour personne, c'est tout.

— OK.

Lucy n'insista pas. D'autant qu'elle avait une assez bonne idée du destinataire de ce message. Plus d'une fois, elle l'avait surpris à écrire à ses parents.

Tu me manques, Maman. J'aurais bien aimé que tu viennes au pique-nique de l'école. Plein d'autres mamans étaient là.
Papa, aujourd'hui, j'ai eu une gommette pour mon travail.

Des lettres très courtes, des messages à vous briser le cœur. Elle avait essayé d'en parler avec lui, mais il ne voulait jamais admettre qu'il écrivait à ses parents. Cela le mettait mal à l'aise. Il savait bien qu'ils étaient morts, et il soupçonnait sans doute que les autres enfants se moqueraient de lui s'ils apprenaient qu'il leur parlait encore, parfois.

Christopher plaça la feuille devant lui et prit son crayon.

— Elle s'appelle comment, la dame ?

Il était assez malin pour maîtriser déjà l'art de changer de sujet de conversation.

— Carrie Washburn. Elle habite à Detroit, dans le Michigan.

— C'est où ?

Lucy s'approcha de la carte des États-Unis accrochée au mur. Une étoile bleue indiquait l'emplacement de l'école – école élémentaire de Redwood, Redwood Valley, Californie. Elle posa un doigt sur l'étoile, puis remonta jusqu'au lac Erie.

— Waouh. C'est loin !

— Je ne voudrais pas faire le chemin à pied. L'hiver, il fait très froid à Detroit. Les gens ont besoin de beaucoup d'écharpes.

— Je sais où vit le Cerveau.

— Qui ?

Lucy ne cessait de s'émerveiller des coq-à-l'âne dont les jeunes enfants étaient coutumiers.

— Le Cerveau, dans nos livres.

— Ah. Tu veux dire Jack Masterson ? L'auteur de nos livres ?

— Non, le Cerveau. Il vit sur l'île de l'Horloge.

Lucy hésitait quant à la réponse à faire. Christopher n'avait que sept ans, donc il n'y avait pas urgence à lui révéler que les personnages qu'il aimait dans les livres et les films n'étaient pas réels. Il avait peu de choses en lesquelles croire, alors autant le laisser penser que le Cerveau des livres de *L'Île de l'Horloge* était un véritable humain qui exauçait les vœux de véritables enfants.

— Comment sais-tu où vit le Cerveau ?

— Ma maîtresse m'a montré. Tu veux voir ?

— Vas-y, Magellan.

— Quoi ?

— Magellan. Un grand navigateur. Il a passé un mauvais quart d'heure aux Philippines. Il l'avait probablement mérité. Mais peu importe. Montre-moi l'île de l'Horloge.

Il sautilla pour atteindre l'angle supérieur droit de la carte.

— Là !

Lucy fut surprise qu'il ait aussi parfaitement visé. Le doigt du petit garçon touchait une étendue d'eau au large de Portland, dans le Maine.

— Bravo.

— C'est vraiment l'île de l'Horloge ? demanda-t-il en fronçant les sourcils. Il y a un train et des licornes, là-haut ?

— Comme dans les livres ? Il paraît que c'est une région assez extraordinaire. Tu sais que, pour certaines personnes, le Cerveau et Jack Masterson ne font qu'un ?

— Mais tu as dit que tu l'avais rencontré.

— J'ai rencontré Jack Masterson. Il y a longtemps. Il m'a… il a signé un livre pour moi.

— C'était pas le Cerveau, hein ?

Zut. Elle était coincée. Le Cerveau restait toujours tapi dans l'ombre, enveloppé de ténèbres qui le suivaient partout où il allait.

— Non, il ne ressemblait pas au Cerveau quand je l'ai rencontré.

— Tu vois ?

Christopher triomphait. Rien ne rend un enfant plus heureux que de prouver à un adulte qu'il a tort.

— Je ne me tromperai plus.

Christopher traça une ligne reliant l'île de l'Horloge à leur ville de Redwood en Californie.

— C'est vraiment, vraiment loin.

Il avait le front tout plissé. Le Maine était à peu près ce qu'il y avait de plus éloigné de la Californie sans sortir des États-Unis, et c'était exactement la raison pour laquelle Lucy avait quitté le Maine pour la Californie.

— Assez loin, oui. Il faut prendre l'avion.

— Les enfants peuvent y aller ?

— Sur l'île de l'Horloge ? Oui, mais seulement sur invitation, sans doute. C'est une île privée, qui appartient entièrement au Cerveau, c'est chez lui. Ce ne serait pas très poli de débarquer sans être invité.

— Dans les livres, les enfants font ça tout le temps.

— Oui, mais je préfère qu'on attende une invitation, dit-elle avec un sourire.

Des enfants arrivaient à l'improviste sur l'île de l'Horloge, Lucy le savait mieux que quiconque. Mais elle n'allait pas l'expliquer à Christopher, du moins pas avant quelques années.

Il baissa les bras et se tourna vers elle.

— Pourquoi il n'y a plus de livres ?

— Je voudrais bien le savoir, répondit-elle en se remettant à nouer une ficelle autour du papier de soie. Quand j'avais ton âge, il en sortait quatre ou cinq par an. Je les lisais tous dès le jour de parution. Et je les relisais une dizaine de fois pendant la semaine qui suivait.

— La chance…

Les livres de *L'Île de l'Horloge* n'étaient pas très longs, cent cinquante pages ou moins, et il n'en existait que soixante-cinq. Christopher les aurait tous dévorés en six mois si elle ne les lui avait pas prêtés au compte-gouttes. Même à raison d'un par semaine, ils avaient fini toute la série et venaient de la recommencer un mois auparavant.

— N'oublie pas la lettre pour notre cliente, lui rappela Lucy avec un clin d'œil.

— Ah oui. Comment ça s'écrit, Carrie ?

— À ton avis ?

— K-A...

— Non, C.

— Carrie, ça commence par un C ?

— Eh oui. Comme Christopher.

Elle lui toucha le nez.

Christopher la foudroya du regard. Il n'appréciait pas les gestes de ce genre.

— Il y a une Kari dans ma classe, expliqua-t-il comme si Lucy n'était pas très futée. Ça commence par un K.

— Les prénoms peuvent avoir toutes sortes d'orthographes. Cette Carrie-ci s'écrit avec un C, deux R et un I-E à la fin.

— Deux R ?

— Deux R.

— Pourquoi ? demanda Christopher.

— Pourquoi il y a deux R ? Je ne sais pas. Par gourmandise, probablement.

De son écriture enfantine, le petit garçon traça avec attention les mots « Chère Carrie », en veillant bien à mettre deux R dans le prénom.

— Tu as fait de gros progrès.

— Je me suis entraîné, répondit-il en souriant.

— Je vois ça.

Lucy incluait dans chaque paquet un message de remerciement pour avoir acheté une écharpe tricotée main de la société

Nerr & Lamb. Cette firme n'existait pas vraiment, mais Christopher était ravi d'en être le « coprésident ».

— Qu'est-ce que j'écris après ?

— Quelque chose de gentil. Peut-être... « Merci d'avoir acheté une écharpe. J'espère qu'elle vous plaira. »

— « J'espère qu'elle vous tiendra chaud au cou ? »

— Très bien. Écris tout ça.

— « Même si c'est vraiment un truc de filles. »

— Non, ça, tu oublies.

Christopher rit et se remit à écrire. Le faire rire ou sourire était plus agréable que de gagner à la loterie, même si Lucy aurait beaucoup plus de temps pour le faire rire le jour où elle gagnerait à la loterie. Elle regarda par-dessus son épaule. Il écrivait vraiment très bien. Quelques mois auparavant, il faisait encore des fautes à un mot sur deux. Maintenant, ce n'était plus qu'un mot sur cinq. Il avait également progressé en lecture et en calcul. Ce n'avait pas été le cas l'année d'avant, lorsqu'il avait été ballotté entre une douzaine de familles d'accueil. Cette année, on lui avait trouvé un foyer stable, des thérapeutes formidables, et Lucy lui donnait des cours particuliers tous les soirs après l'école. Depuis, il obtenait d'excellentes notes. Si seulement elle avait pu remédier à ses cauchemars et à sa peur des téléphones qui sonnent...

Elle savait de quoi il avait besoin, et c'était ce qu'elle lui souhaitait aussi : une mère. Pas une mère adoptive dont les deux bébés malades accaparaient chaque seconde de chaque jour. Il lui fallait une maman pour toujours, et Lucy voulait être cette maman.

— Lucy, tu as combien d'argent dans ta boîte à vœux ? demanda-t-il tout en inscrivant son nom en majuscules en bas du message.

— Deux mille deux cents dollars. Deux-deux-zéro-zéro.
— Waouh… C'est uniquement l'argent des écharpes ?
— Presque.
Les écharpes, et toutes les séances de baby-sitting qu'elle pouvait. Chaque jour, elle envisageait de redevenir serveuse, mais cela signifierait qu'elle ne verrait jamais Christopher, et il avait besoin d'elle plus qu'elle n'avait besoin d'argent.
— Ça t'a pris combien de temps ?
— Deux ans.
— Il te faut combien de dollars en tout ?
— Euh… un peu plus.
— Combien ?
Lucy prit le temps de réfléchir.
— Peut-être encore deux mille. Peut-être un peu plus.
Le visage de Christopher s'allongea. Il était trop bon en maths.
— Ça te prendra encore deux ans. J'aurai neuf ans.
— Peut-être moins, qui sait ?
Christopher laissa tomber sa tête sur la lettre adressée à Carrie de Detroit. Lucy s'avança vers lui, le souleva de sa chaise et le tint sur ses genoux. Il passa ses bras autour de son cou.
— Pouic-pouic, murmura-t-elle en le serrant contre elle.
Deux ans s'écouleraient avant qu'elle ne devienne sa mère, au rythme où allaient les choses. Deux ans au moins.
— On y arrivera, murmura-t-elle en le berçant. Un de ces jours, on y arrivera. Toi et moi. J'y travaille tous les jours. Et quand ce sera bon, on sera ensemble pour toujours. Tu auras une chambre rien que pour toi, avec des bateaux peints sur les murs.
— Et des requins ?
— Des requins partout. Des requins sur les oreillers. Des requins sur les draps. Des requins qui pilotent les bateaux.

Peut-être un rideau de douche avec des requins. Et on fera des pancakes tous les matins pour le petit déjeuner. Fini, les céréales au lait froid.

— Et des gaufres ?

— Des gaufres avec du beurre, du sirop d'érable, de la crème Chantilly et des bananes. Des vraies bananes. Pas des bananes en papier. Ça te paraît bien ?

— Ça me paraît bien.

— Pendant qu'on y est, qu'est-ce qu'on pourrait souhaiter d'autre ?

C'était le jeu préféré de Lucy et Christopher, le jeu des vœux. Ils souhaitaient avoir de l'argent pour que Lucy puisse acheter une voiture. Ils souhaitaient vivre dans un appartement où ils auraient chacun leur chambre.

— Un nouveau livre de *L'Île de l'Horloge*, suggéra-t-il.

— Ah oui, c'est bien, ça. Je suis à peu près sûre que Mr Masterson a pris sa retraite, mais on ne sait jamais. Un de ces jours, il nous fera peut-être une surprise.

— Quand je vivrai avec toi, tu me liras des histoires tous les soirs ?

— Tous les soirs. Tu ne pourras plus m'arrêter. Tu auras beau mettre tes mains sur tes oreilles et crier « LA LA LA JE NE T'ENTENDS PAS, LUCY », je continuerai à lire.

— T'es maboule.

— Oui, je sais. Qu'est-ce que tu veux souhaiter d'autre ?

— Ça compte ?

— Quoi ? Nos vœux ? Bien sûr qu'ils comptent. (Elle le souleva un peu pour voir ses yeux.) Tous nos vœux comptent.

— Ils ne se réalisent jamais.

— Souviens-toi de ce que Mr Masterson dit toujours dans ses livres : « Les seuls vœux à être exaucés…

— … sont les vœux des enfants courageux qui continuent à faire des vœux même quand on a l'impression que personne n'entend, car il y a toujours quelqu'un qui les écoute », termina Christopher.

C'était incroyable, la facilité avec laquelle il se rappelait ce qu'il avait lu. Son cerveau était une petite éponge, c'est pourquoi elle tâchait d'y déverser le meilleur, des histoires, des devinettes, des bateaux, des requins et de l'amour.

— Exactement. Nous devons simplement être assez courageux pour continuer à faire des vœux, sans renoncer.

— Mais je ne suis pas courageux. J'ai encore peur des téléphones, Lucy.

Il lui lança son terrible regard déçu par lui-même. Elle détestait cette expression.

— Ne t'en fais pas pour ça, assura-t-elle en le berçant à nouveau. Tu n'en auras bientôt plus peur. Et, crois-moi, il y a plein d'adultes qui tremblent aussi quand leur téléphone sonne.

Il reposa sa tête contre l'épaule de Lucy, et elle le serra dans ses bras.

— Continue. Encore un vœu, et on fera tes devoirs.

— Euh… Je souhaite qu'il fasse froid, dit Christopher.

— Tu veux qu'il fasse froid ? Pourquoi ?

— Pour que tu vendes plein d'écharpes.

2

DEPUIS COMBIEN DE TEMPS Hugo n'avait-il plus arpenté les rues de Greenwich Village. Quatre ans ? Cinq depuis sa dernière exposition ? Rien n'avait changé. Quelques nouveaux restaurants. Quelques nouveaux magasins. Mais le caractère du quartier était tel qu'il se le remémorait : bohème, grouillant, hors de prix.

Quand il était enfant, il fantasmait sur les habitants de Greenwich Village, où vivaient Jackson Pollock, Andy Warhol et tant d'autres de ses idoles. Que n'aurait-il pas donné pour s'entasser avec une dizaine d'autres aspirants peintres dans un des vieux immeubles de l'avant-guerre, pour y manger, boire et respirer l'art jour et nuit ? Ils étaient bien à plaindre, les pauvres jeunes artistes qui s'étaient accrochés à ce fantasme. Ils n'avaient même pas les moyens de dormir dans une caisse au fond d'un placard à Greenwich Village. Maintenant qu'Hugo aurait pu s'offrir d'y habiter, il n'en avait plus envie. Ni à Park Slope, Chelsea ou Williamsburg…

Rien de tel que la réussite pour éteindre le feu qui lui brûlait au creux du ventre. Chaque appartement, chaque copropriété, chaque immeuble qu'il voyait ce matin-là lui faisait l'effet d'être la maison d'un inconnu, et s'il y avait emménagé, il aurait mené l'existence d'un inconnu. Peut-être ce vieux rêve n'avait-il été qu'une époque de sa vie, et aucun autre rêve n'était encore venu le remplacer.

Hugo abandonna son projet de passer la journée à chercher un appartement. Il préféra prendre le chemin de sa galerie new-yorkaise préférée, Art Station, dans la 12e Rue, qui parvenait à rester ouverte malgré la hausse des loyers. Il se dit qu'il voulait simplement voir ce qu'il y avait de neuf, peut-être boire un café. Il était toujours admiratif devant sa faculté de croire aux mensonges qu'il se débitait à lui-même.

L'air frais le frappa au visage lorsqu'il franchit les portes vitrées donnant dans la galerie principale, tout en couleurs primaires, avec moquette en fausse peau de vache. Il ôta ses lunettes de soleil, les rangea dans leur étui, et chaussa son autre paire, nécessité récente qui ne lui plaisait guère.

Intitulée « Mon aïeul était un monstre », la nouvelle exposition proposait des monstres classiques du cinéma – Dracula, Frankenstein, le Blob – sous la forme de portraits d'ancêtres, dans de vieux cadres dorés. L'artiste était une Portoricaine de vingt-trois ans, originaire du Queens.

Hugo aimait son style et était impressionné par le succès de cette jeune femme. Vingt-trois ans ? Il n'avait pas bénéficié d'une expo privée avant vingt-neuf ans.

Ailleurs dans la galerie, quelques toiles d'Hugo étaient présentées. Il se rendit dans la « brick room », où les œuvres étaient accrochées aux murs de brique, dans des cadres noirs. Elles étaient là, un trio de peintures au prix si exorbitant qu'il doutait qu'elles soient un jour vendues. Ce qui lui convenait très bien. Il était heureux de les voir en public. Bien que moins populaires que ses peintures plus récentes de l'île de l'Horloge, elles figuraient parmi ce qu'il avait produit de meilleur.

— Je voudrais que tu saches, Hugo Reese, que c'est à cause de toi que je ne peux pas amener ma fille ici.

Il tourna la tête et vit une femme debout à un mètre derrière lui. Cheveux noirs au carré, yeux bruns menaçants, lèvres rouges serrées parce qu'elle avait envie de sourire mais ne voulait pas qu'il le voie.

— Piper, je ne savais pas que tu travaillais encore ici, mentit effrontément Hugo.

— À temps partiel, répondit-elle avec un haussement d'épaules élégant. Ça m'occupe maintenant que Cora va à la maternelle. Sa maîtresse m'a demandé si on pouvait organiser une visite de la galerie pour sa classe. À cause de toi, j'ai été obligée de refuser.

Elle haussa un sourcil, mais Hugo devina qu'elle n'était pas en colère. Ils avaient depuis longtemps dépassé ce stade-là.

— Ce sont pourtant des nus de très bon goût.

Il désigna le trio de peintures qu'il avait faites de Piper un hiver, bien des années auparavant. Les poses étaient classiques, une belle femme déshabillée, allongée sur un lit. Ce qui en faisait des Hugo Reese, c'était l'étrangeté des scènes visibles à l'arrière-plan, à travers une grande fenêtre : un cirque de clowns au faciès démoniaque, un château qu'un incendie faisait fondre comme une bougie, un énorme requin blanc flottant dans le ciel tel un zeppelin.

— La nudité n'est pas le problème. Cora a une peur terrible des clowns.

— Ils sont un peu dingues, avoua-t-il en jetant un coup d'œil à son cirque démoniaque. Je me demande quel genre d'épreuve je traversais à l'époque…

Piper éclata de rire, fit un pas en avant et l'embrassa sur la joue.

— L'épreuve, c'était moi ! Ça me fait plaisir de te voir.

— À moi aussi. Tu es superbe.

— Tu n'es pas mal non plus. Tu as rasé ta barbe de hipster. C'est plus net.

Elle lui tapota la joue. Il avait depuis longtemps supprimé la barbe qu'il s'était laissé pousser, de désespoir, lors de leur rupture. Il avait même soigné sa tenue, ce qui pour lui signifiait un jean propre, un T-shirt sans trou et une veste noire. Il avait adopté une coupe de cheveux plus courte et s'était remis au jogging, de sorte qu'il ressemblait à un être humain, ce qui était une nette amélioration par rapport à la période où il était la haine de soi incarnée.

— J'ai dû sacrifier la barbe. Un jour, j'ai trouvé une araignée dedans.

— Tu as aussi de nouvelles lunettes ? Très chic. Double foyer ?

— Ne te moque pas de moi.

Avec un sourire, elle lui prit ses lunettes pour les poser sur son nez. La monture noire lui allait beaucoup mieux à elle, selon lui.

— Si Monet avait eu des verres comme ça, dit-elle en se regardant sur l'appareil photo de son téléphone, nous n'aurions jamais eu l'impressionnisme.

Et elle lui rendit ses lunettes. Dès qu'il les remit, Piper redevint nette et belle.

— Plus d'un peintre a fait carrière grâce à sa mauvaise vue. Moi y compris. Dis-moi, comment va Bob le Snob ?

— *Rob*, pas Bob. Et il n'est pas snob. C'est mon mari, il est formidable.

— Toujours promeneur de chiens ?

— Il est vétérinaire, tu le sais très bien. Comment va Jack ? Mieux ? Ou il ne faut pas poser la question ?

Il hésita avant de répondre :

— Ce n'est pas impossible, j'entends parfois la machine à écrire, la nuit. Assez fort pour réveiller les morts. Et il boit moins.

— Donc, tu déménages enfin ?

— Apparemment.

Elle le regarda d'un air de dire : « Je le croirai quand je le verrai de mes yeux. » Mais elle eut l'amabilité de garder ce commentaire pour elle.

— C'est pour ça que tu es ici ? Tu t'installes à Greenwich Village ?

Son ton était légèrement amusé mais méfiant. Comme le serait toute femme quand son ex se pointe sur son lieu de travail.

— J'y pense. Il faut être maso pour vouloir payer un loyer ici, donc ça me correspond bien.

— Oh, Hugo ! Je te jure, plus tu as de succès, plus tu es malheureux.

Il sentit qu'il l'agaçait. Il regrettait le temps où il l'agaçait au quotidien.

— Mais non, répliqua-t-il en agitant un doigt. Plus je suis malheureux, plus j'ai de succès. Il faut souffrir pour son art, non ? D'après toi, pourquoi ai-je peint mes meilleures toiles après que tu m'as foutu à la porte ?

Piper lui fit au revoir de la main et pivota sur ses talons.

— Je ne t'écoute plus.

Elle s'éloigna et Hugo courut pour la rattraper.

— Je ne te reproche rien. Moi aussi, je me serais foutu à la porte.

— Personne ne t'a mis à la porte. Tu as choisi de rester caché sur cette île avec Jack, plutôt que de revenir vivre avec moi dans le monde réel.

— Le monde réel est surcoté. Et tu ne peux pas nier que j'ai peint des choses magnifiques après ton départ.

C'était vrai. Après que Piper avait rompu avec lui, il avait entrepris une série de paysages de l'île de l'Horloge – le troupeau de cerfs pie, la lune se reflétant sur l'océan, le phare, le parc désert… des aquarelles tout en nuances de gris, les couleurs du cœur brisé. Avec ces paysages abstraits, il avait attiré l'attention du vaste monde de l'art pour la première fois de sa vie. Les plus de dix-huit ans connaissaient enfin son nom. Alors, pourquoi espérait-il que Jack avait repris l'écriture ? Cela lui manquait donc, de dessiner des navires pirates, des châteaux et des enfants gravissant un escalier secret qui conduit à la Lune ?

Peut-être un peu.

— J'ai deux choses à te dire. La première, c'est que tu racontes beaucoup de conneries. La seconde…

— Je raconte beaucoup de conneries, ça devrait venir en deux, si tu réfléchis bien, observa-t-il en se tapotant la tempe.

— La seconde : tu peux penser ce que tu veux, mais je sais que j'étais une petite amie extraordinaire, et que tu avais vraiment envie de m'épouser.

— Je ne conteste rien de tout ça.

— Malgré tout, tu as préféré Jack et cette île. Ne me fais pas croire que tu détestes vivre là-bas, tu adores ça. Tu adores l'île, tu adores Jack, et tu ne veux pas en partir.

Hugo n'était pas d'accord.

— Tu sais que c'est dur de trouver une partenaire sur une île privée, habitée par deux hommes, vingt cerfs et une corneille qui se prend pour un écrivain ?

— Si tu veux un conseil…

Il regarda autour de lui comme s'il cherchait de l'aide. Aucun espoir.

— Je ne suis pas sûr d'en vouloir.

Piper lui enfonça un doigt dans la poitrine :

— Trouve-toi une femme qui aime Jack autant que toi.

— D'accord… Tu vois le problème, non ?

Il ne souriait pas. Elle non plus.

Le problème, qu'Hugo n'admettrait jamais tout haut, c'est que personne n'aimait Jack autant que lui.

— En fait, Pips (elle détestait qu'il l'appelle Pips, de même qu'il détestait l'entendre dire qu'Hugo était l'abréviation d'Ultime Ego), j'adore vivre sur cette putain de petite île.

La forêt, le marais, les phoques du port qui prenaient le soleil devant sa maison, les cris des mouettes le matin. Des mouettes le matin ? À Londres, où il avait grandi, il était réveillé tous les jours par les hurlements de ses voisins d'en dessous, un couple chez qui se déroulait la Troisième Guerre mondiale. Et maintenant… les phoques, les mouettes, l'air de l'océan et des levers de soleil si sublimes que même Dieu s'éveillait de bonne heure pour y assister.

— Je le savais ! s'exclama-t-elle.

— Ça m'emmerde d'adorer cette île, mais… mais je ne mérite pas d'y habiter.

— Pourquoi ?

— Parce que Davey aurait vendu son cœur d'or massif pour faire un pas sur l'île de l'Horloge, alors qu'un bon à rien comme moi y vit sans que ça lui coûte un dollar.

Piper secoua la tête.

— Hugo, Hugo, Hugo.

— Pips, Pips, Pips.

— Un étudiant en première année de psycho serait capable de détecter à un kilomètre ton complexe du survivant.

Hugo leva la main comme pour chasser ces mots.

— Non. Je ne…

— Si. Bien sûr que si.

Une famille de quatre personnes arborant des T-shirts « I ♥ New York » se promenait dans la galerie. Piper leur sourit poliment. Hugo s'efforça de faire de même. Les visiteurs se hâtèrent de changer de salle.

— Ce n'est pas le complexe du survivant, reprit Hugo dès qu'ils furent à nouveau seuls, face à la mine incrédule de Piper. Je ne me sens pas coupable d'être en vie. Je suis en vie, mais je ne l'ai pas choisi : je suis sur cette Terre, alors autant y rester. Non, j'ai le complexe de celui qui a réussi. Parce que je ne suis pas simplement en vie. Je vis et... Enfin, regarde ma vie – ma carrière, ma maison... tout. Chaque jour en me réveillant, je me pose la question : Pourquoi suis-je sur cette île alors que Davey est dans la terre ? Pourquoi il ne m'est arrivé que des bonnes choses, alors qu'il ne lui est arrivé que des merdes ? Une chance que tu m'aies largué, sinon je me détesterais encore plus.

— Hugo...

Il l'interrompit d'un geste.

— Non, c'est fini. Arrête de diagnostiquer les maladies mentales des artistes d'aujourd'hui. Je sais que c'est ton sport favori, mais je n'ai plus envie d'y jouer.

— Je suis désolée. Je ne croyais pas toucher un point sensible.

— Davey n'est pas un point. Davey, c'est mon système sensible tout entier.

— Tu peux te fâcher, mais crois-moi, je souhaite vraiment que tu sois heureux.

Il n'en avait aucune envie, mais il la crut sincère.

Avec un long soupir, il s'adossa au mur entre *Le Monstre de Frankenstein*, un portrait d'homme en redingote et haut-de-forme, et *La Fiancée de Frankenstein*, qui protégeait son teint sous une ombrelle noire et blanche.

— Jack s'est remis à écrire, annonça Hugo. Je suis heureux. Enfin, moins malheureux. À présent, je peux quitter l'île de l'Horloge avec la conscience tranquille. Je peux me morfondre à Manhattan ou bouder à Brooklyn.

Elle haussa un sourcil, mais cela ne dura pas. Elle lui sourit.

— On fait la paix ?

Il serra la main qu'elle lui tendait, mais lorsqu'il tenta de retirer la sienne, elle refusa de la lâcher.

— Pas si vite. Tant que je te tiens…

— Ah, merde.

— Je veux des peintures, et je les veux maintenant.

Comme un loup pris dans un piège, il fit semblant de se mordre le poignet pour se dégager.

— Tu as dit que tu me devais le renouveau de ta carrière. Si tu le penses réellement, le moins que tu puisses faire est de m'apporter une ou deux peintures de l'île de l'Horloge. Ou cinquante. S'il te plaît.

— Ce que je peins pour la couverture des livres de Jack n'est pas à vendre. Son éditeur va me mettre la police des romans aux trousses.

— Alors juste pour les exposer, insista-t-elle en lui broyant les doigts.

— Lâche-moi les baskets. Je ne me laisserai pas enrôler de force.

Ce n'était pas comme ça qu'un artiste négociait avec une galerie. En général, cela passait par un échange de courriels entre le directeur et l'agent, pas par un bras de fer.

Elle le libéra.

— Retire ce que tu viens de dire.

— J'ai une contre-proposition. Je veux une vraie expo rien que pour moi. Je t'apporte cinq toiles originales que j'ai peintes pour les couvertures des livres, et entre dix et vingt de mes œuvres plus récentes, que tu auras le droit de vendre. Et je veux un vernissage avec un traiteur correct, cette fois.

— Hmm… (Elle fit mine de caresser la barbe qu'elle n'avait pas.) Ça pourrait marcher. Une rétrospective Hugo Reese. J'aime l'idée. Marché conclu.

— Paye-moi un café, et on choisira une date. Je dois avoir quelques vieilles toiles dans ma cache secrète, sous le plancher, là où je planque les cadavres.

Elle lui fit signe de la suivre – geste qui signifiait jadis tout autre chose quand ils étaient ensemble – et l'entraîna vers le bar de la galerie.

Derrière le comptoir, une jeune femme en tablier rouge versait de l'eau bouillante sur une sorte d'appareil placé en équilibre sur une tasse.

— Qu'est-ce qu'elle fabrique ? chuchota Hugo. C'est une expérience de chimie ?

— Elle utilise un porte-filtre, Hugo. C'est la meilleure façon de faire du café.

— J'en resterai à mon Mr Coffee soluble. Quoique… Je me suis toujours demandé : y a-t-il une Mrs Coffee quelque part ?

— Ashley, dit Piper en s'approchant du bar, peux-tu préparer un café pour mon invité ?

— Non, merci, déclara Hugo en consultant la liste des tarifs. Treize dollars la tasse ? Il est fait avec des diamants moulus et du sang d'espèces menacées ?

— C'est la galerie qui régale.

— Faites-moi confiance, déclara la barista. Ça vaut bien les treize dollars.

Elle prit un grand mug blanc et un autre entonnoir.

— Ashley, je te présente un de nos artistes, Hugo Reese. Avant, il illustrait les livres de Jack Masterson.

Ashley plaqua ses deux mains sur le comptoir, les yeux écarquillés.

— Sérieux ? lâcha-t-elle, la voix pleine de respect.

L'effet était toujours le même. Il y avait une classe d'âge spécifique qui réagissait au nom de Jack Masterson exactement comme les adolescentes avaient autrefois réagi à celui des Beatles.

— Sérieux. Hélas.

Piper lui envoya une bourrade.

— Il est comment ? murmura Ashley comme si Jack était à côté d'eux.

— Oh, il est Albus Dumbledore, Willy Wonka et Jésus-Christ à la fois.

Si Dumbledore, Wonka et le Christ avaient été dépressifs et alcooliques.

— Génial.

Hugo était britannique, et il avait remarqué que les Américains étaient incapables de discerner son ton sarcastique.

— Vous savez que vous avez l'air beaucoup trop jeune pour avoir dessiné la couverture de ses livres ? observa la barista.

Par la flatterie, on obtient tout ce qu'on veut.

— Je n'étais pas l'illustrateur des premiers. Au bout de quarante bouquins, ils ont voulu republier la série avec un look différent. J'ai commencé à vingt et un ans.

Quatorze ans auparavant. C'était il y avait un million d'années. C'était hier.

— Tes couvertures étaient bien meilleures, affirma Piper. Celles d'avant n'étaient pas mal, mais elles faisaient un peu trop *Club des Cinq*. Les tiennes... Je ne sais pas, c'est comme si Dalí avait dessiné des images pour enfants.

— Dans l'intérêt des enfants, je suis content qu'il ne l'ait jamais fait, répliqua Hugo.

— Je peux vous poser une question ? demanda Ashley, une main sur la hanche, la tête penchée avec coquetterie.

L'instant était arrivé. Elle allait réclamer un autographe. Ou un selfie. Il n'était pas si souvent considéré comme une star, et il s'apprêtait à savourer ce moment.

— Je vous en prie.

— Pourquoi une écritoire ressemble-t-elle à une corneille ?

— Toutes les deux peuvent… (Hugo plissa les yeux.) Attendez, pourquoi cette devinette ?

Un téléphone noir était posé sur le comptoir. La barista tapota l'écran et lui montra une page web.

— Elle est sur le site de Jack Masterson depuis ce matin. Et partout sur Facebook.

— Quoi ?

— Laisse-moi regarder, trancha Piper.

Elle prit le téléphone d'Ashley et Hugo lut par-dessus son épaule :

Mes chers lecteurs,

J'ai écrit un nouveau livre, Un vœu pour l'île de l'Horloge. *Il n'existe qu'en un seul exemplaire, et je prévois de l'offrir à quelqu'un de très intelligent qui a le courage de faire des vœux.*

Le cœur d'Hugo se mit à battre si vite que son esprit ne pouvait plus suivre. Jack avait fait *quoi* ?

— Il faut que je file.

— Déjà ! Qu'est-ce qui t'arrive ? s'étonna Piper.

— Aucune idée.

Il l'embrassa sur la joue et fonça vers la rue, abandonnant sa tasse de café à base de diamants moulus. Il héla un taxi qui passait et se jeta sur la banquette arrière.

— Penn Station, et vite !

Hugo tira son téléphone de sa poche. Il l'avait mis en mode avion pendant qu'il visitait des appartements. Il le ralluma et, tout à coup, une avalanche de courriels, de textos et d'appels manqués se précipita sous la forme d'une cacophonie de bips, de sonneries et de vibrations.

Quatre-vingt-sept appels en absence et environ deux cents nouveaux messages, tous en provenance de médias et d'amis dont, bizarrement, il n'avait plus de nouvelles depuis des années.

— Oh là là, gémit Hugo.

Il appela la maison. Jack décrocha.

Hugo ne lui laissa pas le temps de parler.

— Bon sang, qu'est-ce que tu fous ? Le *Today Show* m'a laissé cinq messages vocaux.

— C'est en marche, mais ça n'a pas de pieds, répondit Jack.

— Je ne supporte pas tes devinettes à la con. Une fille dans un bar vient de me demander pourquoi une écritoire ressemble à une corneille, tu peux m'expliquer ?

— C'est en marche, répéta Jack plus lentement, comme s'il s'adressait à un enfant. Mais ça n'a pas de pieds.

Et il raccrocha.

Hugo poussa un grognement et eut envie de jeter son téléphone par la vitre. Ce n'était sans doute pas le moment car CBS News cherchait apparemment à le joindre. Il laissa le répondeur s'activer.

— Ça va, monsieur ? s'enquit le chauffeur de taxi.

— Qu'est-ce qui est en marche mais qui n'a pas de pieds ? Vous savez, vous ? C'est une devinette, donc c'est stupide, c'est agaçant, c'est exaspérant, mais la réponse sera évidente dès qu'on l'aura trouvée.

Le chauffeur gloussa.

— Vous avez déjà regardé *Sherlock* ? C'est marrant, vous parlez un peu comme lui.

— Comment ça, je…

Et Hugo comprit.

Qu'est-ce qui est en marche mais qui n'a pas de pieds ?

Comme disait Sherlock Holmes, « le jeu est en marche ».

Jack Masterson s'était mis à jouer. Subitement. Sans explication. Avait-il perdu la tête ? Jack ne sortait pratiquement plus de chez lui, mais tout à coup il jouait à un jeu ? Avec le monde entier ? Avec le reste de cette putain de planète ?

Hugo jura si grossièrement qu'il fut heureux de penser que le chauffeur de taxi ignorait qui il était, sans quoi il n'aurait plus jamais pu travailler pour un éditeur pour enfants.

Il rappela Jack.

— Quand je t'ai suggéré de reprendre tes machinations, aboya Hugo, je parlais de tes *livres*.

C'est alors qu'éclata le fameux rire, qui signifiait : « Le diable est à la porte et personne n'a poussé le verrou. »

— Tu connais le proverbe, mon garçon… Méfie-toi de tes souhaits.

3

DEVANT LE MIROIR de sa salle de bains, Lucy tâchait de se donner l'air responsable et mûr d'une adulte. Il fallait renoncer aux nattes, c'était certain. Elle adorait ses tresses parce qu'elles faisaient rire les petits à l'école, surtout quand elle y attachait de gros nœuds de ruban. Mais elle avait pris une demi-journée de congé pour ce rendez-vous, trop important pour qu'elle s'y présente sous l'aspect d'une fillette montée en graine.

Elle se lissa les cheveux et revêtit un pantalon de toile fraîchement repassé, avec un chemisier blanc très stylé qu'elle avait acheté pour quelques dollars dans un dépôt-vente. Au lieu d'avoir l'air de sortir d'un dessin animé japonais, elle paraissait maintenant à sa place dans une assemblée paroissiale ou une réunion d'affaires. À contrecœur, Lucy entra dans le salon. La copine de Chloe surnommait cette pièce l'Abîme du Désespoir, et ce nom était plutôt bien trouvé. Les vieux meubles disparates étaient très bien. Lucy n'exigeait rien de plus luxueux. Mais il y avait des cartons de pizza et des bouteilles de vodka partout. Le sol était jonché de chaussettes sales et le tapis berbère gris commençait à virer au brun pâle parce que ses colocataires refusaient d'ôter leurs chaussures en pénétrant dans la maison. Sur leurs trois étages, il n'y avait que trois pièces impeccables : la chambre de Lucy, la salle de bains de Lucy, et la cuisine qu'elle nettoyait parce que personne d'autre ne le faisait.

Elle détestait cet endroit qu'elle avait hâte de quitter, et pas seulement pour Christopher. Au moins le loyer n'était pas cher, elle pouvait mettre de l'argent de côté, donc elle y restait. Deux ans auparavant, quand tous ses colocataires étaient des thésards assez ordonnés, ce n'était pas si mal. Mais ceux-ci avaient obtenu leur doctorat et avaient été remplacés par des étudiants en première année ivres de liberté.

Beckett, le plus jeune, était à présent vautré sur le canapé taché de bière et regardait quelque chose sur son téléphone. Le connaissant, ce devait être une vidéo de chats rigolos ou du porno. Il avait des goûts assez éclectiques.

— Salut, Beck, tu es réveillé ? Toujours d'accord pour que je t'emprunte ta voiture ?

À force de battements de paupières, il reprit peu à peu conscience.

— Quoi ?

— Beckett, concentre-toi, dit-elle en claquant des doigts.

— Ah, Lucy… Comment t'es fringuée ? T'es devenue bonne sœur ? T'es vachement plus sexy avec tes tresses.

Lucy inspira profondément. Ses colocataires auraient mis à l'épreuve la patience d'un maître zen.

— Je refuse toute remarque vestimentaire de la part d'un type qui porte un T-shirt représentant une feuille de cannabis et qui ne s'est pas lavé depuis six jours.

— Cinq. Prendre une douche trop souvent, c'est mauvais pour la peau. Ça s'appelle le self-care.

— Ça s'appelle aussi l'hygiène. Je te conseille d'essayer prochainement. Tes clés, s'il te plaît.

— Je suis fatigué. J'ai mal au crâne.

Lucy lui tourna le dos, partit dans la cuisine et revint munie d'une bouteille tirée du réfrigérateur.

— Essaye ça. Je te lance le défi.

Il dévissa le bouchon, prit une rasade. Ses yeux s'agrandirent :

— Oh, mon Dieu, qu'est-ce que c'est que ça ?

— Ça s'appelle… de l'eau.

— Waouh.

— Tu te sens mieux ?

— Incroyable, répondit Beck. Tu es pleine de sagesse, comme une sorcière sexy.

— La sorcière sexy peut avoir tes clés de voiture, à présent ?

— OK.

Il extirpa les clés de la poche de son jean. Lucy les reçut avec un sourire.

— Merci. Maintenant, va prendre une douche, s'il te plaît.

***

Devant la double porte vitrée du Centre de protection de l'enfance, Lucy vérifia sa tenue, prit une profonde respiration et s'obligea à faire preuve de sang-froid. Elle allait rencontrer Mrs Costa, l'assistante sociale chargée des familles d'accueil de Christopher. Il y avait forcément un moyen d'accélérer le processus d'adoption. Lucy était hantée par l'expression du visage du petit garçon lorsqu'il avait calculé qu'il aurait neuf ans avant qu'ils puissent être ensemble.

Dans la salle d'attente, Lucy consulta son téléphone. Elle détestait cet endroit. Cela lui rappelait trop un hôpital : carrelage blanc, peinture criarde, panneaux aux couleurs vives (« premiers secours », « aide aux enfants », « assistance financière »). Une assistance financière pour les familles adoptives et les familles d'accueil, pour les enfants ayant des parents en prison, ou des parents toxicomanes. Mais rien pour une célibataire de vingt-six ans, sans le sou, qui essayait de devenir la mère d'un petit garçon.

La plus grande des affiches annonçait en grosses lettres noires : « Inutile d'être parfait pour être parent adoptif ». Super. Excellente nouvelle, dans la mesure où Lucy était tout sauf parfaite.

Dans cette salle d'attente, il n'y avait aucune famille parfaite. Des femmes avec des bébés qui pleuraient. Des femmes avec des gamins qui criaient. Des femmes – et quelques hommes – assis à côté d'adolescents muets et distants qui avaient sans doute subi le genre d'horreurs dont la plupart des gens n'ont connaissance qu'à travers les journaux. Christopher serait-il un jour un de ces ados traumatisés ? Elle avait le sentiment d'être pour lui une fenêtre que le destin s'empressait de refermer.

Sur la table voisine étaient empilés des brochures et des prospectus. Lucy en dénicha un qui s'intitulait « Les chiffres de l'adoption ». Le premier de ces chiffres était qu'en moyenne, un enfant passe vingt mois, un peu moins de deux ans, dans une famille d'accueil. Christopher en était déjà à son vingtième mois. Autre chiffre, bien plus troublant : les enfants placés étaient deux fois plus susceptibles d'être plus tard victimes de stress post-traumatique.

— Lucy Nerr ?

Mrs Costa se tenait sur le seuil de la porte. Elle souriait, mais d'un sourire poli plutôt que chaleureux. Lucy sentait déjà qu'elle lui faisait perdre son temps.

Elle entra et s'assit sur la chaise située face au bureau encombré de Mrs Costa. Des dossiers vacillaient sur le bord, prêts à tomber d'une minute à l'autre.

— Donc, Lucy, commença Mrs Costa avec un enthousiasme visiblement feint, que puis-je pour vous ?

— Je voulais à nouveau discuter de l'adoption de Christopher. Aucun de ses parents ne s'est encore manifesté ?

Mrs Costa la regarda. C'était une femme d'un certain âge, au visage buriné, aux cheveux bruns grisonnants, et dont les yeux avaient vu des choses que personne ne devrait jamais être obligé de voir.

— Évidemment, la réunification des familles est toujours le meilleur scénario possible, déclara-t-elle, mais non, Christopher n'a personne à part un grand-oncle en prison et un autre dans un hospice. Donc, il est candidat à l'adoption. Le processus serait long mais, Lucy…

— Pour Christopher, je suis déjà sa nouvelle maman, sauf sur le papier.

— Je sais qu'il a envie de vivre avec vous. Je sais que vous voulez être sa mère…

Lucy ne la laissa pas terminer.

— Christopher grandit. Il pose de plus en plus de questions. Il voit bien que, dans sa famille d'accueil, la mère est déjà accaparée par des jumeaux.

— Catherine Bailey et son mari sont l'une de nos meilleures familles. Il a de la chance d'être chez eux.

— Il serait mieux chez moi. Il m'est très attaché.

L'attachement des enfants était important, elle le savait. Mrs Costa le savait aussi.

— Ils le nourrissent, l'habillent, lui offrent un toit et la sécurité, veillent à ce qu'il fasse ses devoirs, et Mrs Bailey assiste à toutes les audiences du tribunal, à chaque réunion… Que voulez-vous de plus ?

— Je veux qu'il soit aimé. Ils ne l'aiment pas. Pas comme je l'aime.

Mrs Costa poussa un lourd soupir :

— Ce n'est pas un crime.

Lucy répliqua d'une voix si véhémente qu'elle en fut elle-même surprise :

— Ça devrait !

— Écoutez-moi, reprit Mrs Costa avec une douceur qui força Lucy à la regarder dans les yeux. Je vous donnerais cet enfant à la minute si je le pouvais. Si l'amour suffisait, vous seriez la personne idéale pour l'adopter.

Lucy attendit, l'estomac noué. Elle savait ce qui allait suivre car elle l'avait déjà entendu.

— Mais ?

— Oui, il y a un « mais ». Pour l'évaluation du foyer, ça ne marchera jamais. Pas tant que votre situation n'évolue pas. Vous avez beaucoup de dettes sur votre carte de crédit, Lucy. Vous n'avez pas de moyen de transport. Vous vivez avec trois colocataires dans une maison qui partirait en fumée au moindre début d'incendie dans la cuisine, et puis, un desdits colocataires a récemment été arrêté pour conduite en état d'ivresse. Même si on vous inscrivait dans tous les programmes d'aide possibles, vous n'auriez toujours pas les moyens de vous offrir un logement adéquat et une voiture. Voyons, Lucy, réfléchissez : si j'envoyais Christopher chez vous aujourd'hui, où dormirait-il ? Par terre dans votre chambre ?

— C'est moi qui dormirais par terre. Je lui laisserais le lit.

— Lucy…

— On touche de l'argent, non ? Les parents adoptifs reçoivent une allocation de l'État. Je m'en servirais pour nous loger mieux.

— Vous devez être correctement logée avant d'adopter un enfant.

— Regardez, dit Lucy en brandissant la brochure « Les chiffres de l'adoption ». Il est écrit ici que les enfants en foyer d'accueil risquent sept fois plus d'être victimes de dépression, et courent cinq fois plus de risques de souffrir d'anxiété que les autres enfants. Et qu'ils sont quatre fois plus susceptibles d'aller en prison. Vous voulez que je continue ? Vivre dans ma baraque merdique pendant quelques mois, c'est un faible prix à payer pour le sauver, non ? Il a besoin d'une vraie maman. Il sera mieux avec moi qu'avec quelqu'un qui se contente de lui assurer un confort matériel.

— Le confort matériel, ça compte énormément aussi. Je sais que, selon vous, les enfants n'ont besoin que d'amour, mais une bonne dose de stabilité, ça ne fait pas de mal non plus. Je suis désolée, votre mode de vie actuel n'est pas assez stable pour un enfant. Il a l'école. Il a ses séances de thérapie deux fois par semaine. Et que se passera-t-il le jour où il sera malade, qu'il aura besoin de soins en pleine nuit, et que la première pharmacie ouverte sera à quinze kilomètres ? Vous allez attendre le bus pendant deux heures ? Réveiller un de vos colocataires pour qu'il vous emmène ? Enfourcher votre bicyclette à quatre heures du matin ?

— Je peux emprunter une de leurs voitures, je peux...

D'un geste de la main, Mrs Costa l'interrompit.

— Vous devez changer d'emploi.

Lucy tenta d'expliquer qu'elle prévoyait d'enseigner mais qu'elle ne pouvait se payer les cours, ni le certificat nécessaires.

— Un deuxième boulot, alors ?

— Si j'avais un autre emploi en plus, je ne verrais jamais Christopher. Il ne se sert pas du téléphone, il en a une peur panique. À sa place, vous seriez comme lui, non ? Vous me demandez de l'abandonner.

— Je vous demande de faire des choix difficiles.

— Ah oui, parce que, jusqu'ici, je n'ai eu que des choix faciles ?

Mrs Costa agita la tête.

— Lucy, Lucy, Lucy… Vous avez forcément entendu dire qu'il faut tout un village pour élever un enfant. Où est votre village ? Où est votre système de soutien ?

— Je n'en ai pas, d'accord ? Mes parents ne pensaient qu'à ma sœur. Ça n'a pas changé. Je vivais avec mes grands-parents, et ils sont morts. Je n'ai plus personne.

— Et votre sœur ?

Lucy réprima un éclat de rire.

— Vous ne m'avez pas entendue ? C'était la chouchoute de mes parents. Nous ne nous parlons plus depuis des années.

— Bon… Elle le regrette peut-être ? Vous y avez déjà pensé ? Téléphonez-lui, pour voir, au cas où elle pourrait vous aider un peu.

— Je vendrais mes organes au marché noir plutôt que d'appeler ma sœur pour lui demander de l'argent.

Mrs Costa croisa les bras et se renfonça sur sa chaise.

— Alors, si vous refusez de vous aider vous-même, je crains de ne pas savoir comment vous aider non plus.

Lucy refoula ses larmes et leva les mains, démunie.

— Vous auriez dû voir quelle tête il a fait quand je lui ai dit qu'il s'écoulerait encore deux ans au moins avant que j'aie de quoi acheter une voiture et un appartement. On aurait cru que je lui disais d'attendre vingt ans, ou l'éternité. Les pauvres devraient être autorisés à avoir des enfants, non ?

— Oui, oui, bien sûr. Je pense aussi que les enfants pauvres ne devraient pas être obligés de vivre dans la pauvreté. Mais ce n'est pas moi qui décide.

— Il y a forcément une solution, insista Lucy en se penchant en avant, le regard suppliant. Vous n'avez aucune idée ?

Mrs Costa avait les mêmes yeux vides que les adolescents de la salle d'attente.

— Si je croyais aux miracles, je répondrais que j'en espère un, mais… ça fait longtemps que je n'en ai plus vu se produire. Il serait peut-être temps de dire à Christopher que ça ne va pas être possible.

Lucy secoua la tête.

— Pardon ? Je ne peux pas. Non, je… Je ne peux pas faire ça.

Que lui avait dit son ex ? « Les gens comme nous ne devraient pas avoir d'enfants, cocotte. On est trop nuls. Les gens nuls font des enfants nuls. Comme mère, tu serais aussi lamentable que moi comme père… »

Elle chassa ces paroles de son esprit. Des larmes coulèrent sur son visage. D'un geste gracieux, sans doute le fruit d'années d'entraînement, Mrs Costa tendit la main derrière elle sans tourner la tête et attrapa quelques mouchoirs en papier dans une boîte pour les proposer à Lucy.

— La dernière fois que j'ai vu Christopher, reprit Mrs Costa, il a dit que vous jouiez à faire des vœux, vous et lui. Que vous formuliez toutes sortes de souhaits extravagants. On est d'accord que la vie ne fonctionne pas comme ça ? Vous savez que les vœux ne se réalisent pas simplement parce qu'on en a très, très envie ?

— Je le sais, répondit Lucy d'une voix dure et amère, même à ses propres oreilles. Mais je voulais que Christopher ait… un peu d'espoir ?

— Vous lui avez donné de l'espoir ? Ou bien vous l'avez poussé à espérer davantage ?

De l'autre côté de la porte, la salle d'attente était remplie de gens en difficulté, dont la situation était bien pire que celle de Lucy, et d'enfants encore moins heureux que Christopher.

— Je peux lui en parler, si vous voulez, offrit Mrs Costa. J'irai chez les Bailey et j'aurai un petit tête-à-tête avec lui. Je lui expliquerai que j'ai pris la décision, et que ce n'est pas votre faute.

Elle proposait généreusement de faire une chose affreuse. Lucy faillit la prendre au mot, mais elle savait que ç'aurait été de la lâcheté pure.

— Je vais… Je vais réfléchir à la façon de le lui annoncer. Il faut que ça vienne de moi.

Elle essuya ses larmes et avala la boule qu'elle avait dans la gorge.

— Il finira par comprendre. Mais une chose est sûre : plus vous attendrez, plus ce sera dur pour tous les deux. Un jour viendra où une famille voudra l'adopter. Ce sera plus facile pour lui d'accepter une nouvelle famille s'il ne compte plus sur vous.

Lucy n'arrivait pas à digérer l'idée que Christopher puisse être adopté par quelqu'un d'autre qu'elle. Mrs Costa lui tendit un autre mouchoir.

— Vous n'allez pas me croire, mais d'ici quelques jours, vous vous sentirez probablement un peu soulagée. Ce sera un poids en moins sur vos épaules.

Lucy croisa le regard de Mrs Costa. Elle répondit lentement, après mûre réflexion :

— Si Christopher était mon fils, ce ne serait pas un poids sur mes épaules. S'il était mon fils, mes pieds ne toucheraient même plus terre.

Le visage de Mrs Costa resta inexpressif.

— Y a-t-il autre chose que je puisse faire pour vous aider ?

Lucy se sentit congédiée. Normal, la discussion était close.

— Non, merci. Vous m'avez assez aidée.

4

Lucy rendit sa voiture à Beckett. Elle retournerait à l'école à pied. Elle avait besoin de remuer, de respirer, de se rasséréner avant de reprendre le travail.

Un soulagement ? Un poids en moins sur ses épaules ? Mrs Costa pensait-elle que Christopher était une sorte de projet pour Lucy ? Une bonne œuvre qui l'empêchait de vivre sa vie ? Elle avait vécu. Elle avait fait tout ce qu'on est censé faire à l'université. Elle avait participé à des fêtes, était sortie avec des crétins sexy, était allée à Panamá pendant les vacances de printemps, six filles dans une chambre d'hôtel minable. Elle s'était même aventurée au-delà de ce qu'on attendait d'elle, en sortant avec un de ses anciens profs, qui se trouvait également être l'un des écrivains les plus célèbres du pays. Un lauréat de plusieurs prix qui l'emmenait à des cocktails sur les toits de New York, à des dîners dans les riches demeures des Hamptons, et avec qui elle faisait des séjours en Europe. Elle avait vécu sa vie. Elle avait eu une folle jeunesse, elle avait pris du bon temps.

À présent, elle aurait échangé chacune de ces fêtes arrosées, chacun de ces repas fins, chacun des visages connus qu'elle avait rencontrés, et chacune des nuits passées dans un cinq étoiles, tout pour une semaine dans le rôle de la mère de Christopher. Ou une journée. Une seule journée.

Mais selon Mrs Costa, rien de tout ça ne comptait.

Lucy gardait la tête baissée, dans l'espoir que personne ne verrait ses yeux rouges ou ne la prendrait pour une vagabonde ivre ou droguée. C'était un vendredi après-midi. Après la classe, elle pourrait raconter à Christopher qu'elle avait rencontré Mrs Costa, et que l'État avait décidé que Lucy ne serait pas sa mère adoptive. Ce week-end, elle l'emmènerait peut-être au cinéma pour lui remonter le moral. Elle avait plus de deux mille dollars d'économies. Pourquoi ne pas commencer à les dépenser en petites choses qui rendraient Christopher heureux ? Si elle consacrait tout son week-end à le gâter, il aurait peut-être accepté la situation d'ici lundi. Rien n'aurait réellement changé. Lucy serait toujours son amie ; simplement, elle ne deviendrait jamais sa maman.

Pas si terrible, au fond.

Alors pourquoi ressentait-elle une douleur terrible ?

Tout en traversant un parking, Lucy passa devant un magasin de jouets, revint sur ses pas et y entra. Le lendemain, un parent était volontaire pour jouer les assistants pédagogiques, donc Theresa n'avait pas besoin de Lucy en classe dans l'immédiat.

Dès qu'elle pénétra dans la boutique *La Tortue Violette*, Lucy se rendit compte qu'elle avait commis une erreur. Pratiquement tout était hors de prix. Ah, si elle avait pu être une de ces mères qui ont assez d'argent pour acheter des jeux de construction en bois importés d'Allemagne et des poupées peintes à la main en Angleterre !

— Je peux vous aider ? demanda une jeune femme de derrière son comptoir.

Lucy se retourna et la vit contempler son téléphone, le front plissé.

— Vous auriez quelque chose pour un petit garçon qui aime les requins et les bateaux ? Il a sept ans.

Elle voulait offrir quelque chose à Christopher pour atténuer le choc. Un objet qui lui rappellerait qu'elle l'aimerait toujours et qu'elle voulait faire partie de sa vie.

— Quelque chose de pas trop gros ? précisa-t-elle.

Sous-entendu, de pas trop cher.

— Nous avons un bateau pirate en Lego, mais il est assez énorme.

La jeune femme désigna le carton, et Lucy constata que le prix frôlait les deux cents dollars, soit dix pour cent de ses économies.

— Autre chose ? De plus petit ?

— Nous avons aussi les figurines Schleich, si vous voulez des miniatures. Il doit y avoir quelques requins.

Lucy suivit des yeux la direction qu'indiquait du doigt la vendeuse. Elle s'approcha d'une grande armoire en bois remplie d'animaux de toutes les espèces, lions, oiseaux, loups, bien sûr, mais aussi dinosaures, licornes, et même requins, en effet.

Ils coûtaient sept dollars pièce, quinze dollars les trois. Lucy passa presque dix minutes à débattre pour savoir si elle en prenait trois – le requin-tigre, le grand blanc et le requin-marteau – ou seulement un. Finalement, elle porta le trio à la caisse. Au diable, après tout ! Ça ne faisait que quinze dollars, et en son for intérieur elle savait qu'elle pouvait dépenser les deux mille dollars de sa cagnotte sans que cela répare leurs cœurs brisés, à elle et à lui. Elle n'allait pas de sitôt se lancer à la recherche d'un appartement ou d'une voiture.

Non, elle ne pouvait pas justifier l'achat d'une boîte de Lego à deux cents dollars, mais elle pouvait se permettre de prendre les trois requins.

— Vous offrez l'emballage cadeau ? demanda-t-elle.

La jeune femme haussa un sourcil.

— Vous voulez que je vous fasse un paquet pour trois petits requins ?

— Si ça ne vous dérange pas. S'il vous plaît.

— Pas de souci. C'est pour votre fils ?

Lucy déglutit à nouveau le nœud qu'elle avait dans la gorge.

— C'est pour un petit garçon de mon école. Il vit un moment difficile, et il ne reçoit pas souvent de cadeaux.

— Vous êtes prof ? questionna la vendeuse tout en plaçant les figurines dans une boîte en carton.

Lucy désigna le papier bleu à motifs de dinosaures. Christopher y serait plus sensible qu'au papier à arcs-en-ciel.

— Assistante pédagogique à Redwood.

— Vous vous y connaissez en devinettes, ce genre de choses ?

— En devinettes ? J'imagine, répondit Lucy, perplexe. Tous les ans au mois d'avril, on consacre plusieurs cours aux blagues, aux jeux de mots et aux devinettes.

— Vous avez déjà entendu celle-ci : « Pourquoi une écritoire ressemble-t-elle à une corneille ? »

— Oui, bien sûr. Elle vient d'*Alice au pays des merveilles*. À moins que ce soit dans *De l'autre côté du miroir*. Je ne me souviens plus.

— Et vous avez la réponse ?

La réponse ? Il y a bien longtemps, on lui avait soumis cette même devinette. Il n'y avait pas de solution, du moins pas selon Lewis Carroll.

— Il n'y a pas vraiment de réponse, dit Lucy. C'est une devinette du pays des merveilles. Tout le monde est fou au pays des merveilles.

— Ah zut, s'exclama la vendeuse.

— Pourquoi cette question ?

— Les gens en parlaient sur les réseaux sociaux. Je me creuse la cervelle depuis ce matin.

— Bonne chance.

Après avoir enveloppé la boîte dans du papier bleu, la jeune femme la déposa dans un sac brun à poignées, avec une tortue violette imprimée sur le devant. C'était un joli cadeau pour quinze dollars plus les taxes.

Mais le bateau pirate aurait été beaucoup plus joli, songea Lucy en quittant le magasin.

***

Lorsqu'elle arriva à l'école, les enfants chantaient les dernières chansons, *De Colores* et *Le Fermier de la vallée*, en anglais et en espagnol. Sur le dernier couplet, la première sonnerie retentit, et ce fut à nouveau l'envol des âmes vers le paradis. En quelques secondes, la classe se vida. Il ne restait plus que Lucy et Theresa.

— Comment ça s'est passé ? demanda Theresa alors que toutes les deux commençaient à ranger la salle.

— Je préfère ne pas en parler, marmonna Lucy en s'efforçant de ne pas pleurer.

Theresa la prit dans ses bras.

— C'est ce que je craignais.

Elle eut la sagesse de ne pas trop prolonger l'embrassade, sans quoi Lucy se serait remise à pleurer.

Celle-ci eut un frisson et tâcha de se ressaisir pour la troisième ou quatrième fois de la journée.

— Tout va bien, l'encouragea Theresa. Tu y arriveras. Continue à épargner cent après cent.

Lucy secoua la tête.

— Les cents ne suffiront pas.

— Bienvenue en Amérique ! On te dit que s'occuper d'enfants est le métier le plus important qui soit, mais on te paye comme si c'était le moins important au monde. Tu sais que je te donnerais la somme si je l'avais ?

— Je t'en prie, ne t'inquiète pas pour ça. Je me suiciderai plus tard.

— Ah non ! Je t'interdis de parler comme ça.

— Désolée. J'ai eu une mauvaise journée.

Lucy s'éloigna, prit la bombe de détergent et le chiffon pour les tableaux blancs.

Theresa vint se placer à côté d'elle et la dévisagea. Lucy n'avait pas le courage de lever les yeux.

— Lucy ? Allez, raconte-moi tout.

— Ça ne marchera jamais.

Theresa eut un hoquet de surprise.

— Oh non, ma petite fille…

— J'ai tout essayé. Aujourd'hui, l'assistante sociale m'a carrément dit que je ne pourrais jamais adopter Christopher, et qu'il était temps de le lui annoncer.

— Qu'est-ce qu'elle en sait ? Elle ne te connaît pas comme je te connais.

— Elle a raison. Il mérite mieux.

— Mieux ? Qu'est-ce qui serait mieux que le mieux ? Et pour lui, tu es ce qu'il y a de mieux. Je le sais bien.

Theresa lui tapota doucement l'épaule. Lucy inspira profondément et s'obligea à se focaliser sur les tableaux. Elle les frotta jusqu'à ce qu'ils soient d'un blanc éclatant.

— Qu'est-ce je connais au métier de mère ? J'ai eu des parents épouvantables. Je sors avec des types minables…

— Sean ? Il s'agit de Sean ? Parce que si c'est le cas, je vais te mettre une fessée. Et je me moque bien que tu aies vingt-six ans.

Lucy rit tout bas, d'un rire faible, fatigué.

— Il ne s'agit pas de Sean. Même si c'était un sale con.

— Un très sale con, qui a brisé tous les records de connerie.

— Il s'agit de la réalité. Et la réalité, c'est que ça ne marchera jamais.

Theresa soupira :

— Je déteste la réalité.

— Je sais, je sais, mais pour Christopher…

— Pour lui, ne renonce pas, coupa Theresa en l'attrapant par les épaules afin de la secouer légèrement. Je suis instit depuis près de vingt ans. J'ai rencontré tous les types de mauvais parents possibles. Ceux qui s'achètent des nouveaux vêtements et qui laissent leurs gosses aller à l'école avec des chaussures trois tailles trop petites. Ceux qui mettent une fessée à un gamin de cinq ans parce qu'il a renversé son verre de lait. Ceux qui ne donnent pas le bain à leurs enfants pendant des semaines et qui ne leur lavent pas leurs habits. Ceux qui prennent le volant bourrés et qui assoient leurs rejetons à l'avant de la voiture, sans ceinture. Et ce ne sont même pas les pires, Lucy, tu le sais bien.

— Oui, je le sais bien. Par comparaison, mes parents étaient des saints. Enfin, pas vraiment, mais ils auraient pu être pires. (Elle s'assit sur l'une des petites tables rondes.) Mrs Costa a été très condescendante avec moi, elle m'a expliqué qu'il faut un village entier pour élever un enfant, et que je devrais demander de l'aide à ma sœur.

— Pour ce qui est du village, elle n'a pas tort. Et pourquoi ne pas téléphoner à ta sœur ?

— Pardon ? s'exclama Lucy en roulant de gros yeux.

— Moi aussi, je détestais ma sœur quand j'étais ado. On aurait pu fabriquer des perruques avec tous les cheveux qu'on s'arrachait pendant nos bagarres. À présent, chacune de nous deux tuerait pour protéger l'autre. Jamais je ne lui prêterais ma veste préférée, mais je casserais la gueule au premier qui lui fait du mal. Si j'étais toi, je l'appellerais. Qu'est-ce que tu risques ? Au pire, de te faire raccrocher au nez.

— Non ! riposta énergiquement Lucy. Non ! répéta-t-elle, pour faire bonne mesure.

— Bon, très bien. (Theresa leva les bras en signe de capitulation.) Mais au moins, n'en parle pas demain à Christopher. Attends un peu, le temps d'y réfléchir. OK ?

Lucy battit des paupières pour chasser ses larmes.

— Rien ne va changer en une semaine.

Theresa se redressa et pointa son doigt vers la poitrine de Lucy.

— Ah non ? Laisse-moi te raconter l'histoire de mon cousin Jo – le plus grand salaud de la planète, Dieu m'est témoin. Il était à deux jours d'être exproprié de chez lui par la banque quand sa copine a mis le feu à son lit parce qu'il l'avait trompée avec sa sœur. Toute la baraque a brûlé en une heure. L'assurance leur a versé une *énorme* prime. Maintenant il vit à Miami avec deux filles qui ont la moitié de son âge.

— Merci pour ce récit très inspirant et très édifiant, en effet. Tu devrais donner des conférences.

— Laisse passer une semaine. Ou même une journée, d'accord ? Simplement, pas aujourd'hui. Ne lui brise pas le cœur un vendredi, ça lui gâcherait tout son week-end.

— Je lui ai acheté des petits requins pour amortir le choc.

— Garde les requins. Et ne lui en parle pas tout de suite.

Éclatant de rire pour la première fois de la journée, Lucy acquiesça :

— Bien, madame.

Theresa avait une réunion du comité de planification. Restée seule dans la classe, Lucy prit son téléphone et, par pure curiosité, tapa sur Google « Angela Victoria Nerr », puis « Angela Nerr » et « Angie Nerr Portland Maine ».

Il ne lui fallut pas longtemps pour trouver. Angie Nerr, de Portland, dans le Maine, trente et un ans, travaillait pour l'agence immobilière Weatherby's International. Lucy cliqua sur sa photo et vit sa sœur adulte. Jolie, mais pas véritablement belle. Des dents blanches parfaites, un maquillage irréprochable, et elle portait un tailleur gris qui devait coûter plus que le loyer de Lucy. Selon le site de son agence, Angie venait de vendre une propriété à deux millions de dollars. Pour mieux retourner le couteau dans la plaie, Lucy se renseigna sur les commissions que percevaient en général les agents immobiliers : trois pour cent. Sur deux millions, ça faisait soixante mille dollars.

Sous le visage souriant d'Angie figuraient ses coordonnées. Son numéro de téléphone et son adresse électronique.

Soixante mille dollars ? Pour une seule vente ?

Le doigt de Lucy resta suspendu au-dessus du numéro de téléphone. Elle n'en mourrait pas, d'envoyer un texto à sa sœur…

Son cœur palpitait à cette seule idée. Elle se mit à transpirer. Que pouvait-elle lui dire ? « Merci de m'avoir dit que Papa et Maman n'ont jamais voulu m'avoir ? Merci de m'avoir rappelé que j'étais non désirée et indésirable ? Merci d'avoir fait de moi une intruse dans ma propre famille ? Oh, à propos, je peux t'emprunter un peu d'argent ? »

Non, elle ne dirait rien, parce qu'il n'y avait rien à dire.

Lucy rangea son téléphone dans son sac. De toute façon, il n'y avait presque plus de batterie.

***

Quand Christopher arriva dans la classe, Lucy s'était assez calmée pour faire comme si tout allait bien.

— Bonjour, mon chéri, dit-elle gaiement lorsqu'il vint l'embrasser.

Il se colla contre elle, l'air harassé, mais elle sentit que c'était la lassitude d'une récréation mouvementée, pas celle du chagrin qui vous épuise.

— La journée a été dure ?

Il semblait aller un peu mieux que la veille. Il n'avait plus ses yeux de raton laveur.

— Trop de calcul ! gémit-il.

Il jeta son cartable sur une table et se laissa tomber sur une chaise en levant exagérément ses bras squelettiques.

— Tu as beaucoup de devoirs en maths ?

Elle plongea dans ses chaussures pour lui remonter les chaussettes comme tous les jours. Elle finirait par les lui fixer aux chevilles avec de l'adhésif.

— Non, je les ai déjà faits. (Il se passa les doigts dans ses cheveux en sueur jusqu'à ce qu'il soit ébouriffé comme Einstein.) Mais j'ai le cerveau cuit.

— Oui, je vois la fumée sortir par tes oreilles. Ce sera pire quand vous commencerez les tables de multiplication. Tu as d'autres devoirs ?

— De la lecture. Miss Malik veut que je lise une histoire dans un livre et que je réponde à dix questions. Avec des vraies phrases, en plus.

Lucy eut l'impression d'un travail de CM1 plutôt que de CE1.

— Une histoire et dix questions ? Ça paraît beaucoup. C'est pour tous les élèves, ou seulement les Aigles ?

Christopher était membre du groupe des Aigles, les meilleurs lecteurs de la classe, les plus avancés. En dessous d'eux venaient les Milans, puis les Hiboux. Même avec des noms d'animaux aussi innocents, les enfants comprenaient aussitôt qu'on était au-dessus de la moyenne lorsqu'on était un Aigle, et qu'on s'attirait pitié et mépris quand on était un Hibou. Lucy avait été extrêmement soulagée lorsqu'elle avait appris que Christopher avait été admis parmi les Aigles. Il était déjà assez harcelé parce qu'il était en famille d'accueil.

— Euh… Moi tout seul, répondit-il en plantant sa main dans ses cheveux pour les secouer sans raison.

— Toi tout seul ? C'est une punition ?

Il plaça ses doigts sur ses paupières inférieures et les tira pour ressembler à un zombie. Il était manifestement très excité par quelque chose. Lucy lui retira les mains de la figure avant que ses yeux ne sortent de leurs orbites.

— Explique-moi, ordonna-t-elle en lui tenant les poignets.

— Miss Malik dit que je lis trop bien même pour les Aigles. Elle pense que je devrais viser encore plus haut.

Elle le dévisagea.

— Tu es sérieux ?

Il hocha rapidement la tête, comme cela lui arrivait dans les moments d'émotion intense.

Lucy lui empoigna les mains et improvisa une petite danse. Il méritait d'être porté en triomphe avec une fanfare ! Comment des parents pouvaient-ils ne pas s'évanouir quand leur enfant leur rapportait une nouvelle pareille ? Non, elle n'allait certainement pas lui annoncer aujourd'hui la mauvaise nouvelle, pas lorsqu'il était plus heureux qu'elle ne l'avait vu depuis longtemps.

— Tu es incroyable. Plus haut que les Aigles ? Qu'est-ce qui vole plus haut qu'un aigle ? Les cygnes peut-être ? Les oies ? Tu veux être une oie ?

— Non, je ne veux pas être une oie !

Elle claqua des doigts deux fois.

— J'ai trouvé : un épervier ! Christopher Lamb, tu es un épervier. On va te rebaptiser. Christopher Épervier. Bravo, monsieur Épervier.

Ils firent un high-five.

— Bon, c'est quoi, cette histoire à lire ? Et les questions ? demanda-t-elle alors qu'il prenait son manuel.

— Dans la première, « Une journée à la plage », je dois apprendre à reconnaître les… articles machin-chose.

— Les articles machin-chose ? Laisse-moi regarder.

Lucy ouvrit le livre et trouva l'histoire. Le texte n'avait rien de passionnant, mais ça allait. Christopher n'était pas encore mûr pour Tchekhov. Selon la consigne, il devait être attentif quand on utilisait *un* ou *une* plutôt que *le* ou *la*.

— Ah, les articles définis et indéfinis ! C'est facile. Tu vas y arriver en un rien de temps. Prêt ?

Elle rapprocha sa chaise de celle de Christopher, mais avant qu'ils aient pu démarrer, Theresa revint de sa réunion. Elle lisait un message sur son téléphone avec tant d'intérêt qu'elle se cogna à l'une des tables en marchant vers le tableau.

— Theresa ? la héla Lucy.

— Pourquoi une écritoire ressemble-t-elle à une corneille ?

Theresa s'assit et fit défiler quelque chose sur l'écran de son téléphone.

— Tu es la deuxième personne à me demander ça aujourd'hui. Qu'est-ce que ça signifie ?

— Une corneille, c'est un oiseau, non ? demanda Christopher.

— Comme un corbeau, mais en plus gros, confirma Lucy. C'est encore un truc qui est devenu viral sur Internet ?

Theresa finit par détacher les yeux de son écran.

— Tu as lu tous les bouquins de *L'Île de l'Horloge* ?

Le cœur de Lucy fit un bond. Elle craignit soudain d'apprendre que Jack Masterson était mort. Une longue maladie aurait pu l'empêcher d'écrire depuis plusieurs années.

— Que se passe-t-il ?

— Il organise un concours pour son nouveau livre.

Lucy se tourna vers Christopher, qui la dévisageait d'un air stupéfait.

— Lucy, murmura-t-il. On a souhaité un nouveau livre.

— Quelqu'un a entendu notre vœu !

Elle prit Christopher par la main et ils se rapprochèrent de Theresa.

— C'est quoi, ce concours ?

— Ne t'emballe pas, tu ne peux pas t'inscrire, répondit Theresa. C'est uniquement sur invitation, apparemment.

Lucy s'assit par terre en tailleur et installa Christopher sur ses genoux afin qu'il puisse voir ce qu'elle voyait. La page web était un simple fond bleu ciel, sur lequel la devinette était inscrite en lettres noires à fioritures. « Pourquoi une écritoire ressemble-t-elle à une corneille ? »

Elle fit défiler la suite, et lut à haute voix :

Mes chers lecteurs,

J'ai écrit un nouveau livre, Un vœu pour l'île de l'Horloge. *Il n'existe qu'en un seul exemplaire, et je prévois de l'offrir à quelqu'un de très intelligent qui a le courage de faire des vœux. Certains de mes plus courageux lecteurs d'il y a bien longtemps recevront aujourd'hui une invitation spéciale. Vous savez qui vous êtes si vous connaissez ma réponse à cette devinette :* « Pourquoi une écritoire ressemble-t-elle à une corneille ? » *Consultez votre boîte aux lettres électronique.*

Toutes mes amitiés depuis l'île de l'Horloge,
Le Cerveau.

Lucy respira bruyamment.

— Ça ne va pas ? questionna Christopher.

Elle resta d'abord muette, sous le choc.

Vous savez qui vous êtes si vous connaissez ma réponse à cette devinette.

— Lucy ? s'alarma Christopher.

Theresa semblait ailleurs.

— Christopher, chuchota Lucy, un sourire si large sur son visage que ses oreilles en frémissaient.

— Quoi ?

— Je connais la réponse.

5

— Viens, dit Lucy.

Elle prit la main de Christopher et ils coururent dans les couloirs.

— On va où ?

— En salle d'informatique. Mon téléphone est presque à plat, et on a une recherche à faire.

Dans la pièce, il n'y avait personne à part Mr Burke, leur pauvre professeur de technologie. « Beurk » est un nom que personne n'a envie de porter, surtout pour travailler avec de jeunes enfants.

— Nous empruntons un ordinateur pour quelques minutes, lui lança Lucy en filant vers le fond de la salle.

— Pas de problème.

Mr Burke essayait de brancher une nouvelle imprimante couleur et, à en juger par les jurons polis qu'il proférait, il rencontrait quelques difficultés.

Dès que Lucy fut assise, elle reprit Christopher sur ses genoux. Une seconde s'écoula avant qu'il ne préfère se poser sur une chaise à côté d'elle. Les genoux, c'était très bien en privé, mais pas en présence d'adultes. Elle était trop absorbée pour y voir un affront personnel.

Lucy s'empressa de saisir son identifiant professionnel et son mot de passe. Elle se dirigea directement sur la page Facebook des fans de *L'Île de l'Horloge*, mais il n'y avait rien de plus que ce qu'elle avait vu sur le téléphone de Theresa. Seulement l'annonce de Jack Masterson et des milliers de commentaires émanant de lecteurs qui exigeaient des précisions.

Lucy vérifia sa boîte aux lettres. D'anciens camarades d'études l'avaient déjà inondée de questions.

« Tu as vu le message de Jack Masterson ? » Celui-là provenait de Jessie Conners, qui partageait sa chambre en dernière année. « Tu l'as bien rencontré un jour, non ? »

Une ex-collègue du restaurant où Lucy avait été serveuse écrivait : « Eh, tu connais Jack Masterson, hein ? Tu sais pourquoi une écritoire ressemble à une corneille ? »

Lucy ne se donna pas la peine de répondre. Elle tapa sur Google « Jack Masterson concours île Horloge ». Christopher regardait par-dessus son épaule lorsqu'elle cliqua sur un lien Twitter. Elle savait qu'elle n'aurait sans doute pas dû faire ça sous ses yeux. Les médias sociaux pour adultes n'étaient pas destinés aux yeux des petits, mais l'attraction était trop forte pour qu'elle résiste.

Un célèbre journaliste de CNN avait twitté : « Je veux participer au jeu ! Où est ma lettre de Poudlard, Jack ? » Suivait un lien vers un article décrivant le soudain retour de Jack Masterson dans le monde littéraire.

— La lettre de Poudlard ? demanda Christopher.

— Pour aller sur l'île de l'Horloge, il faut avoir reçu une invitation sous enveloppe, comme dans *Harry Potter*. Peut-être que…

— Quoi ?

— Tu es capable de garder un secret ?

— Bien sûr.

— Je suis sérieuse. Un très grand secret. Tu ne dois en parler à personne.

Lucy avait horreur d'imposer cela à un enfant. C'était trop de pression, et elle le savait. Mais elle tenait à ce que cette histoire ne s'ébruite pas. Les parents d'élèves auraient voulu sa peau.

— Je me tairai, promis, juré.

Christopher était déjà surexcité.

— OK. Alors je dois t'avouer quelque chose : je suis déjà allée sur l'île de l'Horloge.

Il eut exactement la réaction qu'elle prévoyait. Il ouvrit des yeux immenses et sa mâchoire se décrocha.

— Tu es allée là-bas ?

— Oui, j'y suis allée.

Christopher poussa un hurlement.

— Chut !

Voilà ce qui était formidable, lorsqu'on travaillait avec des petits. Elle redevenait enfant elle-même pendant quelques heures par jour. Au lieu d'une adulte fatiguée, tourmentée par ses factures et ses problèmes financiers, elle n'était qu'une petite fille qui avait peur d'être grondée parce qu'elle parlait trop fort.

— Tout va bien ? s'enquit Mr Burke.

— Oui, répondit Lucy, mais dans la vie, il y a des moments où on est obligé de crier.

— Je vais bientôt devoir hurler moi aussi, grogna Mr Burke en donnant un coup de poing à l'imprimante.

— Chut, calme-toi, conseilla Lucy à Christopher. Tu as fait sursauter Mr Burke.

Le petit garçon n'eut pas l'air d'entendre.

— Tu es allée sur l'île de l'Horloge ! Sur l'île de l'Horloge !

Il haletait, secouait les mains. Lucy lui saisit doucement les poignets avant qu'il ne renverse un des ordinateurs.

— Oui, c'est la vérité.

— Alors tu m'as menti ! Tu m'as dit que tu l'avais rencontré et qu'il avait signé sur ton livre.

Ce gamin était décidément trop intelligent pour son propre bien.

— Je ne t'ai pas menti. Non. Je ne mens jamais. Enfin, si, parfois. Il m'est arrivé de mentir. Mais là, c'est juste que je ne t'ai pas tout raconté. Je t'ai dit que j'avais rencontré Jack Masterson et qu'il m'avait dédicacé son livre. Tout ça est vrai. Simplement, je ne t'ai pas dit que ça s'était passé sur l'île de l'Horloge.

Christopher la fusilla du regard en répétant :

— Tu m'as menti.

— Et toi, tu m'as dit que Superman était ton voisin, répliqua-t-elle sans baisser les yeux.

— Je le croyais ! Je te jure ! Mon voisin lui ressemblait tellement ! Enfin, plus ou moins.

Le visage de l'enfant se renfrogna.

— Tu veux que je te raconte, ou tu préfères m'envoyer en prison parce que je ne t'ai pas exposé mon passé dans le moindre détail ?

— Tu m'as menti.

— D'accord, je t'ai menti.

— C'était comment ? Tu as rencontré le Cerveau ? Tu as vu le train ?

Mille questions se bousculaient dans la bouche du petit garçon.

— C'était fabuleux. Je n'ai vu personne se cacher dans l'ombre ou dans les trains, mais je suis entrée dans la maison.

— Comment tu as fait ?

C'est là qu'elle dut révéler la partie secrète de son histoire.

— À treize ans, je me suis enfuie de chez moi.

Christopher resta bouche bée. Pour les enfants, une fugue hors du foyer paternel était l'acte défendu par excellence, le sommet de la criminalité. Ils en rêvaient, ils en parlaient, ils brandissaient cette menace, mais presque aucun ne passait à l'acte, et ceux qui s'y risquaient survivaient rarement pour le raconter.

Il la contemplait avec un respect tout nouveau, visiblement intimidé.

— Pourquoi ?

— Parce que mes parents ne m'aimaient pas autant que ma sœur. Je voulais attirer leur attention.

— Mais tu es tellement gentille, protesta-t-il d'un ton perplexe. Pourquoi ?

— Tu es sûr de vouloir connaître mon histoire ? Elle est un peu triste.

— Ça va, dit Christopher. J'ai l'habitude d'être triste.

Pour la deuxième fois de la journée, Lucy fut bouleversée. Pourtant, c'était vrai. Christopher ne mentait pas. Il avait l'habitude d'être triste. Elle aussi, d'ailleurs.

— OK. Voici mon histoire. Elle est triste, mais ne t'en fais pas, elle finit bien.

***

Christopher écouta très sérieusement ce récit que Lucy ne lui avait encore jamais conté : l'histoire de sa sœur Angie.

Angie était constamment malade. Elle souffrait d'immunodéficience primaire, ce qui signifiait en gros qu'elle n'avait pas vraiment de système de défense. Les parents de Lucy se consacraient donc totalement à elle. Lucy, la plus jeune, était en bonne santé et n'avait pas besoin de leur attention, donc ils ne lui en accordaient aucune. Et ils ne lui donnaient pas beaucoup d'amour non plus.

— C'est triste, commenta Christopher.

— Je t'avais prévenu.

Le garçon se laissa embrasser sur le front et elle reprit sa narration.

Sans Jack Masterson et ses histoires, la jeune Lucy aurait pu être anéantie par le manque de soins et de tendresse de la part de sa famille.

— Je ne t'expliquerai pas comment j'ai découvert ses livres, ce serait trop long. Disons simplement que je les ai découverts au bon moment. L'année de mes huit ans a été très dure. Quand je me suis mise à lire *Les Aventures de l'île de l'Horloge*, ça s'est beaucoup arrangé.

Lucy était dans la salle d'attente de l'hôpital pour enfants, coincée pendant que ses parents passaient des heures auprès de sa sœur. Elle aurait voulu voir Angie, mais elle était trop jeune. Un panneau signalait : « Les enfants de moins de douze ans ne sont pas admis dans les chambres du pavillon pédiatrique. » Lucy ne cherchait même pas de lecture. Elle fouillait dans un panier de vieux livres de coloriage lorsqu'elle était tombée dessus.

Un livre de poche, assez mince. Au dos, l'âge conseillé était « de neuf à douze ans ». Ce n'était pas pour les bébés. Il n'y avait pas d'images à toutes les pages, seulement quelques illustrations. Et ça n'avait pas non plus l'air d'un livre écrit uniquement pour les garçons. Pas de robots cracheurs de feu, ni de pirates maniant l'épée. Sur la couverture, il y avait un garçon, mais il se tenait à côté d'une fille. Les deux enfants semblaient à peine plus vieux qu'elle, neuf ou dix ans. Munis de lampes torches, ils parcouraient un grand couloir obscur dans une vieille maison effrayante. Le livre s'intitulait *La Maison sur l'île de l'Horloge*.

Lucy fut aussitôt séduite parce que l'héroïne ouvrait la voie avec détermination, suivie par le garçon terrorisé. Dans les autres livres, c'était en général l'inverse.

Curieuse, la petite fille ouvrit le volume au hasard et lut :

Astrid n'aimait pas les règles. Quand ses parents lui disaient que, pour nager, elle devait attendre une heure après le repas, elle se jetait toujours à l'eau au bout de vingt minutes. Et quand elle voyait un panneau du genre « Interdit aux enfants ! », elle s'empressait de braver cette interdiction.

Lucy était fascinée. Une fille qui enfreignait les règles ? Une fille qui portait un prénom cool comme Astrid au lieu d'un prénom de petite vieille comme Lucy ? Si Astrid avait été dans cet hôpital, elle aurait trouvé le moyen de se faufiler dans le pavillon pédiatrique pour voir sa sœur.

Lucy aurait voulu qu'Astrid soit sa sœur...

Elle effaça mentalement le petit Max de la couverture et le remplaça par sa silhouette à elle. Désormais, il s'agissait des *Aventures d'Astrid et de Lucy sur l'île de l'Horloge.*

Quelques heures après que ses parents l'avaient laissée seule, les grands-parents de Lucy vinrent la chercher. Elle emporta le livre.

— Tu l'as volé ?

Christopher paraissait impressionné plutôt qu'horrifié.

— C'est ce qu'Astrid aurait fait à ma place.

L'enfant jugea cette réponse satisfaisante.

Après cela, plus rien ne put détourner Lucy des livres de *L'Île de l'Horloge*. Elle emprunta tous ceux de la bibliothèque scolaire. Pour son anniversaire, elle ne demanda que de l'argent, et lorsque sa grand-mère l'emmena à la librairie, elle acheta le stock, même ceux qu'elle avait déjà pris à la bibliothèque. Elle se déguisa en Astrid pour Halloween, pantacourt blanc, marinière et bonnet de marin. Personne ne savait qui cela représentait, mais peu lui importait. Et quand son institutrice de CM2, Mrs Lee, leur avait donné comme sujet de rédaction « Adressez une lettre à votre écrivain préféré », Lucy n'avait eu aucune hésitation.

Jack Masterson. Facile. Si vous vouliez lui écrire – à lui ou au Cerveau – il suffisait de…

— Je sais, interrompit Christopher. On indique « île de l'Horloge » et la lettre arrivera.

— D'où sors-tu cette information ?

Il regarda Lucy comme si elle était la personne la plus stupide au monde.

— C'est sur le dos des livres !

— Ah oui. J'avais oublié.

Lucy consacra une semaine entière à travailler sa missive pour Mr Masterson, avant de trouver le courage de la confier à son institutrice qui la posterait. La consigne était d'expliquer à l'auteur pourquoi on avait lu ses livres, pourquoi on les aimait tant, puis de lui poser une question. La note dépendrait de la capacité à rédiger une lettre et non de la réaction des auteurs, Dieu merci.

Mr Masterson ne répondit jamais.

Au bout de quelques mois, Mrs Lee conseilla à Lucy de ne pas se décourager. Mr Masterson était un des écrivains les plus vendus au monde. Ses livres pour enfants se vendaient à davantage d'exemplaires que ceux de beaucoup de célèbres auteurs pour adultes.

Si elle était blessée, Lucy n'eut pourtant pas le cœur brisé. Elle était accoutumée à l'amour à sens unique. Et, à son âge, elle avait un peu de mal à concevoir que Jack Masterson puisse être une personne réelle. C'était un nom sur la couverture des livres, voilà tout. L'idée qu'il habite une maison, dorme dans un lit, mange du gâteau ou aille aux toilettes semblait aussi aberrante que Jésus-Christ faisant tout cela. Ou Britney Spears.

— C'est qui, Britney Spears ? demanda Christopher.

— Tu ne connais pas la grande Britney ?

Christopher haussa les épaules.

— C'est ma faute, je t'expliquerai plus tard. Revenons-en à Mr Masterson.

Même s'il n'avait pas répondu à sa première lettre, Lucy continua à lui écrire. Tous les deux ou trois mois, elle lui envoyait un message. Comme la maîtresse ne lisait pas ces épîtres, Lucy pouvait y être plus sincère. Elle racontait que ses parents ne l'aimaient pas comme ils aimaient sa sœur, et qu'elle vivait chez ses grands-parents parce que personne ne voulait l'avoir dans les jambes.

En fait, elle lui relata ses dernières vacances de printemps. Pendant une semaine, Lucy avait compté les mots que lui avaient dits ses parents. Entre lundi matin et dimanche soir, elle avait tout noté.

Le total ?

Maman : 27 mots

Papa : 10 mots

Elle avait calculé les minutes passées dans la même pièce qu'eux.

Maman : 11 minutes

Papa : 4 minutes.

Elle avait compté le nombre de fois où ils lui avaient dit qu'ils l'aimaient :

Maman : 0

Papa : 0

C'était peut-être ça qui l'avait décidée.

« Ça », c'était la lettre qu'elle avait reçue de Jack Masterson.

6

CHRISTOPHER SE PENCHA VERS ELLE comme si elle était sur le point de lui révéler des codes pour déclencher une bombe nucléaire.

— Je me rappelle ce jour comme si c'était hier, murmura Lucy, qui s'amusait beaucoup à revivre cette histoire.

Un jour d'automne, en rentrant de l'école, il y avait sur la table de la cuisine une enveloppe bleu pâle à son nom. Elle venait d'avoir treize ans, mais elle savait que ce n'était pas une carte d'anniversaire. Personne ne lui envoyait de cartes d'anniversaire. Elle trouva un couteau dentelé et ouvrit l'enveloppe.

— Qu'est-ce qu'elle disait, la lettre ?

Lucy en répéta le contenu mot pour mot. Elle l'avait si souvent relue qu'elle la connaissait par cœur.

Chère Lucy,

Je te confie un secret : un monstre habite ma maison. Il se tient derrière mon fauteuil dans ma fabrique à histoires et ne me quitte pas tant que je n'ai pas terminé mon travail. Ce monstre s'appelle un éditeur, il a le corps recouvert de fourrure verte, et de longues dents entre lesquelles il reste des morceaux d'os des autres écrivains qu'il a dévorés parce qu'ils n'avaient pas respecté la date de remise de leur manuscrit. En ce moment, il est ligoté dans un coin de ma fabrique à histoires, bâillonné, les yeux bandés. Il sortira bientôt, mais tant qu'il est enchaîné, j'ai enfin le temps de te répondre.

C'est affreux, ce que te font tes parents. Oh, j'imagine qu'on pourrait leur trouver des excuses. Ta sœur souffre d'un mal chronique, et si être parent est un métier à temps plein, être le parent d'un enfant atteint de maladie chronique revient à être le prisonnier de cette maladie. Personne n'a envie d'être prisonnier. Personne ne demande ça. Je regrette que cela soit arrivé à ta sœur, ou à la sœur, au papa ou à la maman de n'importe qui.

Cela dit, c'est affreux, ce que te font tes parents. C'est si terrible que je l'ai écrit deux fois. Je vais peut-être même l'écrire une troisième fois.

C'est affreux, ce que te font tes parents.

Si tu étais ma fille, les chiffres seraient très différents.

Nombre de mots prononcés en une semaine ?

100 000 (surtout à propos d'un monstre pourri auquel j'ai affaire tous les jours).

Minutes passées ensemble en une semaine ?

Entre 840 et 1 000. Ça fait en moyenne trois à quatre heures par jour. Ce serait comme ça parce que je te donnerais un harpon et un lance-flammes, et que nous lutterions ensemble chaque jour pour empêcher le monstre éditeur de pénétrer dans ma maison. Ça donne soif, je t'assure. J'avale tous les jours des théières entières. J'aurais bien besoin d'un acolyte. Celui que j'ai pour le moment ne fait pas grand-chose de bon, et tu as le droit de lui répéter.

J'ai peur que le monstre dans le coin ait presque entièrement rongé les cordes qui le retenaient. Je voudrais pouvoir faire davantage pour toi que te dire combien je suis désolé pour ce que te font subir tes parents. Tu es clairement une enfant courageuse et intelligente, et même s'ils ne le voient pas, moi, je le vois. Mon opinion compte plus que la leur, car je suis riche et très célèbre. Ça, c'est une plaisanterie. Enfin, pas tout à fait. Je suis riche et célèbre, mais ce n'est pas pour ça que mon opinion compte plus. La vraie raison, c'est que je sais des choses que les autres ignorent. Des secrets mystiques, des connaissances cachées, le genre de choses pour lesquelles les mafieux tuent et meurent. Les runes, le tarot et la corneille qui vit dans ma fabrique à histoires, tous me confirment que tout ira bien pour toi, Lucy Nerr. Tout ira mieux que bien. Tu seras aimée comme tu mérites de l'être. Et tu auras une vie tout à fait magique (si tu le souhaites ; sens-toi libre de refuser, car la magie a toujours un prix).

N'abandonne pas, Lucy. Rappelle-toi toujours que les seuls vœux à être exaucés sont les vœux des enfants courageux qui continuent à faire des vœux même quand on a l'impression que personne n'entend, car il y a toujours quelqu'un qui les écoute. Quelqu'un comme moi.

Continue à faire des vœux.

J'écoute.

Ton ami Jack Masterson

P.S. : Oh, mon Dieu, voilà que le monstre est à nouveau libre. QU'ON M'APPORTE DE L'EAU BÉNITE ET UN CRUCIFIX !

— C'est une blague, expliqua Lucy à Christopher. Comme si son éditeur était un vampire. L'eau bénite et les crucifix, ça sert à chasser les vampires.

Elle pensait que Christopher l'interrogerait au sujet du monstre ou déclarerait que la lettre de Mr Masterson était amusante et bizarre. Au lieu de quoi il plaça ses bras autour de son cou et posa son menton sur son épaule.

— Je suis désolé que tes parents n'aient pas voulu de toi.

Lucy sourit. Elle n'allait pas pleurer, pas pour eux. Ils ne le méritaient pas.

— Moi, je n'en suis pas désolée, dit-elle en le serrant contre elle.

— Ah non ?

— S'ils avaient voulu de moi, je ne serais pas ici avec toi. J'habiterais peut-être encore dans le Maine. Et… s'ils avaient voulu de moi, je ne me serais jamais enfuie. Et parce que je me suis enfuie, je connais la réponse à la devinette.

— Dis-la-moi, chuchota Christopher.

— J'y viens.

Après avoir relu une centaine de fois la lettre de Mr Masterson, Lucy comprit que ses chiffres à lui étaient bien plus agréables. Et ne précisait-il pas qu'il avait besoin d'un nouvel acolyte ?

En cours de technologie, à l'école, elle avait appris à se servir d'Internet pour se renseigner sur différents endroits et la manière de s'y rendre. Lucy mit donc dans une valise ses habits et tout l'argent qu'elle avait gagné en faisant du baby-sitting et en s'acquittant de corvées pour sa grand-mère : trois cent soixante-dix-neuf dollars. Elle prendrait un bus jusqu'au terminal des ferrys de Portland. Puis elle demanderait à un adulte lequel partait pour l'île de l'Horloge. Quelqu'un lui communiquerait bien l'information, juste pour montrer qu'il savait où vivait le célèbre écrivain. Dans les livres de Jack Masterson, les adultes passaient leur temps à sous-estimer les enfants. Quelqu'un la renseignerait peut-être.

Et le plus drôle, c'est que ça se produisit en effet ainsi.

— Quelqu'un t'a montré le chemin ?

— J'ai demandé à la dame du guichet. Elle m'a expliqué que je ne pourrais pas débarquer sur l'île de l'Horloge. Les bateaux ne s'y arrêtaient que pour déposer le courrier, mais je pourrais prendre des photos. Quand le ferry est arrivé là-bas et que le facteur est descendu, je l'ai suivi dès qu'il a eu le dos tourné. Ce n'était pas plus compliqué que ça.

Alors qu'elle avait ruminé, projeté, réfléchi à tout ce qui pouvait arriver, tout ce qui pouvait dérailler, elle n'eut vraiment pas grand mal à atteindre l'île de l'Horloge. On aurait cru que Jack Masterson était un individu ordinaire. Quand on voulait connaître l'adresse d'une personne normale, il suffisait de questionner quelqu'un qui savait. Et pour aller chez cette personne, il suffisait d'y aller. Lucy s'étonna que ce soit si simple, tandis qu'elle marchait depuis la plage jusqu'à un sentier pavé qui montait vers le sommet de la colline. Où étaient les clôtures électrifiées ? Où étaient les gardes du corps ? Les gens ignoraient-ils à quel point Jack Masterson était célèbre et important ?

Et voilà, elle était devant sa maison. Elle n'avait aucun doute. C'était une énorme demeure, inquiétante, blanche avec des volets noirs, du lierre qui grimpait sur les côtés... Oui, c'était bien *La Maison.*

Enfant, elle ne connaissait rien aux maisons, sauf qu'il y avait celles des riches et celles des gens normaux. Celle-ci était indubitablement une maison de riche.

Adulte, elle avait appris que c'était une bâtisse du XIXᵉ siècle, construite par quelqu'un de très fortuné et d'un peu excentrique, avec tourelles, pignons, vitraux et tout ce qu'on pouvait imaginer.

Elle s'approcha de la maison, un peu craintive. Son cœur battait comme s'il allait s'échapper de sa poitrine pour retourner chez ses grands-parents. Elle mesura l'ampleur de son acte alors qu'elle se tenait contre le tronc d'un pin, pour contempler la plus belle demeure qu'elle ait jamais vue. Qu'avait-elle fait ? Et comment rentrerait-elle chez elle ? Que faisait-elle ici ?

Puis elle se souvint… Elle se souvint que, dans chaque livre de *L'Île de l'Horloge*, les enfants avaient toujours très peur de gravir la colline, de sonner à la porte et d'invoquer l'aide du Cerveau. Il était effrayant, c'est vrai, mais pas méchant. Les orages faisaient peur. Les loups faisaient peur. Mais Lucy adorait les orages et les loups.

Tout à coup, Lucy se trouva devant la porte principale. Elle sonna.

Elle attendit.

Un homme lui ouvrit.

Elle sut aussitôt que c'était lui. Jack Masterson, un homme d'un certain âge, aux cheveux grisonnants un peu fous, aux yeux bruns, et au front plissé en permanence. Pull bleu marine. Pantalon froissé. Visage froissé. C'était bien lui. Elle ne pouvait pas croire qu'il soit venu lui-même ouvrir. N'avait-il pas un million de domestiques ?

— Monsieur Masterson, commença Lucy avant qu'il ait pu dire un mot. Je suis Lucy Nerr. Vous avez répondu à ma lettre. Vous disiez qu'il vous fallait un acolyte. Donc… je suis là.

Ce devait être le plus grand sage au monde. N'importe quel autre homme, n'importe quel autre écrivain, en voyant un de ses fans se présenter sur son seuil pour devenir son « acolyte », aurait probablement appelé la police, l'hôpital psychiatrique et les pompiers pour plus de sûreté. Lucy aurait alors été brisée, irrémédiablement, malgré tous les Christopher qu'elle aurait pu ensuite rencontrer.

Mais au lieu de se comporter en être sain d'esprit, Mr Masterson avait réagi à la façon de Jack Masterson.

— Ah, Lucy, je t'attendais. Entre donc. Le thé est prêt dans ma fabrique à histoires. Tu le bois à l'anglaise ou à l'américaine ?

La question ne supposait pas de réponse affirmative ou négative, mais elle répondit quand même « Euh… non ? » Elle était à peu près sûre de n'avoir encore jamais bu de thé chaud.

— Alors je le servirai comme je l'aime : avec quatre-vingt-dix pour cent de sucre. Nous serons mieux à l'intérieur pour bavarder.

Elle le suivit et monta l'escalier principal. Elle était si abasourdie qu'elle ne conserva presque aucun souvenir de la décoration. Elle se rappelait néanmoins avoir vu d'étranges peintures sur les murs vert sombre. Étranges mais magnifiques.

Ils prirent un long couloir menant à sa fabrique à histoires, où une théière était placée sur un réchaud, des sachets suspendus au couvercle, sur le côté.

Jack Masterson lui proposa un gros fauteuil en cuir brun et lui offrit une tasse de thé fumant très sucré, comme promis. Et c'était bon. (Aujourd'hui encore, elle prenait du thé noir avec du sucre, sans lait.) Elle contempla la pièce avec émerveillement. Tous ces rayonnages, tous ces livres. Les masques. Les maquettes de fusée. En guise de lampe de bureau, une citrouille d'Halloween en verre. Dans des vitrines, des papillons avec des yeux sur les ailes. Un globe représentant la Lune. Un oiseau noir sur un perchoir en bois flotté, devant la fenêtre ouverte sur l'océan.

Un oiseau vivant.

— C'est un corbeau, dit-elle, toute surprise de voir l'animal bouger.

Mr Masterson porta la main à ses lèvres pour lui intimer le silence.

— Une *corneille*, rectifia-t-il tout bas. Pierre est très sensible. Mais ce n'est qu'un bébé, donc ça lui passera. Viens ici, Pierre.

Il siffla et la corneille battit des ailes, puis vola à travers la pièce pour se poser sur le poignet de Jack.

— Waouh ! s'extasia Lucy. Il s'appelle comment ? Pierre ?

— Oui, Pierre Corneille. Aucune parenté.

— Parenté avec qui ?

— Pierre Corneille.

Elle le dévisagea. Il était plus bizarre que prévu. Elle voulait ne jamais repartir.

— Vous avez une corneille apprivoisée ?

— « L'espoir est la chose emplumée », a jadis écrit l'exquise Miss Emily Dickinson. Eh bien, si tel est le cas, alors un vœu est une chose à plumes noires. (Il sourit en caressant le poitrail luisant de Pierre Corneille.) Plumes noires, bec aiguisé, griffes. Les vœux sont dangereux. Tantôt ils viennent quand on les appelle, tantôt ils s'envolent après vous avoir mordu.

Il tendit un doigt devant le bec de Pierre, mais la corneille ne le mordit pas. Jack siffla à nouveau et Pierre regagna son perchoir en bois sculpté.

— Il faut être prudent lorsqu'on formule un vœu, c'est tout ce que je dis.

— J'aimerais pouvoir rester ici. C'est ce que je désire plus que tout, avoua Lucy.

Mr Masterson se tourna vers elle, une main sur le menton, et l'observa comme s'il la jaugeait. Elle dut sortir victorieuse de l'épreuve car il dit alors :

— Lucy, aimerais-tu voir une chose sur laquelle je travaille ?

— Oh oui. Qu'est-ce que c'est ?

— Il y avait jadis un homme très étrange qui s'appelait Charles Dodgson ; tu le connais probablement sous le nom de Lewis Carroll.

— Tout à fait, je le connais, s'empressa de répondre Lucy.

— Personnellement ?

— Je ne l'ai jamais rencontré.

Cela amusa Jack Masterson.

— Dans un de ses livres, il y a une devinette : « Pourquoi une écritoire ressemble-t-elle à une corneille ? » Je n'ai jamais pu trouver la solution. Il n'y a rien de pire qu'une devinette dont on ne connaît pas la solution. C'est à devenir fou, comme le souhaitait certainement Lewis Carroll. Et comme je manquais de temps, je ne pouvais pas me permettre de devenir fou. Donc j'ai inventé ma propre réponse.

— Vous avez inventé une solution ?

Il était tout sourire. Selon l'encyclopédie en ligne, il avait alors cinquante-quatre ans, mais il avait l'air d'un petit garçon.

— Regarde !

Il se dirigea vers le perchoir de Pierre. Mr Masterson ouvrit grand la fenêtre, puis il prit un petit plateau conçu pour prendre des notes sur ses genoux. D'un geste ample, il le lança par la fenêtre. Lucy sursauta. Mr Masterson était-il fou ? Elle courut vers la fenêtre, s'attendant à voir l'écritoire à terre, en contrebas.

Mais il se produisit alors une chose incroyable, dit Lucy à Christopher. Au lieu de tomber, l'écritoire plana dans les airs. Mr Masterson tenait à la main une sorte de télécommande.

— J'ai fixé par-dessous un moteur d'hélicoptère jouet, expliqua-t-il en appuyant sur les boutons. Elle vole exactement comme les drones dans les galeries marchandes.

Restée en vol stationnaire, l'écritoire prit son essor puis redescendit et finit par revenir à la fenêtre, où il la récupéra.

Lucy sut à cet instant que Jack Masterson était l'homme le plus incroyable qui ait jamais vécu et qui vivrait jamais ; elle devait être son acolyte, ou elle ne serait jamais réellement heureuse.

— Maintenant, dit-il, tu sais pourquoi une écritoire ressemble à une corneille ?

***

Treize ans après, Christopher proposa la solution à la devinette d'une voix douce et pleine d'étonnement :

— Parce qu'elles volent toutes les deux.

— Exactement, confirma Lucy. En fait, avec un peu d'aide… elles volent toutes les deux.

Christopher la dévisagea, les yeux écarquillés.

Lucy avait promis une fin heureuse, donc elle devait tenir parole :

— En tout cas, j'ai dû partir, bien sûr. On ne peut pas se présenter chez son écrivain préféré et s'installer chez lui quand on a treize ans. Mais il a été très gentil et il m'a dédicacé un livre. Et il a dit que je devrais à nouveau lui rendre visite quand je serais plus grande. Je le ferai peut-être un jour.

— Je pourrai t'accompagner ?

Elle était sur le point de répondre que oui, bien sûr, elle l'emmènerait partout, lorsqu'elle se rappela les paroles de Mrs Costa : à moins d'un miracle, elle ne serait jamais la mère de Christopher.

Il fallait néanmoins répondre. Christopher la regardait, dans l'attente. C'est peut-être le bon moment pour lui révéler la vérité, ou du moins pour commencer à lui laisser entendre que tout n'allait pas se dérouler comme ils l'avaient souhaité.

— Tu sais, mon chéri, je voulais te parler de…

Mais Theresa apparut soudain à la porte de la salle d'informatique. Lucy vit qu'elle tenait une enveloppe bleue.

— C'est donc là que vous êtes cachés, dit Theresa. On vient d'apporter ça pour toi. Par coursier. J'espère que ce n'est pas un procès, ma petite fille.

Lucy examina l'enveloppe. Elle regarda Christopher. Christopher regarda l'enveloppe, puis regarda Lucy.

Il poussa un cri. Elle poussa un cri.

Dans la vie, il y a des moments où on est obligé de crier.

DEUXIÈME PARTIE

Quelle heure est-il ? Bienvenue sur l'île.

Au milieu de l'épais bois vert se trouvait une demeure à moitié cachée par d'immenses érables. Astrid n'avait jamais vu de bâtiment aussi étrange ni aussi sombre. Bien que la maison de brique rouge soit haute et large, elle était tellement couverte de lierre qu'on distinguait seulement les fenêtres grâce au reflet du clair de lune sur les vitres.

— C'est là ? murmura Max derrière elle. C'est là qu'il habite ?

— Je crois bien, répondit Astrid. Entrons.

— C'est la nuit. Il n'y a personne à l'intérieur. On ferait mieux de partir.

— Ah non, on vient juste d'arriver.

Astrid aussi avait envie de partir. Rien n'aurait été plus facile. Mais jamais leur vœu ne serait exaucé s'ils renonçaient à présent.

Une lumière apparut à la fenêtre. Il y avait quelqu'un dans la maison.

Astrid eut le souffle coupé. Max émit un hoquet bruyant.

Ils se regardèrent puis ils s'avancèrent lentement sur un chemin en pierres moussues. Max marchait sur ses talons.

Lorsqu'ils atteignirent la porte, il faisait si noir qu'Astrid dut allumer sa lampe torche pour trouver la sonnette. Elle appuya et attendit.

Elle entendit non pas une sonnerie mais une voix, une étrange voix de robot.

— Qu'est-ce qu'on ne peut ni toucher ni goûter, mais qu'on peut tenir ?

Astrid fit un bond en arrière et Max sursauta. Tous deux haletaient de terreur.

— C'était quoi, ça ? demanda Max, les yeux exorbités.

— Je pense que c'était la sonnette.

D'une main tremblante, Astrid appuya à nouveau.

La voix revint, et ils eurent l'impression d'entendre parler une horloge, comme si chaque syllabe était le tic-tac.

— Qu'est. Ce. Qu'on. Ne. Peut. Ni. Tou. Cher. Ni. Goû. Ter. Mais. Qu'on. Peut. Te. Nir ?

— C'est une devinette, dit Astrid. On ne peut entrer que si on trouve la solution. Qu'est-ce qu'on ne peut ni toucher ni goûter, mais qu'on peut tenir ? Réfléchis, Max !

Mais Max ne réfléchissait pas. Il tremblait.

— Astrid, je veux m'en aller. Tu as promis que si ça faisait peur, on pourrait s'en aller.

Puis elle comprit. Elle avait la solution.

Astrid cria à travers la porte :

— Une promesse !

Après un long silence, la voix mécanique dit :

— Quelle. Heure. Est. Il. Bien. Ve. Nue. Sur. L'île.

La porte s'entrouvrit avec un grincement.

Extrait de *La Maison sur l'île de l'Horloge*, premier volume des *Aventures de l'île de l'Horloge*, par Jack Masterson, 1990

7

Hugo était en exil. Par sa faute. Du sommet de la maison, il se tenait contre le parapet de la terrasse et observait le va-et-vient des bateaux, qui apportaient des caisses et des sacs de provisions, et même du personnel temporaire pour s'occuper de la cuisine et du ménage. Une petite armée temporaire de domestiques avait été recrutée par Jack pour son absurde concours. Jusque-là, seul un buste en marbre, d'une valeur inestimable, œuvre d'un génie défunt, avait été cassé. Jack en avait ri, en commentant :

— C'est à ça que servent les assurances.

La tête d'Hugo avait failli exploser, et c'est là que Jack l'avait envoyé sur la terrasse « superviser les arrivées ».

— Superviser les arrivées ? Il faudrait plutôt que quelqu'un veille à ce que rien d'autre ne soit cassé.

— Hugo, avait répondu Jack avec un immense sourire assez effrayant, ta mauvaise humeur fait fuir les enfants.

Hugo avait désigné d'un geste l'ensemble de la pièce.

— Il n'y a pas d'enfants ici.

— N'avons-nous pas tous été des enfants un jour ?

Compris. Hugo s'était retiré sur les toits.

Même là-haut, il ne pouvait trouver le calme. Sa poche se mit à vibrer. Encore un appel d'un numéro inconnu, sans doute. Qui était-ce, cette fois ? *TMZ* ? Le *New York Post* ? Le *National Enquirer* ? Plein de hargne, il décrocha.

— Allô ?

— Hugo Reese ? Je suis Thomas Larrabee, de *Shelf Talker*.

— Jamais entendu parler.

— C'est un blog littéraire réputé.

— C'est quoi, un blog ? demanda Hugo par pur esprit de contradiction.

— Eh bien, c'est un...

— Peu importe. Que voulez-vous ?

— Nous espérions que vous répondriez à quelques questions.

— Jamais plus d'une.

— Ah, OK, d'accord. (Hugo entendit le journaliste feuilleter un carnet.) À quoi ressemble le véritable Jack Masterson ?

— Bonne question.

— Merci.

— Si un jour je rencontre le véritable Jack Masterson, je vous le dirai.

Et il raccrocha. Comment ces gens obtenaient-ils son numéro ? Comme il était sur le toit, il avait juste assez de réseau pour googliser *Shelf Talker*. Sans surprise, ce blog littéraire réputé comptait dix-sept followers en tout, dont la plupart ressemblaient fort à des bots russes.

Cela dit, la question n'était pas mauvaise. « À quoi ressemble le vrai Jack Masterson ? » Hugo aurait bien aimé le savoir.

Soudain, l'an dernier, sans prévenir et sans explication, Jack s'était levé un beau matin et s'était remis à écrire. Et là encore, sans explication, à l'improviste, surgi de nulle part, tout à coup, il avait décidé de lancer un concours chez lui, sur l'île.

Le vieil homme tenait à ses habitudes, à sa vie privée, au calme et à la tranquillité. Les amateurs de mondanités ne vivent pas sur une île privée. Non, Jack était tout le contraire d'un papillon voletant d'une soirée à l'autre ; c'était plutôt une mite introvertie. Pourtant, pendant une semaine entière, la maison allait être envahie par des inconnus. Pourquoi ?

Quand Hugo le lui avait demandé, Jack avait simplement répondu : « Pourquoi pas ? »

C'était exaspérant. Tout à fait exaspérant. Mais Jack était comme ça : une devinette vivante. Hugo avait-il jamais rencontré le véritable Jack ? Peut-être une fois. Peut-être il y a longtemps.

Lorsque Hugo avait été choisi comme nouvel illustrateur pour ses livres, Jack Masterson en personne lui avait téléphoné pour l'inviter à passer quelques mois sur l'île de l'Horloge. Il lui avait offert de séjourner dans l'une des nombreuses chambres d'amis ou dans l'auberge réservée aux visites longues. À vingt et un ans, Hugo n'avait encore jamais quitté la Grande-Bretagne, et encore moins traversé l'océan. Comment aurait-il pu refuser ? Davey ne le lui aurait jamais pardonné.

Il prit l'avion pour la première fois de sa vie le jour où il partit de Londres pour New York. Une voiture noire était venue le chercher à l'aéroport JFK, l'avait emmené chez Lion House Books à Manhattan pour rencontrer l'éditeur de Jack et l'équipe artistique. Après une soirée au Ritz – cadeau de Jack –, il avait dès le lendemain pris un deuxième avion pour Portland. Nouveau trajet en voiture, puis voyage en ferry. Et il s'était retrouvé sur le débarcadère de l'île de l'Horloge, endroit dont il aurait juré, la semaine précédente, qu'il existait uniquement dans les pages des livres qu'il lisait chaque soir à son frère.

Il avait pensé être accueilli par un serviteur, un majordome en livrée, peut-être. Mais non. Ni domestiques ni membres de l'entourage.

Jack Masterson lui-même l'attendait, seul. Alors qu'il s'était imaginé Jack comme une sorte d'imbécile prétentieux, il avait été surpris de découvrir un type normal, la cinquantaine, en pull bleu marine et chemise bleu ciel à col boutonné, tachée d'encre, comme s'il s'était battu avec un stylo-plume et avait finalement perdu.

— Enchanté de vous rencontrer en chair et en os, lui avait dit Jack, comme si Hugo était la célébrité et non lui. Bienvenue sur l'île.

Hugo ne se rappelait plus ce qu'il avait répondu. « Ravi d'être ici » ? Ou « Merci » ? Le classique « Comment allez-vous ? » qui semblait toujours étonner les Américains ? Il n'avait peut-être rien dit, désemparé, à part un rapide « B'jour ».

Il se souvenait que Jack lui avait ensuite proposé de manger un morceau. Trop fier pour admettre qu'il était affamé, Hugo avait répondu qu'ils feraient mieux de s'atteler tout de suite à la tâche s'ils voulaient vraiment quarante nouvelles couvertures d'ici six mois.

Le jeune idiot prétendait ne penser qu'au boulot. Jack lui avait fait parcourir ce cadran qu'était l'île de l'Horloge. La plage de Cinq Heures, la pointe sud de Six Heures, endroit formidable pour un barbecue, selon Jack. Hugo serait installé à l'auberge du Septième Bonheur, mais il pourrait travailler dans la Maison s'il préférait. Il y avait beaucoup de chambres vides et du gâteau dans la cuisine.

Jack lui avait montré les fraises des bois blanches qu'il cultivait dans sa serre (« Goûtez-en une, Hugo. On jurerait de l'ananas ! »), les flaques de marée (« Si vous voyez une étoile de mer, retenez-la. J'aurais quelques questions à lui poser »), le toit-terrasse d'où l'on avait une vue à trois cent soixante degrés sur l'île (« Vous pouvez dormir ici si vous aimez regarder les étoiles et si les crottes de chauve-souris sur la figure ne vous dérangent pas »). N'étaient-ils pas censés collaborer sur un gigantesque projet ?

Finalement, le pauvre Jack avait renoncé à détendre l'atmosphère. Lorsqu'il avait demandé à Hugo s'il souhaitait se reposer avant de s'attaquer à l'ouvrage, le jeune homme avait repoussé cette proposition.

— Autant démarrer maintenant, avait-il répondu.

Quatorze ans après, il aurait voulu remonter dans le temps et mettre un peu de plomb dans sa jeune cervelle, ordonner à celui qu'il était alors de renoncer à la pose de l'artiste sérieux, vêtements noirs, regards noirs et air mauvais. Il lui avait fallu quelques années pour comprendre : un *artiste sérieux*, ça n'existait pas. L'expression était une contradiction en soi, comme Jack avait tenté de le lui apprendre le jour de leur rencontre.

Durant la rapide visite de la maison, Hugo avait fait mine de ne pas être stupéfait par chaque pièce. Les éditions originales dans la bibliothèque. La table pouvant accueillir douze convives dans la salle à manger. La cuisine où l'on aurait pu faire tenir tout l'appartement de sa mère. Les portraits de gens d'autrefois qui n'étaient pas de la famille de Jack. Les squelettes de chauve-souris dans des vitrines. Le passage secret ouvrant sur un couloir secret qui menait à une issue secrète dans le jardin pas si secret que ça. Et, partout, des horloges, des sabliers, des cadrans solaires. Même un pendule. Tout cet intérieur semblait être la maison de vacances d'un savant fou. Hugo adorait. Mais il ne l'avait surtout pas dit à Jack.

— Bienvenue dans ma fabrique à histoires, avait dit Jack lorsqu'ils avaient pénétré dans la dernière pièce.

Encore des rayonnages. Un bureau grand comme un bateau et, selon lui, fabriqué avec les planches d'un bateau.

— Cabinet d'écriture ?

— Willy Wonka avait sa fabrique de chocolat où il torturait et récompensait les enfants. Moi, j'ai une fabrique à histoires où je torture et récompense les enfants. Seulement sur le papier, bien sûr.

Il avait montré sa collection de machines à écrire, une demi-douzaine ou davantage. Une Olivetti rouge. Une Smith Corona noire. Une Royal bleu pâle. Une Olympia rose vif. Toutes semblaient plus âgées qu'Hugo d'au moins une ou deux décennies.

— Des machines à écrire ? s'était-il étonné tandis que Jack s'asseyait à son bureau, sur lequel était placé un engin orange où la marque « Hermes Rocket » était gravée sur le métal. C'est un peu vieux jeu, non ? Vous n'utilisez pas d'ordinateur ?

— Trop silencieux. J'ai besoin de quelque chose d'assez bruyant pour couvrir le bruit de mes personnages qui crient au secours.

Hugo commençait à croire que Jack était un peu dérangé.

— Et c'est plus drôle. Même Pierre aime m'aider à écrire. Viens ici, Pierre.

Si Hugo avait remarqué la corneille de Jack, il aurait cru que c'était une statue et n'y aurait pas prêté attention. Il ne pouvait maintenant plus l'ignorer, car elle quitta un perchoir devant la fenêtre sud pour venir se poser sur le bureau, près de la fenêtre est. Une corneille. Une vraie corneille noire, vivante, d'une envergure équivalente à la longueur de la jambe d'Hugo.

— C'est une corneille. D'où vient-elle ?

— Du ciel, répondit Jack en caressant les ailes luisantes du volatile.

— C'est un gros oiseau, non ?

Le choc devait être flagrant sur le visage d'Hugo.

— Oh, ce n'est qu'un bébé. Un gros bébé. Je pensais que vous aviez des corneilles, à Londres ?

— Nous avons les corbeaux de la Tour de Londres, mais on ne nous laisse pas les ramener chez nous. J'en ai toujours eu envie, avoua-t-il, mais je ne savais pas comment en cacher un dans mon manteau.

— Vous pouvez la toucher. Elle n'est pas farouche.

Hugo devait toucher la corneille, ne serait-ce que pour raconter à Davey qu'il l'avait fait.

Il s'avança lentement vers l'oiseau, qui semblait parfaitement à son aise, posé sur la machine à écrire dont il picorait les touches. Quand Hugo fut tout près, Pierre leva ses yeux d'ébène brillant.

— Salut, mon pote.

Hugo caressa doucement la tête lisse de l'oiseau, une première fois, une deuxième, puis il perdit courage. Ce bec semblait sinistre. Mais après s'être arrêté, il voulut recommencer. Il toucha une aile et Pierre se laissa faire, comme si cela lui était égal. Le vieux Jack était peut-être fou, mais il avait très bon goût en matière d'animaux de compagnie excentriques.

— Je l'ai trouvé à moitié mort dans les bois, après une tempête. Pas de mère en vue. Je l'ai nourri au biberon, et maintenant il est trop apprivoisé pour retourner vers le grand bleu.

— Il est magnifique, murmura Hugo en s'enhardissant au point de toucher à nouveau la tête de l'oiseau.

— Je suis content qu'il vous plaise. Vous pourrez être amis.

Hugo s'était laissé surprendre à sourire. Il avait horreur qu'on le prenne sur le fait. Les artistes sérieux ne souriaient pas. Ils faisaient la moue.

Il retira sa main et l'enfonça dans sa poche.

— Bien, comment allons-nous procéder ? demanda-t-il sur un ton très professionnel.

— Vous avez lu mes livres, n'est-ce pas ?

Jack inséra une feuille blanche dans sa machine à écrire et se mit à frapper le clavier. Hugo dut hausser la voix pour couvrir le vacarme :

— Oui. À mon frère, Davey.

— Et hier, mon éditeur, ou quelqu'un d'autre chez Lion House, vous a expliqué le processus ?

— Ils m'ont dit ce qu'il fallait faire et comment.

Le département artistique de Lion House lui avait dispensé un véritable cours sur la fabrication des couvertures. Les livres de *L'Île de l'Horloge* étaient uniques, car leurs couvertures étaient encore peintes au lieu d'être conçues sur ordinateur. Telle était la préférence de Jack (mais à leur façon de prononcer ce mot, Hugo comprenait plutôt « exigence »). Les peintures étaient exposées lors de salons du livre et de visites scolaires, offertes à des hôpitaux pour enfants et à des foyers d'hébergement. On lui avait ensuite fourni une liste de recommandations, concernant la toile, les pigments et les dimensions. Il aurait pu abandonner, mais on lui avait alors précisé combien il serait payé par couverture, ce qui l'avait incité à se rasseoir et à écouter. La somme était dérisoire par rapport à ce que Jack gagnait sur chaque livre, mais c'était plus d'argent qu'Hugo ou sa mère n'en avait vu en une vie entière. Voilà pourquoi il était à présent dans le Maine, en train de discuter avec un dingue qui avait une corneille comme collaboratrice.

— Alors, allez-y. Peignez. Amusez-vous.

— Il va falloir m'en dire un peu plus qu'« amusez-vous ».

Tout en continuant à taper sur sa machine à écrire, Jack déclama ce poème :

Nous autres les rêveurs de rêves,
Nous les faiseurs de mélodies,
Errons isolés sur les grèves
Et perdus loin de toute vie ;
Assis au bord des tristes ondes
Et sous la lunaire pâleur,

Cependant, de ce triste monde,
Nous sommes les agitateurs.

Jack fit une pause assez longue pour préciser :

— *Ode*, d'Arthur O'Shaughnessy, première strophe. Toujours citer ses sources.

Et il se remit à taper comme un fou.

— La poésie ne résout pas mes problèmes, protesta Hugo en criant presque par-dessus le bruit des touches.

Jack finit par retirer ses mains du clavier. Le silence était une bénédiction.

— Quels problèmes la poésie ne pourrait-elle résoudre ? s'interrogea-t-il.

Cet homme comprenait-il la pression qui pesait sur Hugo ? L'éditeur de Jack avait déclaré que chaque volume de *L'Île de l'Horloge* se vendait à dix millions d'exemplaires ou davantage, et il en existait déjà quarante. Dix millions multipliés par quarante était un calcul dont même un artiste était capable.

— Vous êtes riche, répliqua Hugo. Je ne vous demande pas de dire que vous le regrettez (même si c'est probablement ce qu'il pensait). Mais ce sac, là-bas – il désigna son baluchon –, contient à peu près tout ce que je possède en ce monde. Je ne peux pas me permettre de me planter. Il va me falloir autre chose qu'« amusez-vous ».

Jack montra alors la page glissée dans sa machine à écrire :

— Ça, petit, c'est mon art. Et ça, poursuivit-il en montrant une aquarelle qui représentait l'île, soumise au concours par Hugo, c'est votre art. Vous n'allez pas m'apprendre à pratiquer mon art ; je ne vous apprendrai pas à pratiquer le vôtre.

— Jack ?

— Oui, Hugo ?

— Apprenez-moi à pratiquer mon art.

Jack se renfonça dans son fauteuil pivotant vert industriel. Les roulettes anciennes couinèrent, délogeant Pierre de son perchoir.

— Quel est le plus beau cadeau qu'on vous ait jamais fait ? Et n'essayez pas de m'impressionner en répondant que c'était les encouragements d'un professeur. Je pense à des jouets, à un tambour, un arc et des flèches. Quelque chose que le Père Noël vous a apporté, ou une vieille tante riche qui en voulait à votre mère.

Hugo rougit presque, mais il avait trop adoré ce cadeau pour nier :

— Une Batmobile. Ma mère avait réussi à trouver de quoi m'offrir une Batmobile téléguidée. D'occasion, je pense. Elle l'avait peut-être achetée dans une vente de charité, mais elle était encore dans son carton et elle fonctionnait parfaitement.

— Vous avez joué avec ?

— Évidemment. Euh… je… Bon sang ! (Hugo ricana en se rappelant son enfance.) J'ai joué avec jusqu'à ce que le moteur grille et que les roues se détachent.

— D'après vous, comment aurait réagi votre mère si vous n'aviez jamais sorti ce jouet de sa boîte ? Si vous l'aviez laissé sur l'étagère pour le contempler de loin ?

Hugo se souvenait que sa mère avait ri jusqu'à en perdre le souffle tandis que la Batmobile noire se baladait à travers leur appartement, autour de ses chevilles, même alors qu'ils prenaient leur petit déjeuner. Elle avait fait semblant d'être fâchée, mais ses yeux étaient toujours rieurs. Il l'avait même entendue se vanter, auprès de leur voisine Carol, d'avoir trouvé pour Hugo cette petite voiture qu'il n'avait pas lâchée pendant plusieurs semaines.

— Ça lui aurait brisé le cœur.

— Voilà.

— Voilà quoi ?

— Dieu, ou l'être qui est responsable de cette planète, a décidé de me confier le don d'écrire, un jour où il avait trop bu. Selon moi, j'ai le choix entre deux possibilités. Je peux placer ce don sur une étagère en hauteur, pour qu'il ne s'abîme pas et pour que personne ne puisse se moquer de moi parce que je joue avec. (Il sourit jusqu'à ce que les rides au coin de ses yeux deviennent assez profondes pour cacher des secrets d'État.) Ou bien je peux m'amuser avec, jouer avec le cadeau qu'on m'a offert jusqu'à ce que le moteur grille et que les roues se détachent. J'ai décidé de jouer. Je vous suggère d'en faire autant, jeune homme. Allez peindre, dessiner, faire un collage, ce que vous voudrez. Revenez quand de la fumée sortira de la toile. Et pour l'amour du ciel, amusez-vous un peu. S'il vous plaît.

Jack lui fit alors signe de sortir. Docile, Hugo sortit et s'amusa, pour donner tort à Jack. Sauf qu'il ne lui donna pas tort du tout. Trois jours plus tard, il avait peint une couverture pour *La Machine à fantômes*, la onzième aventure de *L'Île de l'Horloge*. Il n'y avait pas de hiboux pirates, mais un croissant de lune qui souriait, avec deux étoiles en guise d'yeux, et un petit garçon de dix ans qui gravissait vers le ciel un escalier impossible à la Escher ; il était suivi sur les marches par un fantôme couleur de fumée ayant la même allure que lui. Une ombre à la fenêtre de la maison révélait la silhouette du Cerveau, qui observait l'enfant et son fantôme courir vers la lune.

La scène était bizarre mais belle, et Hugo s'était bien amusé à la peindre.

Il se rappelait qu'en la montrant à Jack, il s'était senti à la fois timide, effrayé, fier et stupide, comme un gosse qui attend un compliment.

Jack scruta, examina, regarda de près, recula, s'avança à nouveau, laissa le bout de son doigt en suspens au-dessus de l'étrange escalier qui menait quelque part et nulle part à la fois.

Puis il murmura tout bas :

— « Hier, dans l'escalier, j'ai rencontré un homme qui n'était pas là. Il n'était pas là non plus aujourd'hui. Je souhaite, je souhaite qu'il s'en aille… »

Et il ajouta :

— C'est de Hughes Mearns.

Ah oui, c'est vrai. Toujours citer ses sources.

Était-ce à ce moment qu'Hugo avait découvert le véritable Jack Masterson ? Lorsqu'il avait vu le sourire s'estomper et le voile glisser ? Mais qui était le véritable Jack ? La lune observatrice, ou le petit garçon courant vers la lumière ?

Ou le Cerveau solitaire, prisonnier derrière la vitre, incapable d'intervenir dans un monde où même les enfants étaient hantés ?

— Vous aimez ? demanda enfin Hugo, qui ne supportait plus d'attendre une seconde de plus.

— C'est parfait, répondit Jack. (Il ne souriait pas, mais irradiait une joie plus profonde. Il donna à Hugo un léger coup de coude.) Une de faite. Plus que trente-neuf.

À la fin de la deuxième semaine, Hugo s'était accoutumé à peindre avec une corneille perchée sur son chevalet. À la fin du mois, il avait terminé cinq couvertures, et elles étaient meilleures que tout ce qu'il aurait cru pouvoir faire. À Noël, Hugo avait fini son travail et était embauché pour tous les volumes de *L'Île de l'Horloge*, du numéro 41 jusqu'à l'infini.

Le matin de Noël, deux jours avant qu'il ne reparte vers Londres, et vers Davey, Hugo avait ouvert un paquet cadeau qui contenait une Batmobile téléguidée, un jouet ancien, état neuf. Il l'avait offerte à Davey, qui s'en était servi jusqu'à ce que les roues se détachent.

Il vit le dernier bateau de la journée s'éloigner du port. Hugo pouvait maintenant redescendre sans danger. Mais il se retourna d'abord pour contempler encore une fois l'île. Difficile de croire qu'il allait partir pour de bon, reprendre le cours de sa vie comme il aurait dû le faire des années auparavant, de son plein gré ou non.

Une fois le soleil couché, Hugo rentra dans la maison. Tout était en place, plus ou moins. Les premiers participants au concours arriveraient le lendemain. Hugo prévoyait de rester jusqu'au bout, pour s'assurer que rien d'autre ne serait cassé. Y compris Jack.

Surtout Jack.

8

ESPÉRER UN MIRACLE.

C'est ce que disait Mrs Costa. C'est ce que disait Theresa. Lucy ne les avait pas crues. À présent… elle commençait un peu à les croire.

C'était lundi. Le jour où Lucy devait partir pour l'île de l'Horloge.

À quatre heures du matin, elle se réveilla et s'obligea à manger un bol de céréales. Après s'être douchée, maquillée, coiffée et habillée, elle vérifia ses sacs pour s'assurer qu'elle n'avait rien oublié.

Après l'université, elle avait juré qu'elle ne retournerait jamais dans le Maine. Pourtant, tout lui manquait : l'océan Atlantique déchaîné et glacé, le vent mordant, les macareux et les huarts, les myrtilles, les *lobster rolls* et les *popovers*, ces pâtisseries suprêmement délicieuses qu'elle se maudissait de ne jamais avoir appris à préparer. Et elle se comportait comme si le fait de devoir porter un pull neuf mois par an ne lui manquait pas non plus. Même lorsqu'elle était sincère avec elle-même et admettait sa nostalgie, elle n'avait aucun regret de s'être établie en Californie. Cela lui avait sauvé la vie, les longues journées ensoleillées l'avaient arrachée à cet endroit sombre dont elle craignait de ne jamais pouvoir s'échapper. Et puisqu'elle y avait Christopher, cela valait la peine.

Dieu merci, elle n'avait pas annoncé à Christopher qu'elle ne serait jamais sa mère. Au bout de deux ans d'économies, de sacrifices sans vraiment progresser, elle avait enfin une occasion de concrétiser son projet. Les règles du jeu stipulaient qu'elle pourrait faire ce qu'elle voudrait du livre si elle le gagnait, y compris le vendre à un éditeur. C'est ce qu'elle prévoyait de faire. Gagner ce livre. Le lire. Le vendre. Le prix serait sûrement considérable. Elle obtiendrait au moins de quoi s'acheter une voiture et un appartement. Il fallait qu'elle gagne. Pour Christopher. Pour elle-même. Une deuxième chance de ce genre ne se présenterait pas.

Une voiture klaxonna doucement.

Il était temps.

Elle se leva, inspira profondément et hissa son sac sur son épaule. Dehors, Theresa l'attendait. Elle avait proposé de la conduire à l'aéroport. Lucy éclata de rire en voyant que la vieille Camry beige de Theresa arborait une banderole disant : « L'île de l'Horloge ou rien ! »

— Ça va pas, la tête ? s'exclama Lucy tandis que Theresa plaçait sa valise dans le coffre.

Elle dut écarter quelques fanions bleu et or pour la faire entrer.

— Mes enfants ont tenu à fabriquer ça pour toi. Je n'y suis pour rien.

Lucy s'assit côté passager et Theresa démarra.

— Tu n'as pas fermé l'œil de la nuit, je parie ?

— J'ai dormi deux heures.

— L'excitation ou la peur ?

— L'excitation pour moi. La peur pour Christopher.

— Ne t'en fais pas, je garderai un œil sur lui. Tu vas terriblement lui manquer, mais il est déjà surexcité. Il sait que tu gagneras le livre.

Lucy secoua la tête et soupira :

— Je ne sais pas ce qui va se passer sur l'île. On ne m'a fourni aucune explication concernant le concours. Tout ce que je sais, c'est qu'une voiture vient me chercher à Portland, et qu'un bateau m'emmènera sur l'île. Je dois emporter des vêtements pour cinq jours, c'est tout.

— Très mystérieux. Tu es sûre que ce n'est pas une secte ? demanda Theresa avec un clin d'œil.

— Je promets de n'adhérer à aucune secte et de n'acheter aucune résidence en multipropriété.

— Tu auras le temps de voir quelques amis en ville ?

— Pas vraiment. Je crois que je resterai sur l'île jusqu'à la fin du concours, puis je reviendrai directement ici.

— Bien.

Lucy se tourna vers Theresa.

— De toute façon, je n'avais pas l'intention de voir Sean. Il faudrait me payer très cher pour que j'accepte.

— C'était juste une question. Je sais que tu as laissé toutes tes affaires chez lui le jour où tu es partie. Tu pourrais avoir envie de récupérer des…

— Je n'en ai aucune envie.

Plus d'une fois, Lucy avait envisagé d'appeler Sean pour lui demander de lui envoyer ses affaires. Elle aurait aimé avoir les chaussures qu'il lui avait achetées chez Jimmy Choo. Elle les aurait mises en gage.

— Bravo. Personne n'a besoin d'argent à ce point-là, mais s'il t'en faut, demande plutôt à Jack Masterson. Avec ce concours invraisemblable, ses livres figurent à nouveau sur la liste des best-sellers. Ça devait être prévu.

— Peut-être.

Pourtant, le Jack Masterson que Lucy avait rencontré jadis ne semblait pas très intéressé par l'argent ou les listes de best-sellers. Si ç'avait été le cas, pourquoi n'aurait-il plus rien publié depuis six ans ?

Lucy regarda autour d'elle. Elles auraient déjà dû être sur l'autoroute.

— Tu es sûre qu'on va à l'aéroport ?

— Un petit arrêt d'abord.

Comme elles n'étaient pas en retard, Lucy ne s'inquiéta pas. Elle essaya de se calmer en laissant le paysage défiler devant elle. Elle devait se concentrer sur le concours. Gagner ne serait pas facile. Trois jours auparavant, elle avait participé – par satellite – au *Today Show*. Ils avaient interviewé tous les participants en leur faisant raconter comment ils étaient allés sur l'île et pourquoi.

Andre Watkins avait expliqué qu'il était victime de racisme dans son école privée en Nouvelle-Angleterre. Il avait fugué pendant une excursion scolaire. Jack avait téléphoné aux parents d'Andre pour leur expliquer qu'il était inutile d'envoyer leur fils dans un établissement prestigieux si cela anéantissait son goût du savoir. Au retour, il avait été inscrit dans une école où il se sentait en sécurité, et Jack avait écrit la lettre de recommandation qui lui avait permis d'être admis à Harvard. À présent, il gagnait très bien sa vie comme avocat.

Melanie Evans, la seule autre femme à participer, avait déménagé et s'était retrouvée sans amis dans sa nouvelle école. Jack avait envoyé des exemplaires de ses livres aux autres élèves de sa classe en précisant qu'il s'agissait de cadeaux venant de lui et de sa chère amie Melanie, après quoi elle était devenue la fille la plus populaire de son collège. Elle possédait maintenant sa propre librairie spécialisée en littérature jeunesse.

Le Dr Dustin Gardner avait révélé qu'il était terrorisé à l'idée d'avouer son homosexualité à ses parents. Jack l'avait encouragé à leur dire la vérité en promettant que s'ils le prenaient mal, ils auraient à en répondre devant lui. Comme il se sentait soutenu par son écrivain préféré, Dustin avait osé être vraiment lui-même. Ses parents avaient d'abord été réticents, mais avaient fini par l'accepter et le défendre. Quand les présentateurs de l'émission l'avaient interrogé sur ce qu'il ferait s'il gagnait le livre, il avait déclaré qu'il le vendrait afin de rembourser les prêts contractés pour financer ses études. Puis il avait demandé s'il y avait déjà des enchérisseurs, ce qui avait fait rire le public.

Lorsque son tour était venu, Lucy avait un peu enjolivé les faits. Elle avait prétendu avoir simplement voulu devenir l'« acolyte » de Jack Masterson, puisque dans sa lettre, il avait dit qu'il en cherchait un. Évoquer l'indifférence de ses parents à son égard et les problèmes médicaux de sa sœur semblait trop déprimant pour une émission de télévision matinale.

— Tu as perdu ta langue. Tout va bien ? s'enquit Theresa, interrompant sa rêverie.

— Oui, oui, je suis juste un peu agitée. Merci, à propos.

D'un geste, Theresa minimisa le service rendu :

— Je te conduis à l'aéroport, ce n'est pas grand-chose.

— Non, merci pour m'avoir dissuadée d'annoncer tout de suite le pire à Christopher.

Theresa prit la main de Lucy et la serra.

— Tu vas gagner, et tu seras sa nouvelle maman. Je refuse de croire autre chose.

— Je risque bien davantage de perdre.

— Bon, alors, vole l'argenterie de Masterson tant que tu seras chez lui. On la revendra sur eBay à ton retour. Ce sera ton plan B.

— Excellente idée.

— Sérieusement, tant que tu seras dans le Maine, dit Theresa en agitant son index vers Lucy, je veux que tu réfléchisses à un vrai plan B, d'accord ? Peu m'importe que ce soit un emploi supplémentaire ou du chantage pour que ta sœur te fasse un chèque, il est temps que tu agisses. OK ? Pour Christopher ?

Un emploi supplémentaire l'empêcherait d'aider Christopher à faire ses devoirs après l'école. Et la simple perspective d'envoyer un texto à sa sœur lui donnait envie de vomir, alors comment lui réclamer de l'argent ? Aucun espoir.

— OK. Je vais trouver quelque chose.

— J'en suis certaine.

Theresa s'engagea dans l'allée d'un petit bungalow dont le jardin était envahi par des arbustes jamais taillés. Où étaient-elles donc ?

La porte de la maison s'ouvrit, et Christopher courut jusqu'à la voiture.

Lucy regarda Theresa.

— Je t'en prie, lâcha celle-ci.

Lucy sortit et prit le petit garçon dans ses bras en le faisant tournoyer.

— Lucy, je vais avec toi à l'aéroport. Mrs Bailey l'a dit. J'ai même le droit d'être en retard à l'école !

— Incroyable ! Allons-y !

Elle s'assit sur la banquette arrière avec Christopher et veilla à ce qu'il soit bien attaché tandis que Theresa se remettait en route.

— Ça, c'est une belle surprise, dit Lucy en frottant l'épaule de Theresa.

— J'ai pensé que tu aurais besoin d'un soutien moral.

— C'est moi, ton soutien moral, déclara fièrement Christopher.

— Mon moral a besoin d'être très soutenu, confessa Lucy.

Pendant tout le trajet jusqu'à l'aéroport, Christopher parla de ses volumes préférés parmi toutes les *Aventures de l'île de l'Horloge* : *La Machine à fantômes*, *Têtes de mort et têtes de lard*, et surtout *Le Secret de l'île de l'Horloge*.

— Qu'est-ce qu'il a de si formidable, celui-là ? demanda Theresa.

— C'est celui où le Cerveau adopte une petite fille qui est venue sur l'île. Elle ne le quitte plus jamais.

Christopher jeta un regard timide en direction de Lucy.

C'est elle qui lui avait fait connaître *L'Île de l'Horloge*. Quand l'assistante sociale était venue le chercher à l'hôpital après que ses parents avaient été déclarés morts, elle lui avait demandé s'il y avait des adultes chez qui il voulait séjourner un moment, le temps de localiser les autres membres de sa famille.

Il avait répondu : « Miss Lucy. »

C'est ainsi que, pendant une semaine, Lucy avait servi de mère à Christopher. Un soir d'été, elle avait reçu un appel alors qu'elle se trouvait au bar où elle travaillait pendant les vacances. Une collègue l'avait conduite au commissariat, puis les avait emmenés chez Lucy. Encore sous le choc, Christopher n'avait pas dit un mot dans la voiture.

Le gérant du bar avait eu la gentillesse de lui accorder un congé, durant ces journées où elle avait dû rester vingt-quatre heures sur vingt-quatre avec l'enfant effrayé et traumatisé. Elle avait étalé un sac de couchage par terre à côté de son lit et lui avait donné une couverture de plus, empruntée à ses colocataires, qui avaient momentanément réduit leur niveau sonore, pour une fois. Désespérée de faire parler Christopher, elle avait tiré une caisse de sous son lit. Dans l'avion à bord duquel elle avait quitté le Maine pour la Californie, elle avait emporté deux valises. L'une de vêtements, l'autre de livres. *Les Aventures de l'île de l'Horloge* étaient les seuls volumes qu'elle ait conservés. Elle avait dit à Christopher d'en choisir un, pour qu'elle le lui lise. Il avait pris *Le Carnaval au clair de lune*, le volume 38. Pourquoi ? Peut-être parce qu'il avait été séduit par la couverture – la grande roue flottant dans les airs, les montagnes russes ailées, et le petit garçon habillé en Monsieur Loyal. C'était l'une des couvertures qu'elle préférait elle aussi. Elle avait bordé Christopher dans le lit avec elle, et il avait posé la tête sur son bras tandis qu'elle lui lisait page après page, attendant qu'il réagisse. Parvenus au milieu du volume, il était l'heure de dormir. Il avait demandé si elle voulait bien lire encore un chapitre, et c'étaient les premiers mots qu'il prononçait depuis qu'il était arrivé chez elle. Elle avait alors compris qu'elle ferait n'importe quoi pour lui, n'importe quoi pour le rendre heureux, pour le protéger, pour lui offrir une vie pleine d'amour.

Le jour où l'assistante sociale était venue le chercher pour le conduire dans sa première famille d'accueil, Christopher n'avait pas voulu partir. Il s'était accroché à son cou en sanglotant. Ce jour-là, elle lui avait promis de le récupérer. Dès qu'elle le pourrait, ils formeraient un foyer.

Alors qu'ils se garaient du côté des départs à l'aéroport, elle eut envie de le glisser dans son bagage pour ne pas se séparer de lui.

Theresa sortit de la voiture et prit la valise de Lucy dans le coffre.

— J'ai quelque chose pour toi, dit Lucy à Christopher.

— Quoi ?

Elle tira du bagage le sac de *La Tortue Violette* et le lui remit. Il ouvrit la boîte emballée et s'émerveilla d'y trouver non pas un, ni deux, mais trois requins.

— Oh, cool… Je peux tous les garder ?

— Tous. Lequel est ton préféré ?

— Celui-là.

Il berçait le requin-marteau comme un autre enfant aurait bercé un chaton.

— Un petit sourire, s'il vous plaît !

Lucy le photographia tenant son requin comme s'il volait. Puis il jeta les bras autour de son cou et s'accrocha à elle. Elle lui fit un gros câlin avec autant d'affection que lui. Il sentait le shampooing pour bébé *Ne pleure plus*, le parfum qu'elle aimait plus que tout autre.

— Il faut que je parte, murmura-t-elle.

Christopher se dégagea, affichant un sourire courageux.

— Bonne chance.

— J'en aurai besoin. (Elle tint son visage entre ses mains et le regarda droit dans les yeux.) J'enverrai un texto à Mrs Bailey dès que je pourrai, et elle te le transmettra. OK ?

— OK, dit-il en hochant la tête. J'essaierai de répondre au téléphone si tu m'appelles.

— Tu ferais ça ? Ne te sens pas obligé. Je peux t'écrire des textos. Et je te promets de te rapporter un autographe de Mr Masterson.

— Et le livre ?

Ce fut au tour de Lucy de sourire avec courage.

— Tu sais, ce n'est pas sûr que je gagne. Nous sommes quatre concurrents.

— J'ai fait un vœu pour que tu gagnes.

— Alors, ça devrait marcher.

Elle le serra une dernière fois dans ses bras, lui déclara qu'elle l'aimait, puis sortit de la voiture comme si elle arrachait un sparadrap. Elle embrassa Theresa et prit sa valise.

— Écrase-les tous ! cria Theresa. Ne te laisse pas intimider. Tu es assistante pédagogique en maternelle, tu peux faire face à ça ! Tu peux faire face à *tout*.

Lucy envoya à Christopher un dernier baiser volant. Il lui fit signe par la vitre pendant tout le temps où la voiture resta visible.

La jeune femme inspira profondément et se dirigea vers le terminal. Elle n'avait plus voyagé en avion depuis des années, ni même voyagé tout court. Elle retournait *vraiment* sur l'île de l'Horloge. Elle avait encore du mal à le croire.

Après avoir passé les contrôles de sécurité, elle atteignit sa porte d'embarquement avec un peu d'avance. Elle se mit à faire les cent pas, tâchant de libérer son énergie avant de devoir rester assise pendant six heures. Elle ne sentit pas tout de suite que son téléphone vibrait dans la poche arrière de son jean. Il s'arrêta, puis recommença. Elle s'aperçut alors qu'un numéro inconnu cherchait à la joindre, dans le Maine.

Depuis une semaine, elle répondait à tous les appels émanant d'un numéro inconnu, au cas où ce serait en relation avec le concours.

Prenant une voix adulte, assurée et professionnelle, elle décrocha :

— Lucy Nerr à l'appareil.

Il y eut un bref silence avant que son interlocuteur parle :

— Salut, cocotte.

Lucy connaissait cette voix. Elle connaissait et détestait cette voix. Son sang se glaça.

— Sean ? Qu'est-ce… Pourquoi m'appelles-tu ?

— Il paraît que tu reviens à Portland pour quelques jours. Félicitations, à propos. Pour le concours, je veux dire. C'est quoi, cette histoire, d'ailleurs ?

— Tu n'as qu'à chercher sur Google.

Son ex était la dernière personne de la planète à qui elle avait envie de parler à ce moment précis. En fait, non. Il était l'avant-dernière personne au monde à qui elle avait envie de parler. La dernière était sa sœur, Angie, mais Sean venait juste après.

— Pourquoi tu ne me racontes pas ? Ça a l'air rigolo.

À une époque, elle avait cru que cet homme avait accroché la Lune dans le ciel rien que pour elle. À présent, elle savait qu'il l'avait accrochée parce qu'il voulait qu'elle voie combien il était beau au clair de lune.

— Je suis sur le point d'embarquer. Sérieusement, Sean, qu'est-ce que tu veux ?

— Allez, cocotte, te braque pas. Je sais que ça s'est mal fini entre nous. En grande partie à cause de moi, mais on est des adultes, tous les deux. Agissons en adultes et oublions le passé.

En grande partie à cause de lui ? *En grande partie ?*

Il était inutile de se mettre en colère contre lui. La colère était une forme d'attention, et Sean se nourrissait d'attention comme les plantes de soleil.

— Qu'est-ce que je peux faire pour toi, Sean ? dit-elle aussi calmement que possible tout en consultant les panneaux d'affichage dans l'espoir que l'embarquement allait commencer.

— Prenons un café quand tu seras en ville.

— Je ne peux pas. Je vais être toute la semaine sur l'île.

— Sur l'île ? Sympa. Tu joues à nouveau dans la cour des grands. Je suis ravi pour toi.

Elle se représentait parfaitement son air content de lui. Elle ne répondit rien, préférant ne saisir aucune perche.

— Bon, félicitations encore une fois. Je sais que tu adorais les petits bouquins de *L'Île de l'Horloge*. J'ai jamais compris pourquoi, mais j'ai jamais lu d'histoires pour les gosses, même quand j'étais môme. Trop simpliste, tu sais ?

— Je suis quelqu'un de simpliste, répliqua Lucy.

— Non, je serais pas tombé amoureux de toi si tu étais simpliste. Tu es beaucoup plus intelligente et intéressante que tu crois.

Elle ne se fiait pas à ses compliments. En la flattant, il se flattait lui-même parce que cela signifiait qu'il avait bon goût.

— Ah oui ? Alors pourquoi tu me répétais toujours « Arrête d'être conne, Lucy » ?

— Oh oh ! Comme je disais, on a tous les deux nos torts. Je reconnais les miens, tu peux pas en faire autant ?

À cet instant, l'hôtesse annonça que l'embarquement allait démarrer. Lucy eut envie de lui sauter au cou.

— Je dois filer, on embarque. En première classe, ne put-elle s'empêcher de préciser. Salut, Sean.

— Raccroche pas ! (Il ne suppliait pas. C'était un ordre.) J'ai le droit de savoir ce qui est arrivé au bébé.

Elle prit une grande bouffée d'air et ferma les yeux. Elle ne voulait pas pleurer avant de monter dans l'avion. Elle resterait sereine.

— Tu as raison. Tu mérites de savoir. Mais pourquoi avoir attendu jusqu'à aujourd'hui ? Tu ne m'as même pas envoyé un texto. Pas une seule fois. En trois ans.

Sean était-il capable d'éprouver un sentiment de honte ? Sans doute pas, mais elle lui avait enfin posé une question à laquelle il n'avait pas de réponse toute prête. Elle savait pourquoi il l'appelait maintenant. Tous les médias parlaient du concours. Sean avait entendu son nom et s'était souvenu de son existence. Mieux encore, Lucy jouissait de son quart d'heure de gloire. Pourquoi ne pas lui téléphoner pour profiter un peu de son aura ? Pourquoi ne pas l'appeler pour s'accaparer sa grande aventure ? Tout tournait toujours autour de lui, de toute façon.

— Je te pose la question maintenant, Lucy.

— Il n'y avait pas de bébé. Félicitations, tu n'es pas père. Tu es heureux ? Tu peux l'avouer.

Son rire froid lui donna la chair de poule.

— J'aurais dû savoir que tu mentais. Désolé que ta petite comédie n'ait pas marché avec moi.

— Bien sûr, tu supposais que j'étais quelqu'un d'aussi horrible que toi.

— Je ne pense pas avoir…

— Je me fiche de ce que tu penses. Au revoir, Sean. Ne m'appelle plus jamais.

— Comme tu…

Lucy raccrocha. Elle se leva et rassembla ses sacs. C'est avec soulagement qu'elle pénétra dans l'avion, s'installa à sa place confortable, tourna son visage vers le hublot et ferma les yeux. Elle respirait lentement pour apaiser son cœur qui battait la chamade. Elle espérait que son voisin croirait qu'elle tremblait par peur de l'avion, et non parce que son ex avait encore le pouvoir de l'ébranler ainsi. Elle s'en voulait de se laisser ainsi gâcher sa journée. Non, elle ne le laisserait plus jamais lui faire ça. Elle n'était plus une enfant. Elle n'était plus sa petite poupée. Elle n'était plus sous son emprise. Elle ne lui offrirait plus cette satisfaction.

Au contraire, elle décida sur-le-champ qu'elle allait remporter ce concours. Elle gagnerait le livre. Elle le lirait à Christopher pour fêter sa victoire, et dès le lendemain, elle le vendrait au plus offrant.

Puis elle irait à *La Tortue Violette* avec Christopher, et quand la vendeuse lui demanderait si elle pouvait les aider, elle répondrait : « Oui, nous prenons tout. Avec un emballage cadeau, s'il vous plaît. »

9

Lucy arriva à Portland peu après dix-huit heures. Elle était lasse, épuisée, elle avait besoin d'un vrai repas et se sentait surexcitée. Après ce vol d'un bout à l'autre des États-Unis, il lui restait assez de facultés mentales pour envoyer un texto à Theresa disant qu'elle était sortie de l'avion saine et sauve. Elle n'était pas sûre d'avoir du réseau sur l'île de l'Horloge. Jack Masterson vivait en reclus, la chose était connue, mais la plupart des habitants du Maine étaient assez réservés. Elle craignait néanmoins qu'on lui confisque son téléphone. Tant qu'elle captait encore, elle envoya aussi un message à Mrs Bailey, lui demandant de dire à Christopher qu'elle l'aimait et qu'elle était bien arrivée, dans cet ordre.

On lui avait dit qu'un chauffeur l'attendrait à la sortie, avec un panneau portant son nom. Comme l'avion s'était posé avec un peu d'avance, elle ne s'étonna pas de ne pas voir son chauffeur dans la zone des arrivées. Elle trouva donc un endroit tranquille d'où observer les portes coulissantes. Elle espérait qu'en levant les yeux, elle pourrait voir ses parents ou sa sœur apparaître ou attendre près du carrousel à bagages. Espoir stupide et vain. Sa famille ne s'était jamais intéressée à elle. Ses grands-parents l'avaient aimée tendrement, mais ils n'avaient jamais vraiment compris la souffrance que ce rejet lui causait. Pour eux, il était logique qu'en matière d'attention, l'enfant malade reçoive la part du lion. Lucy avait de la chance, on ne cessait de le lui répéter. Aurait-elle préféré jouir de l'attention, ou plutôt de la santé ? Si cela signifiait que ses parents l'aimeraient et s'occuperaient d'elle, elle aurait pu se couper un bras pour qu'ils lui accordent cinq minutes de leur temps.

Évidemment, ils n'étaient pas venus à sa rencontre. Même s'ils avaient su à quelle heure son vol atterrissait, ils n'auraient pas été là. Ce n'était qu'un vieux fantasme qui refusait de mourir.

Cesserait-elle un jour d'attendre que sa famille vienne la chercher pour la ramener à la maison ?

Tout autour d'elle, elle était témoin de retrouvailles. Des parents serraient dans leurs bras des étudiants qui n'avaient pas envie d'étreintes, ou du moins qui faisaient semblant de ne pas en avoir envie. Les maris embrassaient les épouses. Les petits-enfants assaillaient les grands-parents. Une fillette d'environ cinq ans se précipita pour accueillir sa mère qui descendait l'Escalator. Parvenue en bas des marches, la femme souleva l'enfant dans ses bras. Lucy sourit en voyant la maman poser la petite fille contre son épaule et lui tapoter le dos. Lorsqu'elles passèrent devant elle, Lucy l'entendit gazouiller dans les cheveux de sa fille : « Maman t'aime. Tu as tellement manqué à ta maman. »

Tu vois, Maman, songea Lucy. *C'est tout ce que tu avais à faire. Tout ce que je voulais, c'était que tu viennes me chercher à l'école, que tu me laisses courir dans tes bras pour que tu m'emportes en disant : « Maman t'aime. Tu as tellement manqué à ta maman. »*

— Lucy ?

Elle se retourna et vit un homme extrêmement grand, aux épaules larges, vêtu d'un uniforme noir, qui tenait un panneau où était écrit « Lucy Nerr ».

Elle ramassa ses bagages.

— C'est moi.

— Enchanté de faire votre connaissance, Lucy. La voiture est par ici.

Le chauffeur avait une cinquantaine d'années, l'accent du Bronx et un immense sourire. Il l'emmena à l'extérieur, lui demanda d'attendre un instant et reparut cinq minutes plus tard au volant de la plus grosse voiture qu'elle ait jamais vue.

— Mais c'est un monstre, cette voiture ! s'exclama Lucy lorsqu'il vint lui ouvrir la portière.

— Une Stretch Caddy Escalade. Mr Jack exige le meilleur pour ses invités. Il dit qu'il vous doit ça, à vous, les enfants, parce que la première fois que vous êtes venus le voir, vous avez dû faire de l'auto-stop.

Lucy observa l'intérieur. L'arrière ressemblait à une caverne. Elle avait déjà roulé dans ce genre de véhicule avec Sean. Ça lui donnait toujours la nausée. Ou bien c'était simplement à cause de lui ?

— Je pourrais m'asseoir à l'avant avec vous ?

Le chauffeur haussa un sourcil mais répondit :

— Je vous en prie.

Il referma l'arrière et ouvrit la portière avant. Lucy monta et il fit le tour pour aller se rasseoir à la place du conducteur.

— Comment vous appelez-vous ? J'ai oublié de vous le demander.

Il la regarda comme s'il se retenait de sourire.

— Adam. Pour vous servir, madame, dit-il avec un clin d'œil.

Manifestement, c'était une plaisanterie qu'il faisait mille fois par jour.

— Merci beaucoup, Adam.

Elle rajusta son pull et contempla les lumières qui défilaient de l'autre côté de la vitre. Certains détails semblaient familiers, mais l'essentiel du paysage était flou. Elle eut un frisson. Elle était de retour. Elle avait juré de ne jamais revenir dans le Maine, mais elle était là.

— Tout va bien, ma petite ? N'ayez pas peur, Jack est un chic type.

Elle ne voulait pas accabler le pauvre chauffeur en lui parlant de sa relation d'amour-haine avec sa région natale. Elle adorait le Maine. Néanmoins, tout le reste – ses parents, sa sœur, son ex, qui habitaient tous Portland –, elle pourrait s'en passer pour l'éternité.

— Le concours me rend un peu fébrile.

— Détendez-vous. J'ai allumé le chauffage par les sièges. Et ne vous inquiétez pas. J'ai pu évaluer la concurrence. Vous n'avez rien à craindre.

De l'aéroport jusqu'au point de départ des ferrys, d'où un bateau attendait pour l'emmener sur l'île, le trajet dura une vingtaine de minutes. Lucy ne cessa de poser des questions à Adam. Elle apprit qu'elle était la dernière à arriver, la seule participante originaire de la côte Ouest.

— Je ne suis pas très douée pour les jeux, avoua Lucy.

— Je ne crois pas que Jack vous impose une partie de foot ou quoi que ce soit de ce genre. Vous allez vous amuser. Ne vous mettez pas dans tous vos états.

— Trop tard. Je suis déjà dans tous mes états !

Adam gloussa, puis agita la main.

— Il ne faut pas, ma petite. Tout va bien se passer. Les autres concurrents sont sympas. Jack est sympa. Même Hugo est sympa, une fois qu'on va au-delà de… comment dire… sa personnalité.

— Attendez, vous parlez d'Hugo Reese ? L'illustrateur ?

Hugo Reese n'était pas seulement l'illustrateur des *Aventures de l'île de l'Horloge*, c'était aussi l'artiste vivant qu'elle préférait. Et elle l'avait déjà rencontré. Il était là lorsqu'elle avait fait sa fugue.

— Il vit également sur l'île. Il faut quelqu'un pour veiller sur Jack. Un brave type, un peu bougon, mais ne vous laissez pas impressionner.

— Oh, je me le rappelle. Sauf qu'il m'a impressionnée.

Lucy éclata de rire.

— Vous connaissez notre Hugo ?

— Si je le connais ? Non. Mais il... il s'est occupé de moi pendant que Mr Masterson appelait la police.

Elle n'avait pas raconté cette partie de l'histoire à Christopher mais, bien sûr, c'est ce qui s'était produit. On ne se présente pas à la porte d'un écrivain mondialement célèbre sans être signalé à la police. Oui, Jack Masterson lui avait offert des biscuits et du thé, l'avait laissée caresser sa corneille, mais il ne pouvait pas la garder. Certains vœux sont exaucés, d'autres non, et « Je veux vivre sur une île magique avec mon auteur préféré et être son acolyte » faisait partie des vœux qui ne se réalisent jamais.

Après lui avoir montré l'écritoire volante, Jack était sorti en lui promettant une jolie surprise. Il était revenu accompagné d'un jeune homme.

Lucy se souvenait encore de lui. Impossible d'oublier le regard ténébreux de ces yeux bleu électrique, les cheveux hirsutes de rock star, ni bien sûr les tatouages.

Il avait les deux bras entièrement tatoués. Des tourbillons de rouge, de noir, de vert, d'or et de bleu. Pas d'arc-en-ciel. Pas de rayures. Rien que des couleurs. Comme si son corps était une palette. Il était plus peinture qu'homme.

— Lucy Nerr, je te présente Hugo Reese. Hugo Reese, voici Lucy Nerr. Hugo est peintre. C'est lui qui illustrera désormais mes livres. Et Lucy est venue pour devenir mon acolyte. Voulez-vous bien lui apprendre à dessiner la maison du Cerveau ? Elle en aura besoin.

Avait-elle cru ces paroles ? Avait-elle été dupe ? Avait-elle vraiment pensé que Jack Masterson l'autoriserait à vivre chez lui ? À être son acolyte ? Sa fille ? Son amie ? Elle avait voulu le croire, donc elle avait tendu à Hugo Reese une main tremblante.

Hugo avait regardé sa main, puis s'était tourné vers Jack Masterson.

— Vous perdez la boule, mon vieux ?

Il s'exprimait avec un accent britannique. Pas comme un membre de la famille royale, plutôt comme un rockeur anglais.

Jack Masterson avait frappé sa tempe en assurant :

— Ma boule est toujours là.

Hugo avait roulé des yeux de manière si théâtrale que Lucy s'était imaginé qu'il avait dû voir l'intérieur de son propre crâne.

— Prenez votre temps, avait dit Jack. Je reviens tout de suite.

Elle était alors restée seule avec Hugo Reese. Elle était extraordinairement intimidée, non parce qu'il avait l'air fâché, non parce qu'il était le nouvel illustrateur des *Aventures de l'île de l'Horloge*, mais parce qu'il était le plus bel homme qu'elle ait rencontré. En général, elle ne prêtait pas grande attention aux garçons, mais elle ne pouvait détacher les yeux de lui.

— Lucy Nerr, c'est ça ?

Elle était soudain devenue très, très, *très* timide. Il y avait de jolis garçons dans son collège. Mais Hugo n'était pas un garçon, c'était un homme. Et il était vraiment, vraiment, *vraiment* un bel homme.

— Tu t'es sauvée de chez toi ? Pour venir ici ? Tu sais que c'est complètement débile ? Tu aurais pu te faire tuer. Tes parents t'ont bercée trop près du mur ?

Lucy avait été déconcertée par sa colère. Elle avait supposé qu'il serait aussi gentil que Jack.

— Peut-être, avait-elle répondu, au bord des larmes. Ils ne m'aiment pas, donc ça ne serait pas étonnant.

Hugo avait regardé ailleurs.

— Désolé. Mon frère a à peu près ton âge. J'aurais les chocottes s'il s'enfuyait de la maison.

Avoir les chocottes ? Lucy trouvait l'expression amusante.

— Mais Jack a dit…

— Je me fous de ce que Jack a dit. Tu as failli lui filer une crise de nerfs en te pointant à sa porte.

Lucy avait pouffé et Hugo froncé les sourcils.

— Pardon, pardon. C'est que… Je m'appelle Nerr. J'ai cru que c'était un jeu de mots. Crise de Nerr. (Lucy avait baissé les yeux, puis les avait relevés vers lui.) Je suis désolée.

Le regard d'Hugo s'était adouci. L'orage de sa colère s'était dissipé. Elle n'avait pas l'habitude d'être grondée, et encore moins par un artiste punk sexy. C'était plutôt charmant qu'il se soucie autant de sa sécurité.

— OK, assieds-toi. Et écoute-moi bien. Dessiner, ça s'apprend, comme conduire ou faire du roller. Personne ne sait à la naissance. C'est une compétence à maîtriser, et si tu veux l'acquérir, tu peux. Mais si tu ne veux pas, ne me fais pas perdre mon temps.

Personne ne lui avait jamais dit qu'on pouvait apprendre des choses comme le talent artistique. Elle supposait qu'elle ne dessinait pas parce qu'elle ne savait pas, mais voilà qu'un véritable artiste lui disait qu'elle pourrait apprendre ? Génial.

Lucy s'était donc montrée très attentive et avait obéi à toutes les instructions d'Hugo Reese. Elle avait raté son premier croquis. Mais elle avait recommencé, réessayé, encore et encore. Une demi-heure plus tard, elle avait un dessin honnête d'une maison effrayante, couverte de lierre et aux fenêtres bizarres, comme de grands yeux.

Pas n'importe quelle maison… la maison sur l'île de l'Horloge.

Lorsqu'elle avait eu terminé, Hugo Reese avait longuement contemplé son œuvre avant de déclarer :

— Pas mal, Crise de Nerr. Continue.

Elle n'avait pas continué, mais elle n'avait jamais oublié ce cours de dessin reçu de lui, ni le plaisir qu'elle avait ressenti lorsque le plus bel homme qu'elle ait jamais vu lui avait donné ce surnom amusant, « Crise de Nerr ».

Naturellement, elle était un peu amoureuse de lui quand la leçon avait pris fin, beaucoup trop tôt. Au bout d'une trentaine de minutes, la porte du bureau s'était rouverte. Elle s'était attendue à voir reparaître Jack Masterson, mais elle avait vu un policier en uniforme, suivi d'une femme qui avait déclaré être assistante sociale. Ils étaient là pour la ramener chez elle.

— On y est, ma petite. Le bateau vous attend.

La voix d'Adam l'arracha au passé pour la replonger dans le présent.

Le chauffeur porta ses bagages jusqu'au ferry, où un marin l'aida à monter à bord. Il l'installa dans un fauteuil et lui servit du café chaud. Elle était l'unique passager du petit bateau bleu et blanc.

Il lui restait quelques minutes et elle consulta son téléphone. Theresa avait répondu à son texto par des baisers et des vœux de réussite. Mrs Bailey avait écrit que Christopher était rassuré de savoir qu'elle était arrivée à bon port. C'était tout.

Elle rangea son téléphone avant de faire quelque chose d'idiot comme tenter d'appeler Christopher pour lui parler d'Hugo Reese. Toutes ces peintures folles, étranges, fascinantes, des animaux imaginaires qui vivaient sur l'île, des fantômes qui la hantaient ou du train qui s'y arrêtait (comment un train pouvait-il rouler jusque sur une île ? le Cerveau ne l'avait jamais vraiment expliqué)... Elles étaient l'œuvre d'Hugo. Christopher aimait ces images presque autant qu'il aimait *Les Aventures de l'île de l'Horloge.*

Lucy savait qu'elle ferait mieux de rester dans la cabine avec son café chaud, mais elle ne tenait pas en place. N'étant pas sûre d'avoir le pied marin, elle quitta son siège et marcha jusqu'à la porte. Elle l'ouvrit et s'approcha du bastingage, auquel elle s'accrocha fermement alors que le bateau tanguait en avançant vers l'île avec un vacarme de moteur.

Inspirant profondément, elle fit pénétrer la brise de l'océan dans ses poumons. Elle ne pouvait pas croire à quel point les nuits fraîches du printemps et l'air salin de l'Atlantique lui avaient manqué. Si ç'avait été un parfum, elle en aurait acheté un flacon et s'en serait aspergée tous les jours. Si seulement Christopher avait pu l'accompagner ! Le petit garçon rêvait de vivre au bord de la mer et de nager avec les requins, qui étaient là dans l'eau, juste sous son nez. Les requins-taureaux, les requins bleus. Pas de requins-marteaux, hélas, mais il y avait de grands blancs, ce qui lui ferait certainement beaucoup d'effet. Oh, elle devrait lui dire de ne pas nourrir les mouettes et de ne jamais caresser les phoques, mais il adorerait vivre ici. Ce serait son paradis.

Terrorisée mais surexcitée, elle avait la sensation d'avoir à nouveau treize ans. Était-elle enthousiaste à l'idée de revoir Jack Masterson ? Bien sûr. Il était l'une de ses idoles. Peut-être la seule idole qui ne l'avait pas encore déçue. Mais plus que tout, ce concours était pour elle l'occasion, l'unique occasion, de rendre possible sa vie avec Christopher. Si elle gagnait.

C'était le hic. *Si*.

Le ciel s'éclaircit. Le bruit du moteur devint plus aigu. Le ferry ralentissait.

Devant elle, pas très loin, se dressait une maison, une belle maison du XIXe siècle, couverte de lierre grimpant, avec de curieuses tourelles donnant sur la plage, l'embarcadère et l'eau.

Le cœur de Lucy se mit à battre comme un tambour.

C'était là. L'île de l'Horloge.

Dans sa tête, elle entendait parler une voix de robot :

Quelle heure est-il ? Bienvenue sur l'île.

Elle était de retour.

TROISIÈME PARTIE

Jeux, devinettes et autres bizarreries

Il était là, mais Astrid ne pouvait pas le voir. Elle ne distinguait que le contour de son visage, dans l'ombre, près du feu. Le Cerveau. Elle tenta de s'adresser à lui :

— Monsieur ?

Max toussa.

— Euh… Je veux dire, Maître. Mon frère et moi, nous espérions que vous pourriez exaucer un vœu.

— Un vœu ? répéta la voix. Ai-je l'air d'un génie sorti d'une lampe ?

— Peut-être. Je ne sais pas à quoi ressemblent les génies, donc vous pourriez en être un.

Il ne répondit rien, mais elle eut l'impression de voir sourire son visage obscur.

— Maître Cerveau, tenta Max d'une voix tremblante, notre père a dû aller vivre très loin pour son travail. Il nous manque vraiment. S'il pouvait trouver un emploi dans notre ville, il reviendrait. C'est le vœu que nous avons fait…

— Dites-moi ce qui s'envole sans avoir d'ailes, demanda l'homme, et vous aurez votre réponse.

Max leva la tête vers Astrid, mais elle était incapable de résoudre cette devinette. Elle se triturait les méninges, promenant son regard partout à travers la pièce, au cas où la solution y serait cachée quelque part. Le silence était tel qu'elle entendait battre son cœur. Comme le tic-tac d'une horloge.

Le tic-tac d'une horloge ?

— Le temps, dit-elle. Le temps s'envole mais il n'a pas d'ailes.

— Avec le temps, si vous êtes patients, votre père reviendra habiter chez vous.

Max tira Astrid par la manche.

— Viens. Je savais que ça ne marcherait pas. Allons-nous-en.

Il était prêt à partir, mais Astrid ne bougeait pas.

— Je ne veux pas attendre. Papa nous manque en ce moment. Personne ne vous a jamais manqué, à vous ? Quand une personne qu'on aime est absente, chaque journée est comme un million d'années.

Là encore, le Cerveau garda longtemps le silence. En fait, il resta si longuement muet que le temps aurait pu se laisser pousser des ailes et apprendre à voler tandis qu'Astrid attendait qu'il se remette à parler.

— Serez-vous courageux ? demanda-t-il. Les seuls vœux à être exaucés sont ceux des enfants courageux.

Astrid était effrayée, épouvantée même. Toutefois, elle redressa le menton et déclara :

— Oui. Je serai courageuse.

Max la prit par la main et dit :

— Je serai courageux aussi. Si c'est obligé.

Le Cerveau éclata d'un rire plus terrifiant qu'aucun cri.

— Oh oui, tu seras obligé.

Extrait de *La Maison sur l'île de l'Horloge*, premier volume des *Aventures de l'île de l'Horloge*, par Jack Masterson, 1990

10

Le ferry ralentit encore en s'approchant du long débarcadère en bois. Ses phares éclairaient le ponton. Un homme se tenait à l'extrémité. Lucy ne voyait pas son visage, mais ce n'était pas Jack Masterson. L'homme semblait trop jeune et trop grand. Il avait fourré ses mains dans les poches d'un caban foncé, face au vent de la nuit comme si le froid ne pouvait l'atteindre. Et quand le marin lui lança une corde, il s'en saisit bien vite et attacha le bateau au quai d'une main experte.

Lucy se déplaça vers l'avant du ferry, les bras collés à son corps pour se protéger de la fraîcheur du soir. L'homme sur le débarcadère lui tendit la main pour l'aider à descendre. Elle se concentra afin de ne pas tomber alors qu'elle sautait sur le quai.

— Des bagages ? demanda-t-il.

Le marin les lui remit et souhaita bonne nuit à Lucy.

L'homme la toisa.

— Une vraie Californienne. Pas de manteau ?

Un accent britannique qui semblait familier. Était-ce possible ? Mais qu'était devenue la coupe de rock star ?

— Non, pas de manteau, répondit Lucy, penaude. Mais ça ira, j'ai un pull dans ma valise.

Elle avait renoncé à acheter un manteau d'hiver, dont elle n'aurait probablement pas besoin pour un voyage aussi court. Elle avait eu tort.

— Tenez, enfilez ça.

L'homme lui tendit une veste doublée de flanelle qu'il avait apportée comme s'il s'attendait à ce qu'elle ne soit pas habillée convenablement. Elle obéit, reconnaissante pour ce vêtement beaucoup trop grand mais délicieusement chaud. Elle remarqua que le tissu avait l'odeur de l'océan.

— Merci. Je n'ai plus vraiment de quoi m'habiller l'hiver.

— Bien sûr. Vous n'avez pas l'habitude de vivre là où il fait moins de quarante degrés à l'ombre.

— Vous êtes désagréable, riposta Lucy. Ce que vous dites n'est pas faux, mais c'est désagréable.

Il faillit sourire. Il faillit, mais ne sourit pas.

— Par ici, indiqua l'homme en se dirigeant vers la maison, suivi par le bruit des roulettes de la valise.

Lucy dut trottiner pour rattraper ses grandes enjambées.

— Vous êtes Hugo Reese, n'est-ce pas ?

Il s'arrêta brusquement et la regarda sans se donner la peine de masquer son déplaisir.

— Oui, hélas. Venez, Jack vous attend.

Hugo était tel qu'elle se le rappelait, même s'il était moins punk qu'autrefois. La trentaine, la mâchoire forte, des yeux intelligents, d'un bleu intense, derrière des lunettes à monture noire. Il portait un caban bleu marine, dont le haut laissé ouvert révélait une pomme d'Adam saillante. À treize ans, elle l'avait trouvé superbe. À présent, elle le jugeait séduisant, très séduisant malgré son air féroce. Presque distingué. Désormais plus professeur que rock star. Elle décida que cette transformation lui plaisait.

Elle le suivit, se demandant s'il se souvenait de la première fois où elle était venue sur l'île. Il avait sans doute tout oublié. Il était jeune, mais déjà adulte, alors qu'elle en était à l'adolescence, l'âge le plus impressionnable. Elle se rappelait chacun des mots qu'il lui avait adressés.

Elle s'était arrêtée sur le seuil de la maison, la main de l'assistante sociale sur son épaule, pour dire au revoir à Mr Masterson. Jack lui avait dit gentiment qu'elle devrait revenir, qu'il détestait la voir partir, mais que la loi lui interdisait de retenir chez lui les enfants qui se présentaient à sa porte. Il aurait vraiment aimé pouvoir la garder, de tout son cœur. Elle aurait pu devenir le majordome de Pierre Corneille. Quand elle serait plus grande, peut-être.

Hugo était resté assis derrière lui, dans l'escalier. Tandis que l'assistante sociale l'escortait dehors, Lucy avait entendu Hugo dire à Jack : « Arrêtez de faire des promesses que vous ne pouvez pas tenir. Un de ces jours, quelqu'un se fera tuer, mon vieux. »

Cela l'avait rendue furieuse, à l'époque. Maintenant qu'elle avait vingt-six ans, elle devait avouer qu'Hugo n'avait pas tort. Lucy aurait pu se faire tuer en fuyant de chez elle parce qu'un auteur mondialement connu avait déclaré en plaisantant dans sa lettre qu'il avait besoin d'un acolyte.

Mais elle n'avait jamais oublié la réponse de Jack Masterson : « Hugo, il faut toujours se taire quand un cœur se brise. »

Hugo s'était esclaffé : « Quel cœur, le vôtre ou celui de la gosse ? »

C'était la dernière fois qu'elle avait vu Hugo Reese.

— Quelque chose ne va pas ? s'enquit Hugo.

Le dévisageait-elle ? Oups. Lucy était contente que le froid lui ait déjà mis le rouge aux joues.

— Nous nous sommes déjà rencontrés, répondit-elle. Je me demandais simplement si vous vous en souveniez.

— Je m'en souviens.

Il n'en avait pas l'air ravi. OK, un mauvais souvenir, donc, mais ça valait mieux que d'avoir été oubliée.

— Vous avez changé.

— Ça s'appelle vieillir. Merci de me le signaler. Avançons, ajouta-t-il en se détournant d'elle. Tout le monde nous attend.

Ils atteignirent l'allée pavée de galets et la suivirent jusqu'à la porte principale, cette même allée que Lucy avait empruntée des années auparavant.

Tout à coup, elle s'arrêta et leva les yeux vers la maison. À chaque fenêtre brillait une lumière, comme à Noël. Une horloge métallique était accrochée au-dessus de la majestueuse double porte voûtée, comme dans son souvenir. Lucy se sentait déjà chaleureusement accueillie, comme si elle était enfin à sa place, même si elle savait bien qu'elle n'était pas ici chez elle.

Hugo la tira de sa contemplation :

— Vous venez ?

— Oui, excusez-moi. Je suis vraiment désolée.

Il plissa le front avec cet air sévère qu'elle se rappelait si bien.

— Désolée de quoi ?

— Je ne sais pas si vous vous en souvenez, mais vous m'avez engueulée parce que je m'étais mise en danger en fuguant. À l'époque, je n'avais pas du tout pensé aux ennuis que j'aurais pu valoir à Jack Masterson en débarquant chez lui. C'était idiot et dangereux, et ça aurait pu nuire à sa carrière si le fait s'était ébruité qu'il *attirait* des jeunes filles chez lui.

Hugo contemplait la maison comme si elle abritait son pire ennemi.

— C'est lui qui vous doit des excuses. Cet imbécile croit qu'il peut se prendre pour Dieu avec une jeune désespérée et s'en tirer indemne.

— Je n'étais pas désespérée à ce point-là, dit-elle pour essayer de le faire sourire, en vain.

— Je ne parlais pas de vous. Entrons.

Sans un mot de plus, Lucy pénétra avec Hugo dans la maison sur l'île de l'Horloge.

11

Les participants étaient enfin au complet, et ce foutu concours pouvait maintenant commencer. Hugo comptait déjà les minutes jusqu'à ce que soit terminé et que la maison retrouve son calme. Il pourrait alors avoir une discussion avec Jack et lui annoncer qu'il était temps que lui, Hugo, vive sa vie. À présent que tout le monde était arrivé à destination, il put se détendre un peu. Les concurrents n'étaient pas aussi insupportables qu'il le redoutait. Andre était cordial et curieux. Melanie, la Canadienne, était d'une politesse sans fin. Dustin, le docteur, semblait une pile électrique. Et Lucy Nerr ? Avec son aspect juvénile et frêle, on aurait pu la croire quantité négligeable, mais elle était la seule des quatre qui avait eu la correction de demander pardon pour avoir mis en danger toute la carrière de Jack en déboulant chez lui. Hugo avait oublié qu'il existait encore des gens capables de présenter leurs excuses. Dieu sait qu'il évitait lui-même d'en présenter, chaque fois que possible.

— Par ici, dit-il en portant son bagage dans l'allée de galets.

Il lui ouvrit la double porte et la fit entrer. Elle enleva la veste qu'il lui avait prêtée et la lui tendit.

— Elle est à vous ?

— Gardez-le. J'ai des tas de manteaux. Vous pourriez en avoir besoin. Vous me la rendrez plus tard.

— Merci, dit-elle en serrant le vêtement contre sa poitrine.

Elle regarda autour d'elle, se tournant sous la vieille lanterne à vitraux suspendue dans le vestibule. Il l'observait, tentant de discerner en elle la fillette maigrelette qu'il se rappelait vaguement. Le principal souvenir qu'il conservait de cette après-midi étrange était sa rage contre Jack qui avait été assez bête pour encourager une gamine perturbée à s'imaginer unie à lui par un lien privilégié, simplement parce qu'elle lisait ses livres. Ne comprenait-il pas que tous les gamins de la planète se croyaient uniques, croyaient qu'ils auraient été des princes, des reines ou des magiciens si l'univers ne les avait pas trahis en les parachutant dans la mauvaise famille, dans la mauvaise maison de la mauvaise ville du mauvais monde ? La dernière chose dont ces enfants avaient besoin, c'était de supposer qu'un écrivain riche et célèbre pourrait et voudrait changer leur vie à condition qu'ils le souhaitent assez fort. La pauvre Lucy Nerr avait cru à ce rêve. Il espérait qu'elle s'en était réveillée.

Dans son enfance, Hugo avait voulu être artiste. Il avait dessiné et peint dix heures par jour, tous les jours, pendant sa vie entière avant de produire enfin une toile à peu près correcte. Il n'avait pas suffi de faire un vœu pour que son rêve devienne réalité ; il avait dû travailler pour le concrétiser.

— Les autres sont dans la bibliothèque. Nous allons bientôt commencer.

Lucy voulut prendre sa valise, mais il la devança.

— Je me charge de vos bagages. Par ici.

Lucy le suivit dans le salon. Mon Dieu, elle avait vraiment grandi depuis qu'il l'avait vue, toutes ces années auparavant. *Jolie fille*, admit-il à contrecœur. Des cheveux bruns lui tombant sur les épaules en vagues douces, légèrement humides à cause de l'air de l'océan. Des yeux bruns pétillants. Un grand sourire, des lèvres roses, et des joues rougies par le froid de la nuit. Jack disait qu'elle était maîtresse d'école en maternelle ou quelque chose de ce genre. Avait-il eu des institutrices aussi jeunes et jolies quand il était enfant ? Peu probable. Il s'en serait souvenu.

Les portes de chêne de la bibliothèque étaient fermées. Quand ils furent devant, Lucy s'immobilisa.

— Que se passe-t-il ?

— Je suis à nouveau sur l'île de l'Horloge, expliqua-t-elle. C'est fou.

— Tous les matins je me dis la même chose. Sauf que moi, ça ne me fait pas sourire.

Il plaisantait, mais elle ne rit pas. Elle semblait ne lui accorder aucune attention. Lucy Nerr était en transe. Plus précisément, elle était comme enivrée. Son sac de toile, où étaient imprimés les mots « École de Redwood » et l'image d'un séquoia, glissa de son épaule et atterrit bruyamment à ses pieds tandis qu'elle se retournait pour contempler la pièce.

— Nous avons le temps. Explorez les lieux si vous en avez envie.

— J'en ai envie.

La maison de Jack aurait ébloui n'importe qui. Elle l'avait ébloui, lui, toutes ces années auparavant. La pièce, et même tout cet intérieur, semblaient sortis d'un rêve inspiré par la fièvre à un esprit du XIXe siècle. Les murs tapissés de papier violet foncé, à motifs de chaînes d'argent et de crânes… un plafond peint en bleu ciel très pâle… une grande baie vitrée donnant sur la colline et jusqu'à l'océan, même si l'on ne voyait rien puisqu'il faisait nuit… Lucy s'arrêta devant la cheminée massive, en marbre, où chuchotait un feu. Elle prit sur le dessus un long morceau de métal rouillé.

— Qu'est-ce que c'est ? Une vis ?

— Un clou de cercueil.

Elle ouvrit de grands yeux en direction d'Hugo.

— D'un vrai cercueil ?

— Il y a un siècle, cette île appartenait à la famille d'un riche industriel qui enterrait ses morts dans leur cimetière privé. Les caisses en pin pourrissent, mais pas les clous. Parfois, ils remontent à la surface.

— Jusque sur le dessus de la cheminée ?

Hugo enleva son caban, le jeta sur le dossier du canapé.

— Jack est un excentrique, au cas où vous ne l'auriez pas encore compris.

— « Jack est un excentrique », dit l'artiste qui s'est généreusement peint le corps ?

Elle le taquinait, les yeux fixés sur ses avant-bras. Il avait remonté ses manches jusqu'aux coudes. Du poignet à l'épaule, il était couvert de tourbillons abstraits de toutes les couleurs, de sorte que ses deux bras ressemblaient à la palette d'un peintre.

Assez satisfait qu'elle ait vu ses tatouages, il contempla ses avant-bras, en redécouvrant la décoration avec les yeux de Lucy.

— C'est un excentrique, et moi je suis un hypocrite. Vous trouvez que je suis allé trop loin ? La faute à la jeunesse et à la Sambuca.

— Non, j'aime bien. On a l'impression que vous êtes fait de peinture. De peinture et de peine.

— Je suis fait de mauvaises décisions.

Il était frappé qu'elle ait deviné le sens de ses tatouages. La vie d'un artiste était-elle faite d'autre chose que de peinture et de peine ?

Lucy toucha délicatement l'orbite de l'œil unique du crâne de cyclope accroché au mur près de la cheminée, accessoire du film que Disney Channel avait tiré de *Têtes de mort et têtes de lard*.

— Cette maison est stupéfiante. J'étais si anxieuse la première fois que je ne me rappelle pas grand-chose de l'intérieur.

Elle examina la pendule qui servait de plan de l'île, laissant son doigt survoler les heures et les petites images du puits à souhaits et des flaques de marée…

Phare de Midi et Minuit
Aire de pique-nique d'Une Heure
Mare de Deux Heures
Rocher des macareux de Trois Heures
Bienvenue à Quatre Heures
Plage de Cinq Heures
Pointe sud de Six Heures
Auberge du Septième Bonheur
À Huit Heures, le puits à souhaits
Quai de Neuf Heures
Forêt de bronze de Dix et Onze

— En quoi cet endroit est-il réel ? demanda-t-elle.

Hugo haussa les épaules.

— Parfois, je ne suis pas sûr qu'il le soit.

Elle leva les yeux, intriguée par la lanterne.

— Des bois de cerfs ?

— Il y a plein de cerfs sur l'île. Même des cerfs pie.

— Pie ?

— Blancs à taches noires. Ils sont rares à l'état sauvage, mais nous en avons un certain nombre ici. Un petit pool génétique. Un ami à moi, à New York, se sert de leurs bois pour fabriquer des lanternes et des fauteuils *extrêmement* confortables.

Elle s'arrêta à nouveau devant une toile encadrée au-dessus du canapé de velours vert.

— Celle-là aussi, je l'avais oubliée.

Au premier coup d'œil, on croyait avoir affaire à une vue ordinaire de la maison, la fameuse maison sur l'île de l'Horloge. Mais on s'apercevait bientôt que les fenêtres étaient peintes comme des yeux, et que la majestueuse double porte ressemblait à une étrange bouche rieuse.

— Vous ne vous en souvenez pas parce que je ne l'avais pas encore peinte.

— Vous avez essayé de m'apprendre à dessiner la maison.

— Moi ?

— Vous n'aviez probablement pas prévu de passer votre après-midi à inculquer les rudiments de votre art à une morveuse, en attendant que les flics viennent reconduire la fugueuse chez elle.

— Il se trouve que j'aime enseigner le dessin aux enfants.

— Vraiment ?

Elle haussa les sourcils. Il ne lui reprocha pas son scepticisme. Lorsqu'il avait commencé à travailler avec Jack sur les livres, il avait été traîné dans les écoles de tout le pays. Personne n'avait été plus surpris qu'Hugo lui-même lorsqu'il s'était rendu compte qu'il appréciait cet aspect du métier.

— Vraiment.

— Vous habitez l'île aussi ?

— Pour le moment.

— Je n'ai jamais été aussi jalouse de personne. Jack aurait dû me recruter comme acolyte.

— Oh, c'est très surfait. Vous savez qu'il n'y a pas moyen de se faire livrer un bon repas chinois, ici ?

— Bien vu, mais je pense que je me contenterais tout à fait des cerfs pie sur ma pelouse, des corneilles apprivoisées et des écritoires volantes. Et puis cet endroit a son propre artiste en résidence, de renommée internationale.

— Ma renommée ne s'étend pas au-delà des gosses de douze ans maximum.

Ce n'était pas vrai, mais il avait envie de le dire.

Lucy regardait par la baie vitrée, même si elle ne distinguait rien d'autre que les lumières du débarcadère.

— Que va-t-il se passer ?

— Honnêtement, je n'en sais rien. Il ne m'a pas demandé mon avis.

Quelque chose dans son ton dut trahir un détail qu'il ne voulait pas révéler.

— Vous êtes inquiet pour lui.

— Il ne rajeunit pas, et ça le ralentit. Bien sûr que je suis inquiet pour lui.

Quand il parlait aux enfants – et aux adultes – qui lisaient ses livres, Jack avait pour règle numéro un : « Ne pas rompre le charme. » Lucy était sous le charme de Jack Masterson et de l'île de l'Horloge. Hugo n'allait pas lui dire que le lieu n'était pas aussi merveilleux qu'il semblait, que le Cerveau, cet être mystérieux, mystique et magique, capable de résoudre tous les problèmes personnels et d'exaucer tous les vœux des enfants, s'autodétruisait depuis six ans sous l'effet de l'alcool.

Elle se tourna vers la bibliothèque. Des voix chuchotaient derrière les portes fermées.

— Vous n'avez rien à craindre. Ce n'est qu'un jeu, dit tout bas Hugo.

Elle secoua la tête.

— Pas pour moi.

Hugo hésita avant de continuer :

— J'ai gagné un de ses jeux, vous savez. Si même un imbécile comme moi y arrive…

— Vous ? Comment ?

Elle s'assit sur le bord du canapé. Hugo croisa les bras et s'adossa à l'armoire qui lui faisait face, remplie pêle-mêle de rarissimes éditions originales de livres pour enfants devenus légendaires : *Alice au pays des merveilles*, *Le Vent dans les saules*, *Le Hobbit*, *Peter Pan dans les jardins de Kensington*... Des livres qui valaient plusieurs millions de dollars, entassés avec autant de désinvolture que des magazines dans la salle d'attente d'un cabinet médical.

— Jack n'a jamais aimé son premier illustrateur, qui avait été choisi non pas par lui, mais par son éditeur. Quand sa maison d'édition a décidé de publier ses livres avec de nouvelles couvertures, Jack a organisé un concours. Davey, mon petit frère... il aimait les histoires de Jack plus que la vie. Je lui dessinais tout le temps des images d'après les livres : le Marchand d'orages, l'Hôtel du Chapeau noir et blanc, tout ça. Davey a vu dans le journal qu'il y avait un concours et a exigé que j'envoie mes dessins. Moi, je lui ai obéi simplement pour lui faire plaisir. Et à mon grand étonnement...

— Vous avez gagné.

Il leva les mains, comme pour montrer qu'il n'avait eu aucune responsabilité là-dedans.

— Le prix offert était de cinq cents dollars. Mais la vraie récompense, ce n'était pas ça. C'était l'occasion de devenir le nouvel illustrateur.

Lucy sourit.

— Je parie que Davey vous rappelle tous les jours le rôle qu'il a joué.

— Il le faisait, oui. Il est mort il y a quelques années.

Elle porta sur lui un regard plein de tendre sympathie.

— Monsieur Reese, je suis confuse...

— Appelez-moi Hugo.

— Hugo, vous pouvez m'appeler Lucy. Ou Crise de Nerr, je suppose. C'est comme ça que vous m'appeliez.

— C'est tout moi. J'étais vraiment un gros con en ce temps-là.

— Seulement en ce temps-là ? plaisanta-t-elle.

— Vous êtes désagréable, répliqua Hugo. Ce que vous dites n'est pas faux, mais c'est désagréable.

— Cette réplique-là, vous me l'avez volée.

Hugo aurait aimé riposter, prolonger cette conversation, mais il était trop tard. Toutes les pendules du salon et de la bibliothèque se mirent à sonner l'heure.

— Il est temps d'entrer, annonça-t-il quand le silence fut revenu. Jack va bientôt se montrer, j'espère.

— Une fois de plus sur la brèche.

Elle chercha la poignée de porte.

Avant qu'il ait pu s'en empêcher, il mit la main sur la porte pour qu'elle ne l'ouvre pas.

— Vous vous rappelez le nom du chauffeur qui vous a conduite ici ? demanda-t-il, le regrettant aussitôt.

— Adam. Pour vous servir, madame. Pourquoi ?

— Peu importe. Allez-y.

Elle afficha un visage courageux et ouvrit la porte.

— Lucy, ajouta-t-il pour qu'elle se retourne vers lui. Bonne chance.

12

La main de Lucy tremblait sous l'effet du stress lorsqu'elle ouvrit la porte. Quand elle pénétra dans la bibliothèque, trois paires d'yeux se tournèrent vers elle pour l'examiner, l'évaluer. Ses concurrents.

Elle s'avança avec un sourire timide.

— Amis fugueurs, bonsoir, dit-elle en leur adressant un petit signe de la main. Je suis Lucy.

— Salut, Lucy. Moi, c'est Melanie. C'est chouette de ne plus être la seule fille.

Une femme d'une trentaine d'années, d'origine asiatique mais au fort accent canadien, vint lui tendre la main. Elle était grande et mince, avec de longs cheveux noirs réunis en une de ces queues-de-cheval parfaitement lisses que Lucy n'avait jamais été capable de se faire. Elle portait un pull crème, visiblement en cachemire, un jean foncé moulant et des bottines en cuir brun.

Lucy lui serra la main.

— Ravie de faire votre connaissance.

Melanie désigna un bel homme noir, vêtu d'un costume bleu marine, debout à côté du buffet.

— Lui, c'est Andre Watkins, avocat à Atlanta.

Andre fit un pas en avant et lui serra vigoureusement la main, comme un politicien.

— Enchanté, Lucy. Vous étiez formidable, à la télé. Une vraie pro.

— Vous aussi. Vous avez failli faire tomber la présentatrice de sa chaise.

— C'est l'effet que je produis en général, répliqua Andre.

Lucy le voyait bien en candidat au poste de gouverneur de Géorgie d'ici quelques années.

— Dustin, se présenta l'autre homme présent dans la pièce. Bienvenue au club.

Lucy le salua à son tour. Dustin était le médecin urgentiste. Il avait l'air de ne pas avoir vu le soleil depuis longtemps. Il portait un jean, une chemise blanche à col boutonné et une veste de costume. Tout le monde était mieux habillé qu'elle. Mieux habillé et plus âgé, et ils semblaient tous beaucoup plus à l'aise. Elle avait l'impression d'arriver avec un jour de retard en colonie de vacances, alors que les autres s'étaient déjà fait des amis. Pour tout arranger, la bibliothèque était une pièce majestueuse, imposante : boiseries sombres et cheminée massive, papier peint vert foncé, et même une de ces échelles roulantes pour atteindre les rayonnages les plus hauts.

— Désolée de vous avoir retardés. C'est un long vol depuis la Californie.

Lucy trouva du café sur une table et s'en servit une tasse. Son estomac gargouillait. Elle n'avait rien mangé de nourrissant depuis le petit déjeuner.

— On pensait que vous étiez du coin, dit Dustin, inclinant la tête comme s'il soupesait mentalement Lucy.

Elle n'avait pas prévu qu'ils connaîtraient son histoire, mais c'était assez logique puisqu'ils voyaient en elle une rivale. Elle les avait googlisés après les avoir vus à la télévision, et ils avaient dû en faire autant.

— Oui, c'est vrai. Mais ensuite je me suis installée en Californie. J'en avais marre d'avoir tout le temps froid.

C'était sa réponse habituelle, qui lui évitait en général toute autre question.

Dustin allait dire quelque chose quand la porte se rouvrit. Jack ?

Non, c'était Hugo. Celui-ci entra dans la bibliothèque et se planta devant la cheminée.

— Contre mon gré et malgré mon opinion… bonsoir, dit-il.

Il était à la fois misérable et superbe. Lucy se cacha derrière sa tasse de café pour rire de lui.

Il n'avait peut-être plus la même allure que toutes ces années auparavant, mais Hugo Reese était exactement telle qu'elle se le rappelait : grognon comme un vieux bonhomme qui crie à des gamins de déguerpir de sa pelouse. Ils étaient les gamins, et l'île de l'Horloge était sa pelouse.

Les participants répondirent tous par un « bonsoir » hésitant.

— Je vous apporte un message de la part de Jack. Toutes mes excuses par avance. Voici le message : « Le jeu démarrera à six heures. »

— Quoi, à six heures ? s'exclama Melanie. Il est déjà presque huit heures. Six heures du matin, alors ?

Hugo soupira comme s'il souffrait physiquement.

— Nom ? Hugo Thomas Reese. Profession ? Artiste sous-employé. Numéro de série… Je ne sais pas ce que ça signifie. Je répète le message : « Le jeu démarrera à six heures. » C'est ce que Jack a dit, et c'est tout ce que je peux dire.

Andre claqua des doigts si bruyamment que Melanie sursauta.

— Le jeu démarre à six heures ? C'est ça, le message ?

— C'est le message, confirma Hugo.

Andre serra le poing et le dirigea vers Hugo.

— Compris. Venez, on y va.

Et il indiqua à tous les autres qu'ils devaient se mettre debout.

— Attendez. Qu'est-ce qui se passe ? demanda Melanie en ramassant son sac à main.

— Nous sommes sur l'île de l'Horloge, dit Andre. Il ne s'agit pas de l'heure qu'il est, mais de Six Heures, le lieu. Hein, c'est ça, non ?

Hugo applaudit à contrecœur.

— Je le savais. Je me souviens, quand mon père m'a appris à conduire, il me répétait : « Les mains à dix heures dix, toujours à dix heures dix sur le volant. »

Lucy s'en voulait de ne pas avoir deviné tout de suite. Elle avait vu de ses yeux la pendule dans le salon mais ne se rappelait pas quel site correspondait à six heures. Il était temps de se ressaisir et de se concentrer.

— Suivez l'odeur de fumée, et ne vous cassez pas la figure dans le noir.

Manifestement rendu euphorique par cette première victoire, Andre fit sortir tout le monde de la bibliothèque avec l'empressement et l'efficacité d'un directeur d'école. Il les entraîna dans la véranda.

— Laissez-moi juste le temps de me repérer, dit-il en regardant autour de lui.

Lucy fut la première à détecter l'odeur. Un parfum délicieux. Un feu de joie.

— Par ici ! s'exclama-t-elle en s'élançant sur un sentier.

Son estomac grondait et elle se surprit à espérer qu'il y aurait des hot-dogs et des marshmallows grillés qui les attendaient.

Sans un mot, tous les quatre descendirent avec précaution les vieilles planches menant vers l'odeur de fumée. De petites lampes solaires plantées dans le sol éclairaient le chemin, mais il y avait quelque chose de magique à se promener ainsi sous les étoiles brillantes. Lucy avait oublié à quoi ressemblait un paysage dépourvu de pollution lumineuse. Sur l'île de l'Horloge, les étoiles paraissaient si proches qu'elle imaginait n'avoir qu'à tendre la main vers le ciel pour promener ses doigts parmi elles comme dans l'eau douce d'une rivière.

Le sentier menait à une plage. Des bancs et des rondins entouraient un feu. Une femme en tablier blanc leur désigna une table à pique-nique chargée de victuailles et de bouteilles. Il y avait bien des marshmallows. Des marshmallows à foison. Ainsi que des hot-dogs et des frites. De l'eau et des boissons énergétiques. Ni bière ni vin, remarqua Lucy, comme s'ils étaient encore des enfants, dans l'esprit de Jack.

La nuit était fraîche, mais le vent était enfin tombé, et les flammes vives réchauffaient le petit cercle de sièges. Dix minutes s'écoulèrent. Quinze. Ils s'étaient mis à bavarder, confortablement installés. Melanie parlait à Lucy de sa librairie pour enfants au Nouveau-Brunswick. Dustin semblait vouloir choquer Andre à force d'anecdotes horribles survenues aux urgences.

La femme en tablier partit sur le chemin, comme si elle répondait à un appel secret. Ils n'étaient plus que tous les quatre. Tous les quatre, et une ombre en plus. L'ombre d'un homme qui se tenait là où la lumière du feu ne pouvait l'atteindre.

Lucy émit un hoquet de surprise et plaqua ses mains sur sa bouche.

— Il y a un problème ? lui demanda Melanie.

Lucy montra du doigt la silhouette dans les ténèbres.

— Il est là, murmura-t-elle.

Tous les quatre se turent, se tournèrent et attendirent...

De l'obscurité leur parvint une voix solennelle mais rieuse, sévère mais joueuse, âgée mais juvénile :

— Qu'est-ce qui a deux aiguilles mais ne peut pas tricoter ?

Lucy répondit :

— Une horloge.

Et de l'ombre surgit Jack Masterson.

***

Aux yeux de Lucy, Jack Masterson n'avait absolument pas changé : il avait le même sourire bienveillant de monarque généreux. Un vieux roi affable, en pull marron à torsades et pantalon de velours côtelé. Lucy l'avait vu treize ans auparavant, quand il avait encore les cheveux bruns. À présent, ils étaient tout blancs, et sa barbe aussi.

— Quelle heure est-il ? Bienvenue sur l'île. Ou devrais-je plutôt dire : Bon retour sur l'île ?

Tous restèrent muets, sans exception, alors que parlait l'homme qui avait transformé leur vie.

— Je ne suis pas le Cerveau, seulement son créateur, commença Jack Masterson, mais je partage un de ses pouvoirs : je sais lire dans les pensées. Je sais que vous vous posez tous une question : Pourquoi vous ai-je fait venir ici ? Je vais vous l'expliquer. Il y a bien longtemps, j'ai écrit un livre qui s'intitulait *La Maison sur l'île de l'Horloge*. Et il y a bien longtemps, vous avez lu un livre intitulé *La Maison sur l'île de l'Horloge*. La rédaction de ce livre a bouleversé mon existence. Sa lecture a bouleversé la vôtre. Et nous espérons tous, je pense, qu'un de mes livres bouleversera notre vie à nouveau. Les histoires nous écrivent, voyez-vous.

Nous lisons quelque chose qui nous émeut, nous touche, nous parle… et qui nous transforme.

De la main, il les désigna l'un après l'autre.

— Chers enfants, vous en êtes la preuve. Quatre enfants sont venus ici parce qu'ils avaient lu un livre qui les avait rendus assez courageux pour demander de l'aide. Rien n'est plus courageux qu'un enfant qui appelle au secours. Et ce genre de courage mérite une récompense.

Un par un, en souriant, il les regarda dans les yeux.

— Je me souviens d'Andre, qui voulait ressembler à mon personnage nommé Daniel, lequel est venu sur l'île de l'Horloge afin de donner tort à ceux qui le brutalisaient à l'école. Je me souviens de Melanie, qui adorait Rowan, la petite fille venue sur l'île de l'Horloge dans l'espoir d'arrêter le divorce de ses parents. Et de Dustin, le cher petit, qui voulait simplement être comme le jeune Will, réfugié sur l'île de l'Horloge pour fuir un père cruel. Et de Lucy… Elle voulait être Astrid, ma première héroïne. Elle voulait tellement être elle qu'elle s'était déguisée en Astrid pour Halloween. Savais-tu, Lucy, qu'Astrid vit ici ? Et Rowan ? Et Will ? Et Daniel ? Ils sont tous ici si vous regardez bien. Je regarde. Je les vois en ce moment.

La main sur le cœur, Jack déclara d'une voix pleine d'une tendresse sincère :

— C'est bon de revoir mes enfants.

— Et merde, Jack, dit Andre avec une émotion réelle. Qu'est-ce que c'est bon d'être de retour !

Melanie fut la première à le rejoindre, presque au pas de course. Il la serra tendrement, mais sans s'attarder, et lui tapota l'épaule comme un père fier mais gêné. Andre la suivit. Radieux, Jack lui dit combien il était fier du travail qu'il accomplissait gratuitement pour les enfants dans les tribunaux d'Atlanta.

Dustin vint ensuite, et il étreignit Jack comme s'il retrouvait un grand-père longtemps perdu. Lucy se rappela que, selon Dustin, *Les Aventures de l'île de l'Horloge* lui avaient sauvé la vie, lui avaient offert une échappée pendant une enfance marquée par la peur et le besoin de se cacher.

Puis ce fut le tour de Lucy.

— Voilà ma petite acolyte, dit l'écrivain en prenant doucement sa main entre les siennes.

De près, il semblait plus vieux, fatigué, usé par les soucis. Adolescente, elle avait rêvé d'avoir Jack Masterson pour père. Maintenant, il aurait pu être son grand-père.

— Lucy, Lucy…

Il secouait la tête comme s'il ne pouvait pas croire qu'elle ait autant grandi. Il souriait et semblait avoir envie de dire quelque chose qu'il ne s'autorisait pas à prononcer.

— Le vol a été bon ?

— L'avion s'est posé, donc je ne peux pas me plaindre.

Elle était au-delà du frisson. Le plus célèbre auteur vivant de littérature jeunesse lui tenait la main !

— Et le trajet en voiture ? Qui était ton chauffeur ?

— Adam. Très sympathique. Il m'a raconté tous les potins.

— Oui, c'est un brave homme, notre Adam, même s'il est incapable de tenir sa langue. (Il scruta son visage avec un sourire lourd d'intentions.) Et comment vas-tu, Lucy Nerr ?

Il avait une façon de la regarder, comme s'il la voyait différemment des autres. À moins qu'elle ne se fasse des idées parce que le personnage du Cerveau, dans ses livres, faisait précisément cela. Il vous regardait dans les yeux pour lire le vœu le plus secret de votre cœur.

— Mieux, répondit-elle. Beaucoup mieux que lors de notre première rencontre.

— Je savais que tout s'arrangerait pour toi. (Il lui lâcha les mains après une ultime pression, puis se tourna vers tous les concurrents.) Je savais que tout s'arrangerait pour vous tous. Et je vois que c'est le cas. Mes courageux enfants. Qui êtes devenus de courageux adultes. Ah, j'aimerais que nous puissions bavarder ainsi toute la semaine, mais hélas… (Lucy décida que Jack Masterson était le seul homme qui pouvait utiliser le mot « hélas » dans une conversation sans être ridicule)… le tic-tac de l'horloge ne s'interrompt jamais.

Lucy regagna son banc et s'enveloppa dans sa veste, enfin, celle d'Hugo. La nuit devenait plus fraîche, mais Jack ne semblait pas s'en émouvoir.

— Vous croyez peut-être savoir pourquoi vous êtes ici : pour gagner mon nouveau livre. Mais ce n'est évidemment pas tout. Lors de votre première visite, vous portiez un vœu dans votre cœur. Le vœu de ressembler aux personnages de mes livres. Eh bien, il va être exaucé. Pendant toute cette semaine, vous allez devenir l'un de ces enfants, comme vous le souhaitiez jadis. Malheureusement, je suis loin d'être aussi impressionnant ou ténébreux que le Cerveau, mais il m'a donné la permission de parler en son nom. Et il a un message pour vous tous. Je n'ai pas besoin de le dire tout haut. Si vous avez lu mes livres, vous savez déjà ce qu'il a envie de vous dire. Une idée ?

Andre plissa le front. Dustin ouvrit de grands yeux. Melanie haussa les épaules.

Mais Lucy se souvenait. Même Christopher aurait pu répondre à cette question.

— Eh bien… Dans les livres, le message du Cerveau aux enfants est : « Bonne chance. Vous allez en avoir besoin. »

13

LORSQU'ILS EURENT FINI de manger et de converser, Jack les ramena à la maison. Hugo était resté dans la bibliothèque avec son carnet à dessin, pour travailler à quelque chose. Peut-être la couverture du nouveau livre ? Lucy aurait voulu y jeter un coup d'œil, mais Jack leur demanda de s'asseoir. Lucy se recroquevilla dans un grand fauteuil à motifs de caractères d'imprimerie. C'était un soulagement d'être à nouveau sous un toit, bien au chaud. Mais ce soulagement fut de courte durée.

— Voyons, dit Jack avec un lourd soupir, je crains que, même si je désirais que ce jeu reste entre nous… les autorités supérieures en ont décidé autrement. Hugo ?

— Je vais chercher la boss, déclara Hugo en refermant son carnet avant de sortir de la pièce.

Lucy quitta son fauteuil pour se verser une tasse de thé.

— Quelle boss ? demanda Andre.

— Moi ! répondit une femme qui se tenait sur le seuil de la bibliothèque, vêtue d'un tailleur-pantalon qui avait dû coûter très cher.

Jack se mit à fredonner la musique des *Dents de la mer*. Ah, Lucy avait saisi la plaisanterie. C'était une avocate, de ceux qu'on surnomme en Amérique « les requins ».

— Je m'appelle Susan Hyde, je suis juriste pour Lion House Books, qui publie les livres de *L'Île de l'Horloge*. Vous allez tous concourir pour gagner le seul exemplaire en existence de...

— En existence, répéta Jack en hochant la tête. Jolie expression.

Miss Hyde continua, l'interruption ne lui ayant pas semblé amusante.

— Toutes les épreuves, devinettes et jeux ont été soumis par avance à notre validation par souci d'équité. En cas de tricherie sous quelque forme que ce soit, ce qui inclut – sans s'y limiter – le recours aux lignes téléphoniques, portables, ordinateurs ou tout autre appareil connecté à Internet, vous serez immédiatement disqualifiés. Toute entente avec les autres participants et/ou tentative de corruption...

— Sera toujours la bienvenue, coupa Jack. J'accepte les billets de dix ou de vingt dollars, et les truffes au chocolat.

Tout le monde éclata de rire. Tout le monde sauf la juriste.

— Commençons par le commencement, reprit Miss Hyde. La paperasserie. Des documents essentiels que vous auriez dû signer à l'instant où vous êtes entrés dans la maison.

Jack leva les yeux au plafond.

— Seigneur, protégez-moi des avocats.

— Attention à ce que vous dites ! (Andre ne plaisantait qu'à demi.)

— Oui, excusez-moi. Voudriez-vous bien signer ce papier diabolique qui stipule que vous ne me poursuivrez pas en justice, ni mon agent, ni mon éditeur si vous ne remportez pas le concours ?

— Il y a aussi une clause de renonciation, poursuivit Miss Hyde. Vous vous engagez à ne pas intenter de poursuites en cas de noyade, par exemple.

— Je vous jure que si je me noie, lança Melanie en allant se chercher du thé, je n'intenterai de poursuites à personne.

— Ce n'est pas une plaisanterie, précisa Hugo du seuil de la porte. L'océan peut vous tuer en un clin d'œil.

— Ça va, Hugo, intervint Jack. Il ne leur arrivera rien, à aucun d'eux. D'accord ?

Tout le monde promit d'être sage.

— Bien, se contenta d'ajouter la juriste.

Elle tira de sa sacoche quatre chemises cartonnées qu'elle distribua.

— Ne signez rien pour le moment, avertit Andre en levant la main. Laissez-moi regarder d'abord.

Le silence se fit pendant qu'Andre arpentait la pièce en lisant le document. Hugo alimenta le feu dans la cheminée. La jambe de Dustin était si agitée qu'elle faisait trembler le parquet. Melanie sirotait sa tasse de thé. Pendant ce temps, Jack sifflotait gaiement la musique du jeu *Jeopardy!*.

Il eut le temps de l'interpréter deux fois en entier.

— Ça m'a l'air correct, déclara finalement Andre. Rien de louche.

Il fut le premier à signer. Lucy prit la chemise et compléta le document. Au cas où elle n'aurait pas encore cru à la réalité de la chose, le doute n'était maintenant plus permis.

Elle rendit la chemise cartonnée.

— Par ailleurs, reprit Miss Hyde, au cas probable où aucun de vous ne remporterait le livre, les droits de publication seront remis par défaut à Lion House Books.

— En d'autres termes, expliqua Jack, ils ont menacé de me faire un procès si je ne les laissais pas dicter leurs conditions. Ne vous inquiétez pas, je pense qu'au moins deux ou trois d'entre vous ont une vraie chance de gagner.

Les quatre concurrents s'entre-dévisagèrent.

Après cette remarque énigmatique, Lucy se sentit étrangement ravie. C'était le genre de phrase qu'on pouvait attendre du Cerveau. Il était toujours fair-play, mais jamais complaisant.

— Lesquels deux ou trois ? eut le culot de demander Andre.

— Seules Lucy et Melanie ont pris la peine de s'enquérir du nom du chauffeur qui les a accueillies à l'aéroport. Bravo, mesdames. Si ç'avait été un jeu, vous auriez déjà un point chacune.

— Pardon ? s'exclama Dustin. Vous allez nous mettre à l'épreuve à l'aveugle, sans nous prévenir ?

Jack eut une grimace diabolique.

— Très vraisemblablement.

Il plaisantait, mais cette réponse anéantit l'atmosphère conviviale qui avait régné jusque-là. La tension devint tout à coup tangible.

Miss Hyde fit passer une nouvelle feuille où étaient imprimées les règles.

Il y aurait des épreuves chaque jour. Pour gagner, il fallait marquer dix points. La plupart des jeux valaient deux points. Sauf le dernier, qui en rapportait cinq.

— Cinq points pour une seule épreuve ? s'étonna Andre.

— Je mise toujours sur ceux qu'on donne perdants, répondit Jack.

— Et si personne n'atteint les dix points susmentionnés, leur rappela Miss Hyde, le livre appartiendra immédiatement à Lion House.

— Susmentionnés, répéta Jack. Encore un joli mot.

— Si l'un de vous remporte le livre, poursuivit la juriste sans tenir compte de Jack, je suis autorisée par Lion House à en faire l'acquisition pour un généreux montant à six chiffres.

Six chiffres. Le pouls de Lucy accéléra. Cent mille dollars… ou peut-être davantage ? Avec cette somme, elle pourrait aisément s'offrir un appartement et une voiture, et veiller sur Christopher. En Californie, cet argent-là ne durerait pas longtemps, mais ce serait un formidable coup de pouce.

Jack eut un geste désapprobateur.

— Il vaudrait mieux le vendre aux enchères.

— Et si deux personnes marquent dix points ? demanda Dustin.

— Ça n'arrivera pas. Je serais déjà très impressionné qu'un seul d'entre vous y parvienne.

Jack n'avait plus l'aspect d'un vieil homme, maintenant qu'il soutenait le regard de Lucy sans plus sourire du tout. Elle n'avait plus la sensation d'être en présence de Jack Masterson, auteur adulé de livres pour enfants. Il était le Cerveau, le roi de l'île de l'Horloge, le magicien des devinettes, le sombre gardien des secrets qui exauçait les vœux des enfants mais seulement si ceux-ci l'avaient mérité.

L'attention des participants devint tout à coup plus soutenue, comme si des secrets allaient leur être divulgués. Les seuls bruits étaient celui de la brise soufflant contre la maison et le crépitement du feu.

— Oh, un avertissement utile : il y aura aussi… (Jack s'interrompit comme s'il cherchait le mot adéquat)… des défis à surmonter. Ils ne vous rapporteront pas de points, mais si vous refusez de les relever, vous serez disqualifiés et renvoyés chez vous. Nous sommes bien d'accord ?

Andre secoua la tête.

— Pas vraiment, Jack.

— C'est tout naturel, dit Jack sans se départir du rôle de l'énigmatique Cerveau. Mais commençons, vous voulez bien ?

Dehors, le vent devint plus violent. Lucy inspira profondément.

Le jeu était ouvert.

***

La brise océanique se mit à secouer les volets et à faire vaciller les flammes de l'âtre.

Jack attendit. Comme s'il lui obéissait, le vent eut la courtoisie de se calmer.

Alors le maître des lieux récita :

La malle de mon arrière-grand-père
A une serrure de verre.
Je ne peux pas y entrer.
Vous non plus.
À quoi sert-elle ?
Un poussin peut y tenir,
Une chienne y entre aussi,
Mais ni une poule ni un chien.
Le cutter, mais pas les ciseaux.
L'électricienne, mais pas le magicien.
Le rabbin, mais pas le curé.
On s'y embrasse, on ne s'y étreint pas.
Pas le moins du monde.
On y passe mais nul n'y loge
Et vous ne trouverez pas d'horloge
Dans la malle de mon arrière-grand-père
À la serrure de verre.
Miss A peut y entrer.
Mr Z ne peut pas.
Alors à quoi sert-elle ?

14

UN LONG SILENCE S'ENSUIVIT.

— Deux points pour le premier à deviner le secret, précisa Jack. Un point pour le deuxième qui trouvera. Ne révélez pas le secret quand vous l'aurez trouvé. Continuez simplement à jouer.

— OK, dit Dustin avec un rire fiévreux. On peut avoir un indice ?

— Bien sûr. Je vous donnerai beaucoup d'indices.

Jack s'arrêta devant les romans de Dickens que contenait sa bibliothèque.

— *David Copperfield* peut passer à travers la serrure. Mais *Oliver Twist* ne peut pas.

— Quoi ? s'exclama Andre.

Il lançait autour de lui des regards anxieux, comme s'il cherchait des indices.

Jack rangea l'ouvrage à sa place. Il commença à faire lentement le tour de la pièce.

— L'alcool peut entrer par la serrure de verre, dit-il en remplissant une tasse de thé qu'il brandit comme pour porter un toast. L'alcool passe, pas le thé.

— Bon, vous n'y comprenez rien non plus ? demanda Melanie à ses concurrents.

Jack s'avança et posa une main sur l'épaule d'Hugo.

— Hugo ne peut franchir la porte, mais Mr Reese peut.

— Oh, mon Dieu.

Hugo avait grommelé si fort que Lucy se mit à glousser. Jack la pointa du doigt.

— Vous pouvez entrer en gloussant, mais pas en riant.

— OK, qu'est-ce que vous nous racontez comme salades ? s'impatienta Andre. Je ne vois même pas de quoi il parle. Les autres ?

— C'est chacun pour soi, intervint Hugo. Bienvenue dans mon univers.

Jack émit un petit ricanement sarcastique. Lucy sentit qu'il s'amusait. Tant mieux, car personne d'autre ne semblait trouver ça drôle.

Le maître des lieux recula vers la cheminée et montra la peinture suspendue au-dessus.

— Un Picasso, dit-il. Il peut passer par la serrure de verre. Mais pas n'importe quel vieux tableau.

— Ce n'est pas un Picasso, rectifia Hugo d'un ton énervé. C'est moi qui l'ai peint.

— C'est très beau, déclara Lucy.

La toile attirait l'œil, avec ses couleurs éclatantes, ses arbres, sa plage et sa maison composée de carrés et de triangles.

— Les compliments non plus ne passent pas à travers la porte, déclara Jack. Mais la flatterie y passe.

— Ça n'a aucun sens, lâcha Dustin en s'écroulant sur le canapé.

Melanie plongea son visage dans ses mains.

— Mais de quoi parlez-vous donc ?

Lorsqu'elle releva la tête, elle ne semblait plus aussi sereine qu'auparavant.

— Voudriez-vous un autre indice ? proposa Jack.

— Oui ! crièrent-ils tous.

Jack parcourut la pièce, la main tendue devant lui, et s'arrêta sur Andre.

— Andre, quel est le dernier film que tu as vu ?

— Euh… (Il réfléchit une seconde.) Probablement *Star Wars*, avec mon fils.

— Excellent, j'en ai entendu parler. (Jack se frotta les mains, puis claqua des doigts.) Voyons, voici donc un indice. On peut faire passer Harrison Ford par la serrure. Mark Hamill aussi. On peut la faire franchir par Carrie Fisher, paix à son âme. Et aussi à la princesse Leia. Mais Han Solo n'est pas admis, pas plus que Luke Skywalker. Billy Dee Williams peut franchir trois fois la serrure de verre. Mais certainement pas Dark Vador. Il ne passera jamais.

— Les gentils peuvent passer, mais pas les méchants ?

— Picasso n'était pas un gentil, fit observer Hugo. Demandez aux femmes de sa vie.

— C'est vrai, confirma Jack. Mais ses femmes sont les bienvenues. Et même ses maîtresses.

Melanie se massa les tempes comme si une gigantesque migraine se préparait.

— Je vais hurler, marmonna-t-elle.

— Il doit bien y avoir quelque chose, réfléchit Dustin en regardant Jack. Une chose qu'ils ont tous en commun, non ?

— Exact, dit Jack. C'est une chose qu'ils ont tous en commun.

Jack en resta là, comme s'il les laissait digérer l'information.

Lucy inspira profondément. *D'accord, d'accord, une chose qu'ils ont tous en commun*… Une chose que tous ces objets, ces personnes et ces concepts ont en commun. Carrie Fisher, la princesse Leia, David Copperfield. Picasso. La flatterie ? À quoi faisait-il allusion ?

Elle ferma les yeux, réfléchit longuement. Jack écrivait des livres pour enfants. Ce devait être une devinette qu'un enfant aurait pu résoudre.

Quelle chose se débloqua… Jack avait mentionné Carrie Fisher. Ah oui, elle avait appris à Christopher à épeler *Carrie.* Il y avait dans sa classe une nommée Kari, et il avait donc compris que certains mots pouvaient se prononcer exactement de la même manière mais avoir une orthographe différente. *Kari. Carrie.*

Les mots. Certains mots s'épellent d'une certaine façon…

Lucy sentit qu'une étincelle s'allumait dans son esprit.

Ce qu'ils avaient tous en commun étaient d'être des mots. Bien sûr, *peinture*, *œuvre d'art*, *Oliver Twist* et *Hugo* étaient aussi des mots. Ça ne suffisait donc pas. Malgré tout, quelque chose de propre à certains mots, non pas leur sens mais…

Mr Reese.

Picasso.

L'alcool.

Harrison Ford.

La princesse Leia.

Carrie Fisher.

Billy Dee Williams. Trois fois.

Trois noms. Trois fois. Trois noms. Trois mots.

Malle.

Serrure.

Verre.

Elle se représentait Christopher écrivant laborieusement le prénom *Carrie* sur le message de remerciement. Elle le voyait tirer la langue, le front plissé, adorablement concentré alors qu'il ciselait les deux R sur le papier.

C-A-R-R-I-E.

Carrie Fisher.

La princesse Leia.

Harrison Ford.

Picasso.

Malle.

Serrure

Verre.

Harrison. Carrie. Billy Dee.

Carrie sur le papier à en-tête de leur société. *Carrie* et non *Kari*. *Carrie* et non *Kari*. *Carrie*… *Carrie* avec deux R.

Le cœur de Lucy bondit dans sa poitrine. Ses yeux s'ouvrirent grand. Elle leva la main.

— La lionne peut franchir la serrure, dit-elle. Mais pas son lionceau. Et un pommier peut y passer, mais pas un cerisier.

Jack écarta lentement les bras, souriant jusqu'aux oreilles. Puis il montra Lucy du doigt.

— Elle a compris.

***

« Elle a compris. » C'était les trois mots les plus beaux que Lucy ait entendus de sa vie.

Elle triomphait, radieuse. Jack l'applaudit, mais ne fut imité par personne d'autre.

Andre se leva comme s'il ne supportait plus de rester immobile.

— Quoi ? Qu'est-ce que… Quel rapport entre Picasso, les lions et *Star Wars* ?

— C'est quoi, Lucy ? demanda Dustin. C'est tuant, ce truc.

— Non, non, non. (Jack agita l'index à nouveau. Dustin le regarda comme s'il allait lui mordre le doigt.) Lucy, tu peux sortir. Sans leur donner aucun indice. Les autres jouent encore pour le point accordé au deuxième qui trouvera la solution. Hugo, veux-tu emmener Lucy dans sa chambre, et lui proposer un dîner si elle souhaite quelque chose de plus substantiel que des marshmallows ?

— Je serais ravi de m'en aller d'ici, et même enchanté ! s'exclama Hugo en se disposant à partir.

— Le ravissement peut entrer dans la serrure de verre, dit Jack. Mais pas l'enchantement.

Dès que Lucy fut sortie de la bibliothèque avec Hugo, elle entendit quelqu'un gémir de pure contrariété.

— Partons avant que ça ne devienne violent.

Hugo n'avait pas l'air de blaguer. Elle se hâta de le suivre et il l'entraîna au premier étage. Une fois sur le palier. Hugo regarda par-dessus son épaule.

— Comment avez-vous deviné ? demanda-t-il.

Lucy tressaillit.

— J'aurais pu répondre que je suis un génie, mais je viens d'apprendre à un petit garçon de sept ans comment épeler le prénom « Carrie ». Il pensait que ça ne prenait qu'un R, mais il y en a deux. Deux R dans « Carrie ». Deux R dans « Harrison ». Deux S dans « Picasso ». Deux E dans « Reese ».

— Deux P dans « Copperfield », deux O dans « Alcool », renchérit Hugo. Bravo.

— Ce n'était pas si dur.

Quelqu'un – Dustin, peut-être – hurla un juron qui n'était jamais apparu dans aucun des livres de Jack. Elle éclata de rire.

— Je vous avais prévenue, dit Hugo. Et la plupart des gens ne comprennent pas. Ils deviennent fous de rage, ils abandonnent et ils exigent de connaître la réponse. Jack écrit pour les enfants. Ses devinettes sont de ce niveau, en général. Les gosses devinent plus vite que les adultes parce qu'ils ont l'esprit plus littéral.

— Alors je dois être un grand enfant.

Elle se souvint de ce couloir vu lors de sa première visite. En tournant à gauche, ils arriveraient dans le bureau de Jack avec sa corneille apprivoisée. Mais ils prirent vers la droite ; Hugo tira de sa poche un trousseau de clés et ouvrit une double porte en chêne.

— Par ici. Jack vous a attribué la chambre Océane.

Il appuya sur un interrupteur et Lucy écarquilla les yeux, émerveillée. Elle pensait que la chambre Océane aurait peut-être une vue sur la mer, mais c'était bien davantage que cela. Les murs étaient peints en un bleu argenté très pâle, comme l'océan par un matin d'hiver. La cheminée de brique avait un dessus blanc, sur lequel était posé un voilier dans une bouteille. L'énorme lit à baldaquin aurait pu accueillir trois personnes.

Hugo lui fit voir la salle de bains, le placard où étaient stockés des lanternes et du matériel d'urgence. Le programme de la semaine était posé sur la commode, mais Lucy ne le consulta pas. Au-dessus de la cheminée, un tableau avait attiré son attention. Un requin nageait non pas dans l'eau mais dans le ciel, pourchassant une nuée d'oiseaux.

— J'aime bien. C'est de vous ? demanda-t-elle.

— C'est de moi. Le titre est *Pêche au vol.*

— Magnifique. Je connais un petit garçon qui adorerait.

— Votre fils ?

Elle aurait aimé répondre affirmativement : « Oui, c'est mon fils. Mon fils Christopher. Christopher, mon fils… », mais elle secoua la tête.

— Un petit garçon dont je m'occupe. Christopher. Il aime beaucoup les requins.

Elle sortit son téléphone et, sans prendre le temps de réfléchir, montra à Hugo la photo de Christopher tenant la figurine de requin-marteau qu'elle lui avait offerte.

— Il est mignon, avec sa coiffure de savant fou.

— Ne m'en parlez pas ! Ça et ses chaussettes qui disparaissent par magie. Vous pensez qu'on trouve des fixe-chaussettes pour petit garçon ? Je les retrouve tous les jours ratatinées au fond de ses chaussures.

— Vous savez comment y remédier ?

— À la colle forte ?

— Achetez-lui des sandales. Je vois qu'il en est à la phase requins. Sa prochaine obsession, ce sera les dinosaures.

— Les dinosaures, c'était l'an dernier. Je parierais plutôt pour l'espace ou l'Égypte ancienne.

— Ou le *Titanic*. Davey, mon frère, était obsédé par le *Titanic*.

Il prit son propre téléphone et montra à Lucy une photo de son frère devant l'affiche d'une exposition consacrée au fameux navire naufragé.

— C'est Davey ? demanda-t-elle.

Le petit garçon, d'une dizaine d'années, semblait aux anges. Il avait les yeux légèrement bridés et le nez rond d'un trisomique.

— C'est lui. Quand il avait neuf ou dix ans, je l'ai emmené à Londres voir l'expo *Titanic*. C'était ça ou lui montrer le film, et il était hors de question que je le laisse regarder ce film avant qu'il ait au moins trente ans.

— Je suis désolée qu'il…

— Oui, moi aussi. (Hugo fourra son téléphone dans sa poche.) Bon, vous avez faim ?

— Un peu.

— Je vais vous faire monter votre dîner.

— Merci. Pardon, Hugo, ajouta-t-elle alors qu'il tournait les talons. Je peux prendre une photo de votre tableau, pour Christopher ?

Il eut un instant l'air troublé, puis agita la main.

— Je vous en prie.

Une fois seule, Lucy fit le tour de la pièce. Elle ne pouvait croire qu'elle allait y vivre ici pendant une semaine. Un gros édredon couvrait le lit. Les draps étaient blancs à rayures bleues. Et lorsqu'elle s'approcha des fenêtres, elle distingua la masse sombre de l'océan qui déferlait sur le sable avant de reculer doucement, pour mieux revenir en hâte, s'avançant d'un centimètre à la fois.

Elle aurait pu contempler la vue toute la soirée, mais elle savait qu'elle devait vider sa valise. Elle la posa à terre et déballa ses affaires. Elle plaça sur la cheminée une photo d'elle et de Christopher dans la cour de récréation, que Theresa avait prise et fait encadrer pour Lucy.

À présent, elle se sentait chez elle.

— Le dîner est servi.

Hugo était reparu sur le seuil, portant un plateau surmonté d'une cloche.

— Vous savez que vous êtes un artiste vraiment connu, non ? lui demanda Lucy.

— L'artiste le plus connu est encore moins connu que la moins connue des stars de téléréalité. Je vous le pose où ?

— Euh… (Elle parcourut la pièce des yeux et vit une petite coiffeuse.) Là ?

Il déposa le plateau devant le miroir. Lucy était affamée et souleva aussitôt la cloche.

— Oh… c'est de la bisque de homard ?

— Vous êtes native du Maine, paraît-il, donc vous devez être habituée.

Lucy s'assit et s'attaqua à son repas. Soit elle avait quitté le Maine depuis trop longtemps, soit c'était la meilleure bisque qu'elle ait jamais mangée. Elle laissa échapper un gémissement de pur plaisir, si sonore qu'elle en rougit.

— Désolée ! C'était un peu indécent.

— Ravi que ça vous plaise autant.

Il avait envie de se moquer d'elle, elle le voyait bien.

À la gorgée suivante, elle tâcha de savourer sans bruit. Hugo, curieusement, était resté dans l'encadrement de la porte.

Un nouveau rugissement monta du rez-de-chaussée, un autre chapelet de jurons très impressionnants.

Hugo regarda par-dessus son épaule, en direction de ce vacarme.

— Il y en a un qui est fumasse. Je devrais peut-être descendre pour m'assurer que personne ne va tabasser Jack avec le tisonnier.

— Bonne chance.

Il prit sa respiration avec une emphase théâtrale et s'éloigna de la chambre.

— Hugo ? le rappela Lucy. Pourquoi m'avez-vous donné un indice ?

Il fronça les sourcils.

— Je n'ai rien fait de tel.

— Vous m'avez demandé si je me souvenais du prénom du chauffeur.

Il haussa les épaules.

— Je ne vous ai pas donné la réponse. Je voulais juste savoir si vous étiez une gagnante potentielle. Apparemment, oui.

En dessous d'eux, quelqu'un cria soudain « Bordel ! ». Hugo jeta un coup d'œil par-dessus son épaule.

— Bon, il est temps que j'aille sauver la vie de Jack. Bonne nuit, Lucy.

— Juste une seconde.

Elle se leva et ouvrit son sac. Elle en tira une écharpe écarlate qu'elle avait fini de tricoter dans l'avion.

— Tenez, dit-elle en la lui remettant.

Il examina l'objet.

— Charmant. Mais...

— Je fabrique des écharpes et je les vends sur Etsy. Vous m'avez prêté votre manteau. Vous pouvez garder l'écharpe comme garantie jusqu'à mon départ.

— Merci.

Il l'enroula autour de son cou et, en le voyant porter quelque chose qu'elle avait tricoté, ce qui lui donnait un air très sexy, Lucy se sentir rougir. Elle se rassit avant qu'il ne remarque son émoi.

— En tout cas, bonne chance, dit-elle. Ne les laissez pas tuer Jack, s'il vous plaît.

— Je ne vous promets rien. (Il s'attarda un instant encore.) Gardez votre porte fermée, cette nuit. Vous êtes en tête ; je ne voudrais pas que les trois autres se liguent contre vous.

— Je garderai le harpon à portée de main, au cas où.

Un petit harpon ancien était en effet suspendu au-dessus de la porte.

— Bonne idée.

Là-dessus, il partit. Lucy alla fermer la porte à clé, selon ses instructions.

Puis elle termina sa bisque de homard, prit une longue douche dans sa salle de bains, enfila son pyjama et se glissa dans le lit avec délice. Les draps étaient doux, luxueux, parfumés à la lavande.

S'il était vingt-deux heures dans le Maine, il n'était que dix-neuf heures à Redwood. Elle ignorait si Mrs Bailey transmettrait le message, mais elle ne put s'en empêcher : elle écrivit un texto.

Pouvez-vous lire ce message à Christopher, s'il vous plaît ? Pour le moment, je gagne.

Lucy attendit. Elle avait presque perdu espoir quand son téléphone vibra dans sa main.

Il pousse des cris de joie.

Lucy en faisait autant, mais intérieurement. Elle répondit :

Dans la vie, il y a des moments où on est obligé de crier.

Après cela, il n'y eut pas d'autre réaction. Dix-neuf heures trente, Christopher devrait être en train de prendre son bain et irait bientôt se coucher. Mais tout allait bien. De toute façon, Lucy avait besoin de dormir. Et cette nuit, elle dormirait bien. Elle avait non seulement remporté la première épreuve, mais elle l'avait remportée sans peine. Les autres étaient encore en bas à se triturer les méninges.

Un avocat.

Un médecin.

Une directrice d'entreprise.

Et Lucy Nerr, assistante pédagogique en maternelle, dix mille dollars de découvert sur sa carte de crédit, trois colocataires, pas de voiture… Elle leur avait mis la pâtée.

Et si elle parvenait à gagner ? Tant qu'elle ne se plantait pas, ne commettait pas d'erreur stupide, ne se laissait pas distraire ou détourner de l'essentiel, elle avait une chance, peut-être au moins une chance de gagner ce concours. Et elle le ferait toute seule. Elle n'avait pas besoin de plan B, pas besoin de renoncer aux deux précieuses heures qu'elle passait chaque jour avec Christopher, elle n'aurait pas à mendier auprès de ses parents ou de sa sœur, à les culpabiliser pour qu'ils lui donnent un peu d'argent. Mrs Costa disait qu'il fallait un village pour élever un enfant. Pour certaines personnes, c'était peut-être vrai, mais Lucy n'avait pas forcément besoin d'un village. Elle pouvait peut-être se débrouiller toute seule.

Lucy décida de se préparer au succès, à tout hasard. Elle imaginait le jour où elle téléphonerait à Christopher pour lui communiquer la grande nouvelle. Pour le moment, il avait très peur des téléphones, mais puisque c'était un rêve, pourquoi ne pas voir grand ?

Elle s'imaginait l'appelant, le son de l'appareil qui sonne, et son « Allô » timide au bout du fil.

Elle ne répondrait pas « Allô ». Elle ne dirait pas « Salut, tu vas bien ? ». Lucy savait déjà ce qu'elle lui dirait.

« Christopher… Je suis la gagnante. »

15

DANS LE SALON, Hugo attendait que l'épreuve prenne fin. Tout en esquissant un projet de couverture pour le nouveau livre, il tendait l'oreille. Il entendait tout à travers les portes closes de la bibliothèque – les réponses hasardeuses, les grognements de déception, les demandes d'indices supplémentaires.

Il était presque une heure du matin quand Jack voulut savoir si Andre, Melanie et Dustin donnaient leur langue au chat. S'ils acceptaient tous de renoncer au point qu'aurait dû remporter le deuxième à avoir trouvé, Jack leur révélerait la solution.

Ils saisirent aussitôt cette occasion. Quand Jack leur dévoila le secret de la serrure de verre, des cris retentirent dans toute la maison. Hugo ricana. Ah, il détestait les devinettes quand on les lui soumettait, mais elles ne le dérangeaient pas tant quand Jack les infligeait à des invités indésirables.

Les trois concurrents à l'œil hagard sortirent de la bibliothèque, silencieux à part Melanie qui murmurait :

— Billy Dee Williams ? Comment j'ai pu ne pas le voir ?

— Je ne m'en étais pas aperçu non plus, lui dit Hugo. Si ça peut vous consoler.

— Non, ça ne me console pas. Du tout. Le moins du monde.

Hugo leur souhaita gaiement à tous bonne nuit et « davantage de chance demain ».

Comme Jack ne les suivait pas, Hugo referma son carnet à dessin et entra dans la bibliothèque. Jack avait dans les mains une antique pendule qu'il remontait avec une clé minuscule.

— Tu es debout bien tard, fit remarquer Jack en tournant le cadran vers lui, tout en vérifiant l'heure à sa montre.

— Ah oui ? Je n'ai pas vu le temps passer.

— Dans cette pièce, c'est une forme de violence, commenta Jack en hochant la tête vers le mur d'horloges, une cinquantaine au total. Tu viens à nouveau me gronder ?

Hugo se tenait devant la cheminée. Le feu s'était éteint, mais les braises contribuaient encore à la chaleur ambiante.

— Je ne te gronderai pas. Je voudrais simplement savoir ce que tu penses de tes invités.

Jack prit un air ravi.

— C'est encore mieux que je n'espérais. Ce sont des enfants merveilleux.

— Ce sont tous des quadras, qui sont aussi malheureux que le reste d'entre nous.

— Je pense que Lucy Nerr est encore loin de la trentaine. (Jack prit une deuxième pendule ancienne qu'il remonta à son tour.) Je suis enchanté qu'elle ait gagné la première épreuve. Elle paraissait un peu perdue parmi les autres, plus âgés.

— Ce jeu est intolérablement stupide.

— Ce n'est qu'un vieux jeu idiot auquel nous jouions en camp de vacances.

— Et l'animateur qui vous encadrait s'appelait Lucifer ?

Hugo s'assit devant l'âtre, son carnet à dessin sur les genoux.

— Je ne me souviens pas de son nom, mais il avait un nez qu'aurait pu envier un singe nasique. Quand il respirait, on devait s'accrocher à un gros arbre pour ne pas être aspiré dans ses sinus. (Jack baissa les yeux vers le carnet d'Hugo.) J'ai toujours envié les gens qui savent dessiner. Il me faut cinquante mots et dix métaphores pour dire qu'un personnage a un pif énorme. Toi, tu fais ça d'un trait de crayon.

— J'ai toujours envié les écrivains qui vendaient six cents millions de livres.

— Bien vu.

Jack ricana doucement. Il était parfois d'humeur à bavarder, le soir. Mais d'autres fois, Hugo lui posait mille questions sans obtenir une seule réponse. Qu'en serait-il aujourd'hui ? Hugo décida de tenter sa chance.

— J'essaie d'imaginer une couverture pour ton livre, mais je ne trouve rien, car je n'ai aucune idée de ce qu'il raconte. (Hugo fit rouler son crayon entre ses doigts, puis le pointa vers Jack.) Pourquoi ?

Jack agita la main pour chasser l'inquiétude d'Hugo.

— Tu ne serais pas le premier illustrateur à inventer une couverture sans avoir lu le livre.

— C'est vrai, mais tu ne pourrais pas me donner l'ombre d'une information ?

— Fais comme pour… Pour *Le Gardien de l'île de l'Horloge*. De toutes celles que tu as conçues, ç'a toujours été ma préférée.

Jack lui adressa un clin d'œil sans raison apparente, même s'il y en avait sûrement une.

— Il existe bien, ce nouveau livre ? Ce n'est pas comme le concours où j'étais censé gagner cinq cents dollars dont je n'ai jamais vu la couleur ?

Jack était en train de régler une pendule *Alice au pays des merveilles*, dont les aiguilles tournaient à reculons.

— Tu aimerais mieux avoir touché les cinq cents dollars ou avoir illustré mes livres ?

— J'aurais volontiers pris les deux.

— Le livre existe, le rassura Jack. Et il n'y en a qu'un seul exemplaire au monde. Je l'ai dactylographié, puis caché.

— Tu vas sérieusement le remettre à un inconnu ?

— Non, je vais loufoquement le remettre à un inconnu.

— Les requins s'approchent déjà. Les collectionneurs d'ouvrages rares, les milliardaires, les influenceurs...

Il eut un frisson théâtral, feignant l'horreur face à ce dernier mot. Mais c'était la vérité : des collectionneurs lui avaient même téléphoné, en lui demandant de leur indiquer son prix s'il pouvait mettre la main sur le nouveau livre de Jack.

— Soit. Je sais que les enfants feront le bon choix.

— Les autres, je ne sais pas, mais Lucy Nerr a l'air d'être quelqu'un de bien. Elle est la seule qui ait présenté ses excuses pour avoir compromis ta carrière en se présentant à ta porte.

— C'est une nouvelle écharpe ? s'enquit Jack. C'est Lucy qui l'a tricotée ? Tu portes toujours une écharpe dans la maison, ou c'est un nouveau caprice de la mode ?

Hugo lui fit les gros yeux.

— Tu essaies délibérément de changer la conversation.

— Quel est le sujet ?

— Le livre. Ce livre miraculeux, surgi de nulle part. Tu n'es pas à l'agonie, tout de même ? Jure-moi que tu n'es pas mourant.

— Hum... *Le Livre de Nulle part* pourrait être un bon titre.

— Jack !

Souriant, Jack détacha du mur un coucou suisse. Avec sa manche, il en épousseta le cadran.

— Je ne suis pas mourant. J'ai simplement compris que la quantité de sable restant dans la partie supérieure de mon sablier est bien inférieure à ce que contient la partie inférieure. Je veux tenir mes promesses avant que tout le sable soit écoulé. Surtout la promesse que je t'ai faite.

Jack le regarda du coin de l'œil, avant de s'en retourner à ses pendules.

— Quelle promesse envers moi ?

— La promesse que j'ai faite en te disant que tout irait bien quand tu déciderais de quitter l'île pour vivre ta vie.

Hugo se tendit.

— Tu es au courant ?

— Je le suis. Je sais que, depuis des années, tu gardes un pied en travers de la porte. Et je connais la seule raison pour laquelle tu restes, ajouta Jack en raccrochant le coucou à son clou.

— Tu pourrais me l'expliquer ?

— Parce que je suis un père pour toi. Tu sais comment je l'ai deviné ?

Il redressa légèrement le coucou.

— Parce que je l'ai dit ?

— Parce que tu me détestes. Comme le ferait un fils.

Hugo sentit son cœur se vider comme un ballon de baudruche.

— Je ne…

Le petit oiseau se mit à chanter.

— Ah, c'est l'heure, dit Jack. Tu devrais aller dormir, fiston. On se verra au petit déjeuner, au premier gazouillis du merle-bleu. Au chant du carouge, au plus tard.

Jack se dirigea vers la porte, puis il s'arrêta et revint sur ses pas.

— Ne t'inquiète pas pour moi. Je sais exactement ce que je fais et pourquoi je le fais.

Hugo avait envie de le croire. Il voyait s'agiter les mains de Jack, comme une horloge au mécanisme invisible, dont il n'avait jamais bien pu pénétrer le fonctionnement.

— Au moins un de nous sait ce qu'il fait, marmonna-t-il. Jack, je ne te déteste pas. C'est ce putain de monde entier que je déteste. Regarde-toi. Tu crées des histoires que les enfants adorent, tu offres des sommes énormes aux hôpitaux et aux œuvres caritatives qui s'occupent d'enfants, tu ne commets aucun crime à part celui de trop aimer ton entourage, de te donner trop de mal… Et quand je m'en irai, tu finiras seul dans une maison vide, avec pour toute compagnie une bouteille de vin et une vieille corneille.

Jack fronça les sourcils, puis son visage s'adoucit.

— Espérons que Pierre ne t'entend pas l'appeler ainsi. Tu sais que c'est un oiseau très sensible. Je ne veux pas non plus que tu sois seul. Et j'aime beaucoup cette nouvelle écharpe, ajouta-t-il en riant sous cape alors qu'il s'éloignait.

***

Lucy se réveilla en sursaut. Le cœur battant, elle tendit l'oreille pour découvrir un bruit, n'importe lequel, qui expliquerait pourquoi elle avait fait un bond dans son sommeil. Elle consulta son téléphone et vit qu'il était presque une heure du matin.

— Excusez-moi !

Quelqu'un avait frappé doucement à la porte.

— Qui est là ? demanda Lucy d'une voix tremblante.

Qui venait la voir aussi tard ?

Il n'y eut pas de réponse. Elle alluma la lampe de chevet et sortit du lit. Une enveloppe blanche reposait sur le tapis. Quelqu'un l'avait donc glissée sous la porte ?

Lucy la ramassa, puis ouvrit.

Le couloir était désert, plongé dans l'obscurité.

Elle referma la porte à clé, puis s'assit sur le lit. L'enveloppe contenait un carton :

Rendez-vous dans la Ville de Petite Aiguille si vous voulez gagner un prix.

Comment ? Dans les livres, la Ville de Petite Aiguille disparaissait et réapparaissait selon l'humeur du Cerveau. Le message était accompagné d'un plan. La ville se trouvait apparemment au beau milieu de l'île.

Était-ce un jeu ? Un des mystérieux défis dont Jack les avait avertis ? Elle ne voyait pas de quoi d'autre il pourrait s'agir, même s'il semblait curieux de jouer en pleine nuit. Croyaient-ils qu'elle ne dormait pas encore ? Une heure du matin dans le Maine, c'était seulement vingt-deux heures en Californie.

Lucy décida d'y aller, au cas où. Elle n'allait pas se laisser voler la victoire par un peu de lâcheté et le décalage horaire.

Elle s'habilla en hâte – jean, T-shirt à manches longues, chaussettes, chaussures et enfin le manteau qu'Hugo lui avait prêté. Lorsqu'elle fut emmitouflée, elle sentit le sel de la mer, le sel de la sueur, et un parfum plus subtil comme le cèdre ou le pin, l'odeur d'une forêt de résineux. Ce devait venir du savon d'Hugo ou de sa mousse à raser.

Elle tira la lanterne du placard. Sans bruit, elle sortit de sa chambre, s'avança sur le palier et descendit l'escalier. Elle sourit aux portraits d'ancêtres dans leurs cadres dorés. Elle s'en souvenait depuis sa première visite. Une plaque fixée sous une des toiles disait : « J'ignore absolument qui peut être cet individu. »

C'était intéressant de savoir que Jack Masterson était aussi fantasque et plein d'humour que son alter ego dans les livres, le Cerveau.

La dernière marche grinça bruyamment. Lucy tressaillit et se pétrifia, mais personne ne vint lui ordonner de remonter se coucher. Elle alla jusqu'à la porte principale, l'ouvrit avec précaution et se glissa dans la nuit, comme l'enfant courageux et farouche qui avait fui sa maison pour aller chercher un avenir meilleur sur l'île de l'Horloge. Voilà qu'elle récidivait. Cette fois, peut-être, elle le trouverait, cet avenir.

En appuyant sur un bouton, elle alluma la lanterne, qui projeta un cercle de chaude lumière jaune autour de ses pieds. Elle suivit le chemin pavé de galets qui serpentait autour de la maison, puis franchit le portail du jardin.

Du temps où elle vivait avec Sean, elle côtoyait des gens riches et célèbres. Elle avait visité bon nombre de domaines et de résidences de campagne, elle avait vu leurs pelouses parfaitement tondues, leurs piscines immenses bordées de fausses statues romaines et de gigantesques fontaines. Rien de tel ici. Pas de piscine hollywoodienne ni d'antiquités en toc. Pas de buissons taillés pour leur donner un aspect qu'aucun arbre n'aurait jamais dans la nature.

Il n'y avait qu'une forêt, une vraie forêt, sombre et profonde.

Malgré ses tremblements de peur, Lucy suivit le chemin qui s'enfonçait vers le centre de l'île. Elle avait la sensation d'être Astrid qui se promenait partout, munie de sa torche. À treize ans, elle aurait tué pour être ici. À présent, elle aurait voulu revenir en arrière pour conseiller la patience à l'adolescente qu'elle était alors : son heure sonnerait un jour.

Sur sa gauche, un mouvement soudain... Une petite troupe de cerfs filait à travers les bois. La lanterne révéla que quelques-uns étaient couverts de taches noires. Les cerfs pie qu'avait mentionnés Hugo. C'était comme voir une fée passer dans la forêt.

Elle recula pour les laisser passer et faillit trébucher quand son pied heurta quelque chose de dur. Lucy baissa le faisceau lumineux pour voir à quoi elle s'était cognée. Elle pensait découvrir un caillou ou une racine.

Du fer. Une barre de fer. À laquelle était fixée une planche en bois. Une traverse de chemin de fer.

Une voie ferrée ? Y avait-il un train sur l'île de l'Horloge ? Elle pensait que c'était seulement dans les livres. Qui avait pu installer un chemin de fer sur une île de trente-cinq hectares ? Les rails étaient étroits, cependant. Lucy suivit la voie sur une centaine de mètres, jusqu'au moment où elle atteignit un panneau planté dans le sol. Y étaient peints ces mots : « Bienvenue dans la Ville de Petite Aiguille. Population : Vous. »

Lucy sourit. Elle avait trouvé. Elle continua à marcher et arriva sur une route pavée de galets. Comme les arbres étaient rares, les étoiles et la lune illuminaient la ville dans laquelle elle entra. Elle espérait que quelqu'un sortirait d'une des maisons pour lui poser une devinette ou lui lancer un défi. Mais elle semblait seule dans le village.

Sur sa gauche, elle vit la petite poste rouge d'où l'on pouvait envoyer une lettre n'importe où dans le monde. Les timbres représentaient tous des horloges. L'un des volumes des *Aventures de l'île de l'Horloge* était même vendu avec une pochette de timbres. Mais la vitrine était éteinte et la porte rouge fermée. Sur sa droite se dressait un étroit bâtiment à trois étages, qui penchait un peu sur le côté. « Hôtel du chapeau noir et blanc », disait l'enseigne. Ah oui, elle se rappelait cet endroit. Parfois, dans les histoires, les enfants devaient y rencontrer quelqu'un qui pourrait les aider dans leur quête. La règle numéro un de l'Hôtel du Chapeau noir et blanc était qu'il fallait en toutes circonstances porter un chapeau noir et blanc. Selon les romans, on y servait de délicieux potins et une glace chocolat-vanille meilleure encore.

Mais là aussi, il faisait noir et la porte était verrouillée. Même chose à la Quincaillerie du Trésor des pirates (une bêche offerte pour tout achat d'un seau) et à la Bibliothèque de Presque Tout. Les enfants pouvaient y aller pour y trouver toutes les informations dont ils auraient besoin pour leur aventure. Miss Fable, la bibliothécaire apparemment immortelle, était toujours ravie de les aider, quand elle n'était pas trop occupée à nourrir Nicolas Poussin, le coq en résidence.

Lucy jeta un coup d'œil par les fenêtres. Elle aperçut des livres qui tombaient en poussière sur leurs rayonnages, mais hélas, pas de Miss Fable en vue.

Il s'agissait d'une ville fantôme. Toutefois, pouvait-on parler de ville fantôme alors que personne n'y avait jamais vécu ? La peinture s'écaillait. Les vitres étaient grises de crasse. Pourquoi Jack avait-il laissé cette ville à l'abandon ?

En se risquant un peu plus loin, Lucy finit par découvrir la gare, qui ressemblait à l'image de couverture d'un des livres : un rectangle vert pâle sur le côté duquel était peint en grosses lettres « Dépôt de Petite Aiguille ». Un train miniature y stationnait, jaune et noir, avec quelques voitures pour passagers accrochées à la locomotive. Cela lui rappela les petits trains des parcs d'attractions, à peine assez grands pour une dizaine d'enfants et leurs parents. La malheureuse locomotive était maculée de crottes d'oiseau. Un écriteau indiquait la destination : « Gare de Samhain. » Dans les histoires, un enfant pouvait monter à bord de l'*Express* de l'île pour se rendre en gare de Samhain, où Lord et Lady Octobre régnaient et où c'était Halloween tous les jours.

Le train n'avait pourtant pas l'air prêt au départ. En fait, la voie ferrée paraissait inachevée. Tout l'endroit présentait l'aspect d'une cause perdue.

Cela rappela à Lucy le soir où ses grands-parents l'avaient emmenée vivre chez eux. Elle était à l'hôpital depuis des heures lorsqu'ils étaient enfin arrivés. Comme elle n'avait pas de vêtements de rechange, il avait fallu passer chez elle lui préparer une valise. Dans sa chambre sous les combles, un puzzle incomplet était étalé à terre – deux chatons portant des nœuds papillon. Un jouet abandonné par Angie. Lucy aurait pu remettre les morceaux dans la boîte et l'emporter avec elle, mais elle ne l'avait pas fait. Sa sœur allait passer un long séjour à l'hôpital, et Lucy partait vivre chez ses grands-parents. Les chatons en nœud papillon semblaient tout à coup stupides et puérils.

Voilà ce que lui évoquait ce village fantôme, le puzzle abandonné, jamais terminé. Lucy devina qu'il s'était passé ici quelque chose de terrible. Jack Masterson n'avait pas renoncé à écrire parce qu'il était tellement riche qu'il n'avait plus besoin de travailler. Non, pour une raison inconnue, il avait perdu courage.

Elle voulut s'en aller, regagner la maison. Mais qui avait glissé ce message sous sa porte ? Lucy était sur le point de capituler lorsqu'elle remarqua des lumières aux fenêtres d'une chaumière biscornue, peinte en gris et blanc, avec une porte circulaire comme la demeure d'un hobbit. Un panneau suspendu annonçait « Le Marchand d'Orages ».

Même si elle savait que cette maison serait semblable à toutes les autres, elle tourna la poignée malgré tout. Étonnamment, la porte s'ouvrit. Dix mille ampoules de guirlande électrique éclairaient la boutique comme dix mille étoiles scintillantes.

Pénétrer dans le magasin du Marchand d'Orages lui donnait l'impression d'entrer dans le temple de ses rêves d'enfant. Elle avait toujours eu envie de venir dans cette étrange petite boutique ou un petit bonhomme bizarre vendait des orages dans des flacons, des bocaux et des boîtes. Comme dans les livres, un triangle de cristal enfermé dans une fiole de cristal prétendait être *La Pointe de l'Iceberg*. Sur la même étagère, un pot en céramique blanche contenait *Une pluie pour cacher vos larmes.*

Quelqu'un s'était donné beaucoup de mal pour reproduire la boutique dans le moindre détail. On se serait cru dans l'échoppe d'un apothicaire au Moyen Âge. Les bouteilles, les pots et les écrins en bois sculpté s'amoncelaient partout, sur des rayonnages, des tables et des râteliers. Des étiquettes manuscrites en révélaient le contenu. Lucy prit un récipient où était écrit *Le Marchand d'Orages de l'île de l'Horloge – Jour de Neige en pot.*

Le pot en verre bleu était étrangement brumeux, comme si un véritable blizzard en était prisonnier, comme si, pour peu qu'on descelle le couvercle, la neige allait se répandre sur l'île, dispensant tous les enfants d'aller en classe le lendemain. Lucy examina les autres vases, recréés avec amour d'après les histoires.

Le Vent dans vos voiles.

Tonnerre dérobé.

Un ruban gris moiré dans une boîte en verre se présentait comme *La Doublure argentée d'un nuage.*

Vent à semer pour récolter la tempête.

Une tête humaine sculptée dans le verre contenait une *Tempête sous un crâne.*

Lucy fut tentée d'emporter la *Tempête dans un verre d'eau*, commercialisée dans un très joli gobelet bleu pâle. Elle le tint longuement à deux mains avant de le reposer sur l'étagère.

— Prenez-le, mon enfant. Il ne manquera à personne.

Lucy se retourna. Un homme en pardessus gris se tenait au fond du magasin. Il paraissait avoir une cinquantaine d'années, avait des cheveux gris et des yeux couleur d'acier.

— Qui gagne ? demanda-t-il.

— Moi. Deux points. Qui êtes-vous ?

— Voici ma carte, dit-il avec un sourire onctueux.

Il sortit de l'ombre pour donner à Lucy sa carte de visite. *Richard Markham, avocat.*

— Vous êtes juriste ?

— J'ai un client qui a très envie d'acheter le nouveau livre de Jack Masterson.

— Il veut le publier ?

— C'est un collectionneur de livres rares. Le seul exemplaire de ce qui pourrait être le dernier volume de la série pour enfants la plus vendue au monde est à peu près ce qui se fait de plus rare, Lucy. Il est prêt à le payer une somme à huit chiffres. Huit chiffres. Non pas six, montant misérable qu'offrira Lion House. Les rapiats ! Avec une somme à six chiffres, vous tiendrez six mois en Californie.

— Veut-il simplement le manuscrit original ? Parce que nous pourrions en faire une copie...

— Pas de copie. Vous quittez cette île des rêves avec le livre, vous me le donnez, je vous remets le chèque. Point final.

Cela signifiait que même Christopher n'aurait pas le droit de le lire.

— Je ne peux pas faire ça. Des enfants du monde entier ont envie de lire ce livre.

Elle tenta de lui rendre sa carte. Il leva la main, se pencha vers elle si près qu'elle fit un pas en arrière, se cognant aux étagères. Les fioles tintèrent.

— Puis-je vous poser une question personnelle ? demanda Markham, qui ajouta sans attendre la réponse : Pourquoi une jeune fille aussi charmante est-elle sortie avec un connard comme Sean Parrish ?

— Pourquoi me parlez-vous de Sean ?

Il haussa les épaules.

— Sean Parrish. Un grand auteur. Pas aussi grand que Jack Masterson, mais qui pourrait l'égaler ? Vous l'avez rencontré lors d'un cours d'écriture que vous avez suivi à la fac. Six mois plus tard, vous viviez sous le même toit. Pour l'argent, n'est-ce pas ? Dieu sait que ce n'était pas par amour ! Mais je ne vous juge pas. J'adore les chercheuses d'or. J'en ai épousé une.

Il éclata de rire comme s'il venait de faire la plaisanterie la plus drôle qui soit.

— Comment savez-vous tout ça ?

— Je sais beaucoup de choses. Sur vous, sur Andre Watkins, Melanie Evans… Je sais que vos parents vous ont envoyée vivre chez vos grands-parents. Je sais que vous n'avez plus aucune relation avec votre famille. (Il lui adressa un signe d'approbation.) C'est ça que j'aime en vous, Lucy. Je suis persuadé qu'il faut toujours lâcher prise quand une situation est sans espoir. Sauf que, maintenant, vous voilà. Vous avez vingt-six ans, vos camarades de fac sont mariées et ont des enfants. Mais vous n'êtes riche que de dettes.

— Et vous pensez, puisque je n'ai pas un rond, que je vendrai le livre à un collectionneur qui l'enfermera pour toujours ?

— Pourquoi pas, ma petite ? À votre place, c'est ce que je ferais. Ça ne vous amuserait pas de voir un de ces jours votre sœur venir vous supplier de lui accorder une chance, simplement parce que vous êtes riche comme Crésus ? La réussite est la meilleure revanche, Lucy. Et avec une somme à huit chiffres, vous allez pouvoir vous en payer une tranche, de revanche.

— Je n'ai pas envie de revanche.

— Évidemment. Mais il y a une chose dont vous avez envie. Nous avons tous envie d'une chose, pas vrai ?

Il fouilla dans la poche poitrine de sa veste. Elle s'attendait à ce qu'il en tire un mouchoir ou une autre carte de visite. Au lieu de quoi, elle vit qu'il avait la photo scolaire de Christopher. Il la lui montra une fraction de seconde avant de la ranger dans sa poche.

— Tout le monde a envie d'une chose.

— Partez, s'il vous plaît. Tout de suite.

— Très bien, mais faites-moi le plaisir de conserver ça. (Il lui replia doucement la main sur sa carte de visite.) L'argent n'a pas d'odeur, Lucy. Un gros chèque, ça ne se refuse pas.

Sur ces mots, il la laissa seule parmi les orages.

16

HUGO SORTIT DE LA MAISON par la porte arrière, traversa le jardin et prit le sentier menant à son cottage. Il s'immobilisa lorsqu'il vit Lucy qui se dirigeait seule vers le parc abandonné.

Ce n'était pas une bonne idée, en pleine nuit. Elle risquait de trébucher sur les rails, et les bâtiments idiots construits dans cette zone à l'abandon menaçaient de s'écrouler. Il se dit qu'elle avait bien le droit de parcourir toute l'île si elle en avait envie, et elle était munie d'une lanterne. Mais, à mi-chemin de son cottage, il fit demi-tour et partit vers les bois afin de la trouver et de s'assurer qu'il ne lui arriverait rien.

Il passa en courant devant la bibliothèque, la poste et l'hôtel, puis remarqua la lumière dans la boutique du Marchand d'Orages. En atteignant la porte, il l'ouvrit et Lucy sortit du magasin. Les yeux fous, elle balayait les ténèbres environnantes avec la lumière de sa lanterne.

— Lucy ?

— Hugo, répondit-elle, haletante. Vous l'avez vu ?

— Qui ?

Elle décrivit un cercle, fit quelques pas vers la forêt.

— Qu'est-ce qui se passe ?
— Il y avait un homme ici. Maintenant il est parti. Il est là.
— Quel homme ? Lucy ?
Il lui prit doucement le bras. Elle chassa l'air de ses poumons : dans l'air froid de la nuit, son haleine ressemblait à des nuages. Elle remit à Hugo une carte de visite, puis lui raconta une histoire abracadabrante. Quelqu'un avait frappé à sa porte, un message l'avait invitée à se rendre dans le parc, un homme qui se prétendait avocat mais parlait comme un tueur de la mafia dans les films.
— J'ai cru que ça faisait partie du concours. Un défi, je ne sais pas.
Hugo déchiffra la carte à la lumière de la lanterne de Lucy.
— Je connais son nom. Il vous a proposé le pactole en échange du livre de Jack, c'est bien ça ?
— Tout à fait. Une somme à huit chiffres.
— Le salaud. Il ne m'a proposé que sept chiffres.
Il plaisantait, dans l'espoir de la rassurer. Elle avait dû être terrorisée, ainsi tirée de son lit au beau milieu de la nuit, sans savoir pourquoi.
— Je devrais en parler à Jack, peut-être renforcer la sécurité sur l'île. Je parie qu'un bateau attend ce type à Neuf Heures.
— Euh… Au quai de Neuf Heures ?
Il hocha la tête, impressionné par sa mémoire. Pas étonnant qu'elle ait résolu la première devinette. Aussi intelligente que jolie.
— Est-il vraiment juriste ? demanda-t-elle sans cesser de tourner la tête comme si elle avait peur de le voir revenir. Il était bizarre.
— C'est un véritable avocat. Il travaille pour ce milliardaire de la Silicon Valley qui veut rendre l'intelligence artificielle capable d'écrire des romans. Il mériterait d'être fouetté et obligé à faire un master en trois ans.

— Ce serait vraiment méchant ! commenta Lucy avec un petit rire.

Elle souffla à nouveau, exhalant un petit nuage.

— Très bien, je note. Ne jamais me fier aux morceaux de papier qu'on glisse sous ma porte.

— Judicieux. Venez, je vais vous ramener à la maison.

Ils trouvèrent le chemin et entreprirent la descente. Lucy serra autour de son corps le manteau qu'il lui avait prêté. Hugo se demanda si ce vêtement garderait le parfum de la jeune femme lorsqu'il le récupérerait. Oh oh, était-il en train de se demander quelle odeur avait sa peau ?

— J'avais prévu d'explorer l'île, mais pas à deux heures du matin. Qu'est-ce que c'est que cet endroit, d'ailleurs ?

— Censément un parc pour les patients de l'hôpital pour enfants de Portland. Jack voulait attirer les familles, pour que les enfants oublient leur maladie pendant un jour ou deux.

— Oh, je connais très bien les hôpitaux pour enfants, soupira Lucy avec une grande lassitude.

— Vous avez été malade autrefois ?

Elle secoua la tête.

— Ma sœur. Elle souffrait d'immunodéficience primaire. C'est un terme générique pour les enfants dont le système immunitaire est insuffisant. Elle était tout le temps malade. Je ne pouvais même pas… Je n'avais pas le droit de vivre sous le même toit qu'elle.

Le cœur d'Hugo se noua. Davey n'avait jamais été en très bonne santé, lui non plus, mais il ne pouvait imaginer de devoir être séparé de lui. Ç'aurait été une torture.

— C'est affreux. Pour vous comme pour elle.

Lucy haussa les épaules comme si ce n'était pas si terrible, mais son regard trahissait la souffrance.

— Ma sœur est sans doute la principale raison pour laquelle j'ai fugué. Elle m'avait bien fait comprendre qu'elle n'aimait pas que je sois là. Je devais croire qu'une fois, si je pouvais vivre chez Jack… (Elle s'interrompit, soupira.) Je ne sais pas à quoi je pensais. Je cherchais à attirer l'attention, je suppose.

— Vous vouliez être à la maison.

La jeune femme dévisagea Hugo comme s'il venait d'atteindre un point sensible. Puis elle sourit.

— Exactement. Je m'étais mis en tête que ma vraie maison était ici. Les enfants sont comme ça. Nous croyons tous être des extraterrestres, nous ne pouvons pas admettre que nos parents soient nos vrais parents. Je suis sûre qu'il y a un million de gamins qui voulaient avoir Jack pour père.

— Un milliard, renchérit Hugo, ce qui la fit à nouveau sourire.

— Eh bien, pour moi, ça n'a pas marché, mais si c'était à refaire, je le referais. D'autant plus que je suis ici à présent.

Il lui signala les rails qui couraient devant eux. Lucy les enjamba allègrement, puis ils poursuivirent leur chemin.

— Qu'est-il arrivé à ce projet ? Pourquoi n'a-t-il pas été mené à terme ?

— Pour la même raison que Jack a arrêté d'écrire.

— Pourquoi a-t-il arrêté d'écrire ?

Hugo ne répondit pas tout de suite. Il se rappelait la règle numéro un de Jack : *Ne pas rompre le charme.*

— Disons simplement qu'il a traversé une zone de turbulences, finit-il par dire. Une zone qui dure maintenant depuis… (il consulta sa montre.)… six ans et demi.

Lucy l'observa, sourcils dressés.

— C'est une très grande zone. Un pays entier, plutôt. (Il ne contesta pas.) En est-il sorti, maintenant, de cette zone de turbulences ?

— Si je le savais ! J'espère. J'ignore s'il simule ou si c'est vrai.

— Ce soir, il avait l'air heureux.

— Heureux ? Jack a oublié le sens du mot « heureux ».

Hugo fourra ses mains dans les poches de son caban, donna un coup de pied qui propulsa un caillou vers la forêt et soupira :

— Une magnifique île privée, une vue à trois cent soixante degrés sur l'océan, une maison que n'importe qui rêverait d'habiter… et depuis des années, il est l'homme le plus malheureux de la Terre. Jack est la preuve vivante que l'argent ne fait pas le bonheur.

— Peut-être pour lui, mais l'argent pourrait changer la vie de beaucoup de gens, dit Lucy sur un ton de douce réprimande.

Hugo n'était pas d'accord, et secoua la tête.

— J'ai rencontré des gens dont l'argent avait prétendument fait le bonheur. Ils sont malheureux, exactement comme tout le monde. Je parle d'expérience, car j'ai à la fois de l'argent et du malheur.

— L'argent ferait mon bonheur à moi.

Il roula des yeux. Il ne pouvait s'en empêcher. Elle était déconnectée de la réalité.

— Vous êtes déjà en train de dépenser l'argent que vous toucherez quand vous vendrez le livre de Jack à Markham ou à un autre charognard ?

Elle lui lança un regard furieux.

— Quoi ? Parce que vous, vous ne vous êtes jamais imaginé ce que vous feriez si vous gagniez à la loterie ?

— La loterie n'est pas le seul exemplaire existant d'un livre pour enfants. Si, je me le suis imaginé, mais contrairement à vous, j'ai été invité dans trop de châteaux en Espagne. Trop de courants d'air à mon goût, mais je vous en prie, continuez à rêver d'en habiter un. Ça finira peut-être par vous arriver.

Elle émit un petit rire froid et irrité, étonnamment amer.

— J'ai visité ma part de châteaux, et je n'ai aucune envie d'en acheter un. Tout ce que je veux, c'est une maison et une voiture pour Christopher et moi.

Elle s'arrêta face à lui sous un réverbère à gaz. La lumière chaude éclairait ses joues rosies par le froid. Il se surprit à contempler ses lèvres. Des lèvres rose pâle, douces, faites pour sourire, même si elle ne souriait pas à ce moment-là.

— Christopher ?

— Le petit garçon à qui je donne des cours.

— Vous voulez lui acheter une maison ? Ça va un peu au-delà de vos attributions.

— Ce n'est pas n'importe quel gamin, vous savez ? Il était dans ma classe il y a deux ans. Un enfant formidable. Mais j'ai tout de suite compris que ça n'allait pas, chez lui. Son père travaillait dans le bâtiment avant d'avoir un accident du travail. Il est devenu accro aux antalgiques. Sa mère aussi. Ça arrive tout le temps. Ses parents l'aimaient, mais je voyais bien que ça n'allait pas. Il était très réservé certains jours, collant les autres jours, tantôt il pleurait pour retourner chez lui, tantôt il refusait de rentrer à la maison… mais intelligent. Oh, tellement intelligent. Très fort en lecture, donc chaque fois qu'il avait une mauvaise journée, je rassemblais un petit groupe juste pour lire. Mais on ne peut pas faire grand-chose pour un enfant quand on en a vingt autres dans sa classe. L'été est venu, et les vacances. Un jour, j'ai reçu un appel d'une assistante sociale. Elle m'a annoncé que les parents de Christopher Lamb avaient succombé à une overdose. Une livraison défectueuse avait été vendue. Seize personnes ont fait une overdose le même jour, et onze en sont mortes.

— Merde.

Elle continua à parler, sans lever les yeux vers Hugo.

— Christopher est resté chez moi pendant une semaine avant qu'ils lui trouvent une famille d'accueil. J'aurais vendu un rein pour le garder. Mais je n'avais pas les moyens de l'accueillir, et encore moins de l'adopter. J'ai trois colocataires, pas de voiture, un découvert à la banque, et un emploi qui ne rapporte que le salaire minimum. Ah, et puis j'ai un trou dans mes chaussures préférées.

Et elle tendit le pied pour montrer l'endroit où la toile de ses tennis s'était détachée de la semelle en caoutchouc.

— Donc, oui, je vendrai peut-être le livre au plus offrant. (Elle avait adopté un ton tranchant, et chaque mot fut comme une blessure pour Hugo.) Vous habitez une île privée. Quand on a de l'argent, c'est facile de dire que l'argent ne fait pas le bonheur. L'argent nous offrirait beaucoup de bonheur, à Christopher et à moi. Et puis, là n'est même pas la question. (Elle eut un geste indiquant qu'elle voulait effacer Hugo et toutes les idioties qu'il venait de proférer.) Pour une fois dans ma vie, j'aimerais bien dépenser quinze dollars en jouets pour Christopher sans que ça me fasse un nœud à l'estomac. Désolée que vous désapprouviez mes rêves d'argent, mais pour le moment, c'est tout ce que nous avons, Christopher et moi, des rêves et des souhaits. Et c'est mieux que de ne rien avoir du tout.

— Lucy, je…

Elle lui plaqua une main sur la poitrine.

— Vous savez comment on appelle les gamins comme vous quand nous bavardons en salle des profs ? Des enfants gâtés.

Il la regarda, serrant la mâchoire.

— Là, vous êtes injuste.

— Réveillez-moi quand le monde sera devenu juste. Bonne nuit, Hugo. Je trouverai mon chemin toute seule.

Elle partit dans la nuit, et Hugo resta planté là. Que pouvait-il faire d'autre que la regarder s'éloigner ?

Soudain, un objet blanc à terre attira son attention. Un morceau de papier. Il le ramassa. Lucy ne lui avait pas frappé la poitrine par colère. Elle lui avait donné la carte de visite de Markham.

17

Le lendemain matin, à neuf heures, Lucy se traîna jusqu'à la salle à manger où ses concurrents étaient déjà assemblés. Tous levèrent les yeux de leurs assiettes lorsqu'elle franchit la double porte en chêne.

— Désolée, dit-elle. Le décalage horaire.

— Bien sûr, répondit Andre. Servez-vous au buffet.

Elle prit un café au lait et remplit son assiette. Personne n'était très bavard, et ils avaient tous l'air aussi épuisé qu'elle. Elle avait eu du mal à se rendormir après sa rencontre avec Markham et sa dispute avec Hugo. Par chance, le café avait refroidi juste assez pour qu'elle puisse l'avaler.

— C'est du café, pas de la bière, lui rappela Dustin. Vous n'êtes pas censée le boire d'une traite.

— La nuit a été courte, expliqua Lucy par-dessus sa tasse.

— Vraiment ? s'étonna Melanie. Vous vous êtes couchée tôt. Nous, nous avons veillé jusqu'à minuit passé.

— Qui est arrivé deuxième ?

Un silence gêné suivit. Andre s'éclaircit la gorge.

— Nous avons tous fini par capituler.

— Oh.

Lucy ne voyait pas ce qu'elle aurait pu dire sans qu'ils aient envie de lui lancer leur couteau à beurre.

Dustin se leva pour aller remplir sa tasse.

— Je suis le seul à avoir repéré des types bizarres sur l'île ? Des mecs en costard ?

— Il se pourrait que je les aie aperçus, dit Andre. Et vous ?

Melanie jouait dans son assiette avec une saucisse à moitié mangée.

— Peut-être.

— Markham, précisa Lucy. Je l'ai croisé aussi. Il a essayé de me faire une offre que je ne pourrais pas refuser.

— Pareil pour moi, confirma Andre. Comment avez-vous réagi ?

— J'ai refusé. Le livre doit être publié, on est d'accord ?

— Absolument, répondit Melanie.

Andre acquiesça. Dustin se contenta de hausser les épaules.

Soudain, la porte se rouvrit, et Jack entra, arborant un large sourire.

— Bonjour, les enfants.

Ils saluèrent Jack avec tout l'enthousiasme dont ils étaient capables, et donc de manière assez morose.

— Je sais, je sais. La nuit a été dure pour chacun. Lucy, tu seras ravie d'apprendre que les quais ont été sécurisés. Nous n'aurons plus d'attaques de requins en pleine nuit.

— Des attaques de requins ? s'étonna Melanie.

— L'espèce d'avocat qui est venu dans ma chambre vers une heure du matin, expliqua Lucy. Merci, Jack.

— Je t'en prie. Les seuls requins que j'aime nagent dans l'océan. Voilà pourquoi j'ai tendance à jeter mes avocats à la mer. Enfin, parlons plutôt de notre prochain jeu.

Les candidats se redressèrent aussitôt, l'œil vif, à l'affût.

— Cherchez le roi de l'île de l'Horloge. Sous sa couronne, vous trouverez les instructions du prochain jeu.

— Vous pouvez répéter, s'il vous plaît ? demanda Andre.

Il avait sorti un carnet et un crayon pour noter chaque mot prononcé par jack.

Cherchez le roi de l'île de l'Horloge. Sous sa couronne, vous trouverez les instructions du prochain jeu.

— Il n'y a pas de points à gagner, donc sentez-vous libres de travailler ensemble ou séparément. Mais tant que vous n'aurez pas les instructions, le prochain jeu ne pourra pas commencer. Bonne chance.

Jack leur adressa un sourire bienveillant, puis quitta la salle à manger.

Andre soupira lourdement :

— Ma mère avait peut-être raison. M'enfuir vers l'île de l'Horloge est peut-être ce que j'ai fait de plus bête.

Tous les quatre décidèrent de coopérer puisqu'il n'y avait pas de points à remporter. Ils sortirent de la maison pour explorer l'île, à la recherche de ce mystérieux roi.

Ils démarrèrent sous le panneau « Bienvenue à Quatre Heures » et remontèrent en sens inverse des aiguilles d'une montre, vers le rocher des macareux de Trois Heures, l'aire de pique-nique d'Une Heure…

Chacun disait tout haut ce qui lui venait à l'esprit.

Le roi de l'île ?

Jack était-il le roi en question ? Il ne portait pas de couronne. Qu'allaient-ils faire ? Lui découper le sommet du crâne ?

— Je pourrais m'en charger, proposa Dustin, narquois. J'ai déjà fait ça.

— Le moment de scalper Jack n'est peut-être pas encore venu, dit Andre. Ouvrons plutôt l'œil pour trouver une statue, une sculpture, quelque chose.

Soudain, Melanie s'arrêta au milieu du chemin et claqua des doigts.

— *Le Roi de l'île de l'Horloge* ? C'est le titre d'un des livres.

— Non, corrigea Lucy. Le titre entier est *Le Roi perdu de l'île de l'Horloge*. Mais…

Elle se rappelait avoir lu ce livre à Christopher le dernier soir qu'il avait passé avec elle. Il avait choisi ce volume parce qu'il en aimait la couverture. Un enfant roi, monté sur un cheval noir, traversait une forêt maudite d'arbres malfaisants. Il portait une couronne d'or sur ses cheveux bruns. Des cheveux exactement comme ceux de Christopher, c'est pourquoi le livre l'attirait, sans doute.

— Il y a des peintures d'Hugo dans toute la maison, poursuivit Lucy. C'est peut-être l'une des couvertures ? Quelqu'un se rappelle avoir vu un tableau représentant un enfant à cheval dans une forêt ?

Andre claqua des doigts et annonça :

— Au bout du couloir, près de ma chambre. Allons-y.

Ils rebroussèrent chemin, à pas plus rapides. La température montait peu à peu, heureusement pour Lucy. Elle était si honteuse d'avoir qualifié Hugo d'enfant gâté qu'elle n'avait pas osé enfiler le manteau qu'il lui avait prêté.

Impossible d'échapper à l'artiste, cependant. Une fois de retour à la maison, les quatre concurrents grimpèrent l'escalier. Ils empruntèrent un couloir, puis une autre volée de marches. Sur une console ancienne reposait une vieille machine à écrire noire, et le tableau était accroché au-dessus. Un morceau de papier était roulé dans la machine. Le mot « Trouvé ! » était dactylographié en haut de la feuille.

Melanie la détacha avec soin.

Au dos du papier était écrit : « Le prochain jeu commencera à une heure à deux heures. »

Andre secoua la tête, les yeux au plafond :

— Je regrette déjà le monde réel.

— L'aire de pique-nique se trouve à Une Heure, dit Lucy. J'imagine qu'on devra y être à quatorze heures.

Jack glissa la tête par la porte située à l'autre bout du couloir. Il murmura « Ouiiiiii » d'une voix terrifiante, avant de disparaître à nouveau.

Les instructions étaient donc claires. Melanie, Andre et Dustin redescendirent au rez-de-chaussée.

— Quand j'étais petite, raconta Melanie en s'en allant, je ne comprenais jamais pourquoi Dorothy voulait quitter Oz pour retourner dans le Kansas. Maintenant, je sais.

Tous éclatèrent de rire. Tous sauf Lucy. Elle était restée dans le couloir pour étudier le tableau, l'enfant à cheval fuyant la forêt sombre. Une toile superbe, l'une des meilleures d'Hugo. Non, elle serait volontiers restée à Oz toute sa vie. Et sur l'île de l'Horloge aussi. Si seulement elle avait pu.

***

Sur l'île, une fillette aux longs cheveux bruns, munie d'une grande cuiller en bois, donnait à l'Homme dans la Lune son repas d'étoiles fraîchement attrapées.

Voilà ce qui avait poussé Hugo à sortir du lit ce matin-là. Il aimait le tour que prenait cette peinture, son étrangeté, son caractère mélancolique. Serait-ce la couverture du prochain livre de Jack ? Pas moyen de le savoir, mais Hugo aimait voir cette image mentale prendre vie sur la toile. Elle ressemblait un peu aux œuvres de Remedios Varo. De l'avis d'Hugo, il n'était jamais trop tôt pour que les enfants découvrent l'alphabet et les surréalistes hispano-mexicains.

Hugo était debout depuis un bon moment. À cinq heures, ce matin-là, il s'était éveillé d'une nuit peuplée par mille rêves où figurait Davey, et tous exigeaient d'être peints par lui.

Dans un de ces rêves, tous deux étaient à nouveau enfants. Hugo était assis au chevet de Davey et lui lisait des histoires, tandis que des requins nageaient derrière la fenêtre et que des oiseaux étaient perchés au bout du lit. Quelque part dans le rêve, Lucy Nerr entrait dans la chambre, souriait et annonçait qu'elle allait le relayer pour faire la lecture. Et l'ouvrage qu'elle lisait à Davey avait cette image sur sa couverture : l'Homme dans la Lune, la cuiller, les étoiles et la fillette qui ressemblait un peu à une jeune Lucy Nerr.

Hugo n'essayait jamais d'analyser les étranges images nées de son esprit. Il laissait aux critiques le soin de théoriser et d'étudier les symboles. Lui, il rêvait, il imaginait, il peignait. Il ne fallait pas lui demander d'interpréter. Ce n'était pas son métier. Tout ce qui comptait pour lui, c'était que son rêve ait été bon, de ceux qu'il cherchait à retenir une fois éveillé. Davey avait revécu, le temps d'une nuit, et le livre que Lucy lisait à son frère perdu était un volume qu'Hugo aurait voulu avoir entre les mains.

Davey… Mon Dieu, comme il lui manquait. Aujourd'hui encore, tant d'années après, Hugo se surprenait parfois à murmurer dans le silence : « Où es-tu, Davey ? Où es-tu allé ? »

Du temps où Davey était en vie, Hugo s'ennuyait horriblement lorsqu'il devait lire à son petit frère ces foutus bouquins pour enfants. À présent, il aurait fait n'importe quoi pour pouvoir lui en relire un. Pendant longtemps, *Mr Popper et ses pingouins* avait eu la préférence, et Hugo avait dû en lire un chapitre tous les soirs pendant des semaines. Et quand l'ouvrage était terminé, il devait le relire.

Désespéré de trouver une nouvelle histoire qui plaise à son frère, Hugo était allé à une vente de charité dans l'espoir de dénicher quelque chose pour pas cher. Sur une table, il y avait une pile des *Aventures de l'île de l'Horloge*. Il n'en avait jamais entendu parler, mais au prix de quatre pour une livre sterling, pourquoi ne pas essayer ?

Pour cette somme dérisoire, une nouvelle vie avait commencé ce jour-là.

Hugo chargea son pinceau éventail de peinture couleur clair de lune. Il y avait longtemps, très longtemps qu'il n'avait pas rêvé de Davey. Pourquoi cette nuit-là ? *À cause de Lucy*, pensa-t-il, *parce qu'elle m'a parlé de Davey*. Elle n'avait pas posé de question, il s'était mis à parler spontanément. Puis, bêtement, il l'avait suivie dans la Ville de Petite Aiguille, au prétexte qu'il craignait qu'elle se blesse. Au lieu de quoi, il l'avait blessée, lui.

Avec plus de force que nécessaire, Hugo nettoya à nouveau son pinceau. Il avait besoin de café et d'un bon coup de poing dans la figure. Plus d'une fois, Piper lui avait dit qu'il devait se contenter de parler d'art, en laissant les choses importantes aux adultes. Il aurait dû l'écouter. En sortant de son atelier, il jeta un coup d'œil par la fenêtre. Lucy Nerr se promenait sur la petite plage rocheuse tandis que des mouettes piquaient vers l'océan avant de remonter dans le ciel.

Hugo avait envie d'aller lui présenter ses excuses pour avoir craché sur ses rêves, mais il ne se fiait pas à ses propres motivations. Voulait-il obtenir son pardon ? Voulait-il se rattraper ? Ou bien était-il tout simplement attiré par elle et, pour la première fois depuis des années, se souciait-il réellement de plaire en tant que personne ? Ah, quel malheur !

Non. Il la laisserait tranquille. Point final.

Il fit quelques pas pour tâcher d'oublier tout cela, boire son café et se ressaisir, mais il s'arrêta lorsqu'il vit un autre concurrent – le médecin de Boston… Dustin ? Oui, Dustin – s'approcher de Lucy et lui prendre le bras.

Hugo entrouvrit la fenêtre. Il se justifia : ce n'était pas de l'indiscrétion, il voulait juste aérer un peu.

— Vous êtes sérieuse ? demandait Dustin, d'un ton impérieux, intimidant. Vous êtes dingue ?

Il porta ses doigts à ses tempes, puis leva les mains comme si la jeune femme venait de lui faire exploser la cervelle.

— Vous avez entendu les règles. Si on triche, on est disqualifié. Je ne veux pas tricher, et je ne veux pas être disqualifiée. Vous en avez envie, vous ?

Lucy s'exprimait comme un enseignant qui essaie de faire entendre raison à un enfant particulièrement obtus.

— Je ne parle pas de tricher. Je parle de travail d'équipe. Comme on vient de faire. Rien d'autre.

— Ce n'était pas un vrai jeu, juste un des défis de Jack.

Dustin roula des yeux vers le ciel.

— Bon sang, vous voulez le fric ou pas ?

— Je veux gagner le livre, mais je vous ai dit que je ne le vendrai pas à un collectionneur qui en interdirait la publication. Les enfants attendent depuis toujours…

— On s'en tape ! L'avocat a parlé d'une somme à huit chiffres. Ça fait dix millions de dollars au bas mot, à se partager entre nous deux.

— Moi, je ne m'en tape pas, répliqua Lucy.

Hugo eut envie d'applaudir son aplomb.

— Vous n'êtes pas un ange, Lucy. Markham m'a appris que vous étiez fauchée. Eh bien, moi aussi.

— Non.

— Alors, vous êtes aussi conne que vous en avez l'air.

Hugo en avait assez entendu. Il sortit de l'atelier et se dirigea droit vers la plage.

— Lucy ! héla-t-il. Tout va bien ?

Lucy resta bouche bée. Dustin se retourna et adressa un regard assassin à Hugo.

— Tout va bien, on bavardait, déclara-t-il. Une conversation privée.

— Non, c'est Lucy qui parlait. Vous, vous débitiez des âneries.

Dustin ricana :

— On a bien le droit de causer.

— Vous n'étiez pas en train de lui parler. Vous tentiez d'intimider la seule participante qui ait une chance de gagner ce concours. Je ne vous blâme pas ; Markham m'a contacté aussi. Son offre était alléchante.

— Vous voyez ? dit Dustin à Lucy. Il sait réfléchir, lui.

— Oui, je sais réfléchir. Lucy aussi. Et elle réfléchit mieux que vous, sinon vous ne seriez pas en train d'essayer de lui faire peur pour qu'elle accepte de collaborer avec vous.

— Je suis médecin. Je suis excellent dans ma partie. Je n'ai pas à supporter ce genre de remarque. Au revoir, lança Dustin en agitant les bras. Je m'en vais.

Lorsqu'il fut parti, Hugo se tourna vers Lucy.

— Un vrai gentleman !

Elle semblait un peu hébétée.

— Hier, il avait l'air sympathique. Je n'en reviens pas.

— Il y a des gens pour qui ne pas gagner est intolérable. Vous les appelez comment, en salle des profs ? Les grincheux, les mauvais joueurs ?

Lucy émit un grognement.

— En fait, je venais vous chercher. Je voulais vous dire que j'étais désolée pour…

— Avoir qualifié d'enfant gâté un homme qui a grandi avec sa mère célibataire dans un HLM pourri ?

— Oui, exactement, avoua-t-elle, confuse. Exactement. Je me suis un peu énervée, cette nuit.

— Je l'avais mérité.

— Pas du tout. Simplement… Ce concours est ma seule chance de m'en sortir.

— J'ai compris. Cinq sur cinq. Restons-en là.

— Merci.

Elle hocha la tête, puis eut envie de dire encore quelque chose, mais se ravisa. Il aurait volontiers sacrifié une somme à huit chiffres, s'il l'avait eue à sa disposition, pour savoir ce qu'elle avait été sur le point d'ajouter.

— Je ferais mieux de rentrer, déclara-t-elle enfin.

— Je vous raccompagne. Il vous faut un garde du corps, au cas où quelqu'un voudrait vous forcer à participer à un complot de plusieurs millions de dollars.

— C'est moins drôle que dans les films. C'est décevant.

Il la ramena à la maison en longeant la plage. Le soleil perça entre les nuages et se mit à danser sur l'eau. La brise océanique était douce. Hugo éprouva une sensation inhabituelle. Le bonheur ? Non. L'espoir ? Non, mais quelque chose d'approchant.

— Je dois reconnaître que je suis impressionné. Vous avez refusé l'occasion de toucher dix millions de dollars ou plus.

Elle secoua la tête.

— Si ce type n'avait pas été un trou du cul, j'aurais pu être tentée.

— Une assistante pédagogique en maternelle a le droit de dire « trou du cul » ?

— Je ne suis pas en classe pour l'instant. Si j'y étais, ce serait un « trou du derrière ».

— Pourquoi pas un épinard ?

— Un épinard ?

— Oui, en argot de Londres, on remplace le vrai mot par un autre qui rime avec. Épinard, ça rime avec connard.

— Je m'en souviendrai. Les enfants vont adorer.

— Ne me demandez pas ce qu'est une maladroite, dit-il avec un clin d'œil.

— Maintenant vous êtes obligé de m'expliquer.

Elle lui donna un coup de coude, ce qu'il trouva assez agréable.

— Je vous ferai un dessin.

— Merci d'avance. Comme ça, je le vendrai pour quelques millions et je m'achèterai de nouvelles chaussures.

— Vous surestimez ma popularité sur le marché.

— Je le vendrai pour quelques centaines de dollars ?

— Voilà une estimation plus raisonnable, dit-il en souriant.

Lui, sourire ? Mon Dieu, mais c'est qu'il flirtait avec elle.

Et merde. Lui qui venait de s'engager à éviter Lucy Nerr.

***

Des années auparavant, un des livres de *L'Île de l'Horloge* avait été publié avec un poster glissé dans la couverture. Lucy l'avait délicatement déplié pour l'afficher au-dessus de son lit.

Elle avait passé des heures à l'admirer, ce poster où l'on voyait une petite fille à la fenêtre d'une drôle de tour surplombant l'île, une corneille volant vers elle pour lui remettre une lettre qu'elle tenait dans ses griffes. *La Princesse de l'île de l'Horloge*, volume 30, couverture et illustrations d'Hugo Reese.

Lucy adorait le livre, adorait le poster, elle aurait voulu être cette petite fille, la princesse de l'île de l'Horloge. Elle n'avait pas dit à Hugo que, entre quatorze et seize ans, elle avait dormi sous une œuvre de lui. À présent, elle arpentait avec lui la plage de l'île comme s'ils étaient de vieux amis. Elle aimait l'idée d'être amie avec Hugo Reese. Si les choses avaient été différentes, très différentes… Sauf qu'elles n'étaient pas différentes. Christopher avait besoin d'elle. C'était tout ce qui comptait.

— Merci encore d'avoir volé à mon secours, dit-elle pour rompre le silence devenu tout à coup gênant.

— Vous vous disputiez devant mon atelier et j'essayais de peindre. Mes raisons étaient purement égoïstes.

— Vous habitez ce cottage ou c'est simplement votre atelier ?

— J'y habite. J'y travaille. J'y fuis le travail. Pourquoi ?

— Je pensais que vous viviez sous le même toit que…

— Non, non, non, non. J'ai entendu toutes les rumeurs, toutes les plaisanteries stupides. Oui, Jack est gay. Pas moi. Et même si je l'étais, il est un père pour moi, rien de plus.

Elle éclata de rire.

— Je ne sous-entendais absolument rien ! Simplement, la maison est très grande, vous savez.

— Grande maison, ça rime avec prison.

— Elle est si belle, ça ne peut pas être si affreux.

Ils quittèrent la plage pour l'allée de galets conduisant à la maison.

Lucy hésita avant de reprendre la parole. Elle craignait d'être impolie, mais la curiosité l'emporta.

— Est-ce que je peux vous demander… Je suppose qu'un illustrateur de livres habite rarement chez l'auteur des livres qu'il illustre, non ?

Hugo ne parut pas offensé.

— Ce n'est pas courant, mais rien n'est commun, avec Jack. Je vous ai raconté que j'avais gagné ce concours auquel mon frère m'avait poussé à m'inscrire ? Il est mort deux ans après. Quand j'étais jeune, je participais souvent à des soirées un peu trop arrosées, mais quand Davey est parti, je me suis laissé aller. L'alcool, la drogue, la totale. Cocaïne pour arriver à travailler. Whisky pour oublier et dormir. Un cocktail détonant.

— Oh, Hugo…

Il refusait de croiser son regard, malgré les efforts qu'elle déployait.

— À l'époque, je flirtais avec la mort. Jack a vu les signes, il m'a obligé à décrocher. Dans cette pièce, là-haut.

Il désigna la maison, la fenêtre de ce que Jack appelait sa fabrique à histoires.

— Je suis désolée.

— Perdre mon frère est ce qui m'est arrivé de pire, mais Jack est ce qui m'est arrivé de mieux. Il m'a fait comprendre que lorsqu'on a un talent comme le mien, on n'a pas le droit de le gâcher. Il m'a dit que j'étais comme un homme qui brûle des billets de banque sous le nez des pauvres : c'est cruel, et en plus ça sent mauvais. Ça m'a fait retomber sur terre. Mon père était parti après la naissance de Davey, et ma mère devait travailler jour et nuit. L'image d'un homme qui brûle des billets devant notre maison alors que le moindre penny comptait…

— Oui, je connais ça.

Il contempla ses pieds qui soulevaient le sable.

— Ils ont voulu me virer. La maison d'édition de Jack, je veux dire. Il écrivait des livres bien sages, et son illustrateur était en cure de désintoxication ? Mauvais, en termes d'image.

— Des livres bien sages ? Ça ne parle que d'enfants qui fuguent, qui ne respectent aucune règle, qui côtoient des sorcières et des pirates, qui volent des trésors et qui sont récompensés pour leur larcin…

— Vous voyez ? Vous le comprenez mieux que les critiques. (Il lui donna un léger coup de coude, qu'elle s'efforça de ne pas trouver trop agréable.) Jack s'est opposé à mon licenciement. Il les a menacés de cesser d'écrire *Les Aventures de l'île de l'Horloge*. Je n'arrive toujours pas à croire que le plus célèbre des écrivains ait pris ma défense de cette manière. Ça m'a fait prendre conscience de la réalité. Il m'a tiré de ce pétrin, et depuis, je n'ai plus jamais consommé aucune substance.

— Ça n'a sûrement pas été facile. Vous devriez être fier de vous.

— Je ne pouvais pas le décevoir, après tout ce qu'il avait fait pour moi. Quand j'ai commencé à travailler avec Jack, j'ai habité à l'auberge pendant quelques mois, le temps d'élaborer les nouvelles couvertures.

— C'est à ce moment-là que je vous ai rencontré.

— Quand Jack est entré dans sa zone de turbulences, il y a six ans, je suis revenu. Et je ne l'ai plus quitté. Je ne supportais pas l'idée qu'il soit tout seul ici. Maintenant, il jure qu'il va mieux, et j'espère que c'est vrai. En tout cas, il est grand temps que je m'en aille.

Lucy ne put en croire ses oreilles. Qui aurait envie de quitter l'île de l'Horloge ?

— Vous partez ? Pourquoi ?

— Je ne peux pas rester ici éternellement.

— Pourquoi pas ?

Il ne tint pas compte de sa question.

— J'ai peur que mon art en souffre, si je pars, je dois l'admettre. J'ai produit mes meilleures œuvres sur cette île. Probablement parce que j'y étais tellement malheureux.

— Comment peut-on être malheureux sur l'île de l'Horloge ?

— Je suis capable d'être malheureux partout. Déformation professionnelle.

Elle lui donna un coup de coude.

— Je ne vous crois pas le moins du monde.

— Nommez-moi un artiste heureux. Je vous mets au défi.

Lucy fit la moue, tâchant de réfléchir, de se remémorer tout ce qu'elle avait pu lire sur les artistes. Elle leva un doigt.

— Degas ? C'est bien lui qui a peint ces magnifiques danseuses en tutu ?

— Oui. Il détestait les ballerines, et les femmes en général. Un misogyne notoire. Un misanthrope notoire, en fait. Essayez encore.

— Euh… Bon, je sais que Van Gogh était malheureux. Et Monet ?

— Ses deux femmes sont mortes avant lui. Son fils est mort avant lui. Il a eu toute sa vie des problèmes d'argent. Il est devenu aveugle. Une dernière tentative ?

Lucy réfléchit à nouveau. Et elle claqua des doigts.

— J'ai trouvé : Bob Ross, celui qui faisait les émissions de télé !

Il plissa les yeux.

— Bravo. Je suis d'accord.

— J'ai gagné. Cette devinette-là, du moins.

— Qui ne vous rapporte pas de points, désolé.

— Pas de problème. Je me contenterai de la gloire.

Le soleil, à présent très haut dans le ciel, dardait ses rayons pour embrasser chaque heure, chaque minute, chaque seconde de l'île de l'Horloge.

— Vous souriez, fit-il remarquer.

— Vous aussi.

— Moi ?

— Vous êtes un peintre très talentueux, mais vous êtes beaucoup moins doué pour le malheur que vous ne croyez.

— Retirez ce que vous venez de dire.

— L'artiste aime un peu trop se plaindre, commenta Lucy.

— Eh bien… Même moi, je dois reconnaître que la situation commence à s'améliorer.

— Parce que Jack s'est remis à écrire ?

Il lui présenta à nouveau ce sourire qui faisait briller le soleil davantage.

— Oui. Pour ça.

Mais, quelque part, Lucy aurait voulu qu'il ne parle pas seulement de Jack.

— Vous voulez prendre un thé dans la salle à manger ? proposa Lucy dès qu'ils furent rentrés.

— On retient l'idée pour une autre fois. Là, j'ai deux mots à dire à Jack.

— Deux mots à me dire à quel sujet ? interrogea une voix.

Ils se retournèrent tous les deux et virent Jack se diriger vers la salle à manger.

— Bonjour, Lucy, ajouta-t-il.

— Nous avons un problème, déclara Hugo avant que Lucy ait pu répondre.

— J'ai horreur des problèmes. Ne pourrait-il pas se passer une seule journée sans problème ?

— Hugo, souffla Lucy, ce n'était pas…

Mais Hugo n'en poursuivit pas moins :

— On a besoin du ferry. Le bon docteur Dustin s'est disqualifié.

— Jack, je…

— N'essayez pas de le couvrir, Lucy. Il n'en ferait pas autant pour vous, et vous le savez. Jack, Dustin a voulu convaincre Lucy de tricher avec lui, et il n'a pas été très courtois lorsqu'elle a refusé.

Jack mit un moment à digérer l'information. Lucy imaginait qu'il avait le cœur brisé par cette nouvelle. Quand il les regardait – Melanie, Andre, Dustin et elle –, il devait encore les voir comme des enfants, comme ses enfants.

— Fais venir le ferry, concéda Jack avec un soupir.

Hugo sortit son téléphone de sa poche et s'en alla par la porte principale.

— Désolée, murmura Lucy.

— Ne sois pas désolée, ma chérie. Ce n'est pas ta faute si Dustin a oublié la deuxième règle de l'île de l'Horloge. *Toujours faire confiance au Cerveau. Il est de votre côté, même quand il semble ne pas l'être.*

18

LUCY PRIT UNE LONGUE DOUCHE CHAUDE, pour chasser le stress de la nuit et de la matinée. En sortant de la salle de bains, elle trouva un message sous sa porte.

Redoutant une sorte de revanche de Dustin, elle n'ouvrit pas tout de suite l'enveloppe. Mais le papier était bleu ciel, comme celui qu'utilisait Jack. Elle finit par en prendre connaissance. La lettre disait :

« Il y a un cadeau devant votre porte. Pas de panique. Ça ne mord pas. »

C'était signé « H. R. (Haut Représentant de rien du tout) ».

Dans le couloir, Lucy trouva une boîte en carton. Elle la porta jusqu'à son lit en refermant la porte derrière elle. Qu'est-ce qu'Hugo lui avait donc offert ?

Des chaussures. C'était tout. Rien qu'une paire de chaussures de marche pour femme, en cuir brun foncé, de la marque L. L. Bean, basée dans le Maine, bien sûr. Légèrement usées, mais en parfait état par ailleurs.

Lucy savait qu'elle aurait dû être reconnaissante, mais ce n'était pas le cas. Elle se sentait nulle.

Elle s'assit sur le lit et contempla les chaussures. Bêtement, elle s'était presque persuadée qu'il avait flirté avec elle ce jour-là, en la sauvant des manigances de Dustin, en jouant les gardes du corps, et, oui, elle le laisserait tout à fait garder son corps. Mais ce cadeau ? Il ne reflétait pas la moindre attirance. Plutôt de la pitié. C'était plutôt un geste de charité. Et la dernière chose qu'elle attendait de lui. Hugo était un brave type, voilà tout. Il était gentil avec elle parce qu'il était gentil avec tout le monde, pas parce qu'elle lui plaisait. Et même si elle lui plaisait, peu importait qu'il lui plaise à elle. Il était hors de question qu'elle tombe amoureuse d'un artiste à succès.

Puis elle se rappela qu'il avait connu la misère. Il savait ce que c'était – pas d'argent, mère célibataire. OK, son cadeau n'était donc peut-être pas un acte de charité. C'était plutôt de la solidarité. Ça faisait mal tout de même. Mais elle devait se comporter en adulte. Seule une ingrate ou une idiote aurait refusé une paire de chaussures de marche haut de gamme qui semblait presque neuve, surtout alors que ses tennis tombaient en ruine.

Lucy extirpa son téléphone de la poche de son jean et envoya un texto à Theresa.

Dis-moi d'arrêter de faire l'imbécile.

Elle pensait ne pas obtenir de réponse, mais elle en reçut une très vite. Lucy vérifia l'heure. Six heures quarante-six du matin à Redwood. Theresa venait sans doute de se réveiller un quart d'heure auparavant.

Si nous ne laissons pas les enfants se traiter d'imbéciles, nous ne pouvons pas non plus.

Lucy riposta :

Écris-moi juste : « Ne pense qu'au concours », ou un truc comme ça, pour que j'arrête de fantasmer sur ce type qui habite l'île.

Theresa l'appela aussitôt. Lucy décrocha en riant. Avant qu'elle ait pu dire un mot, Theresa demanda :
— C'est qui, ce type ?
— Bonjour quand même.
— C'est qui, ce type ? Un de tes concurrents ?
— Il s'appelle Hugo Reese, et il a illustré les livres de l'île de l'Horloge. Et il est beau.
— Ça, tu me laisseras en juger. (Il y eut un silence de quelques secondes, pendant lesquelles Theresa devait être en train de googliser Hugo sur son téléphone.) Ouais, il est potable. Plus que potable. Il fait « prof de fac sexy ».
— Maintenant, oui. Je l'ai rencontré quand je suis venue ici la première fois. À l'époque, il ressemblait au guitariste d'un groupe punk des années 1990. Les bras entiers tatoués.
— Il faut que je voie ça. (Theresa marqua une pause à nouveau, et Lucy lui accorda le temps de découvrir des images plus anciennes d'Hugo.) Oh, la vache…
Elle avait dû trouver une bonne photo.
— Et il est anglais.
— Comme le prince William ?
Lucy réfléchit :
— Plutôt comme le type qui mettrait une baffe au prince William devant un pub.
— C'est encore mieux.
Lucy éclata de rire. Elle savait que Theresa lui remonterait le moral.

— Tu lui plais ? questionna Theresa.

— Je ne crois pas. Mais il m'a offert une paire de chaussures.

— Hein ? Des chaussures ? Pourquoi ?

— Tu fais la cuisine tout en me parlant ?

Lucy avait l'impression d'entendre un bruit de casseroles à l'arrière-plan.

— Je suis instit en maternelle, donc j'ai autant de bras qu'une pieuvre, crois-moi.

Lucy lui raconta tout ce qui s'était passé jusque-là – le manteau, l'avocat, la remarque sur l'enfant gâté, Dustin, les chaussures.

— Tu lui plais, décréta Theresa.

— Tu crois que les chaussures, c'est sa façon de flirter, pas de la pitié ?

— Martin m'a apporté un aquarium à l'époque où il voulait sortir avec moi. Quand ils sont dingues d'une fille, les hommes sont dingues tout court. Il t'a offert ses chaussures. Offre-lui ta petite culotte.

— Tu enseignes en maternelle, Theresa.

— J'ai aussi un mari. Chope-le, ce type.

— Je te rappelle que je ne suis pas ici pour me trouver un conjoint ! Tu es censée m'ordonner de ne penser qu'au concours. Je fais ça pour Christopher.

— Ma grande, si quelqu'un mérite bien deux récompenses plutôt qu'une, c'est toi. Gagne ce concours. Fais-le pour ton petit garçon, et ensuite trouve-toi un homme. *The End.*

Lucy se frotta le front.

— Theresa, tu ne m'aides pas du tout.

— Alors appelle quelqu'un de stupide. Je suis trop intelligente pour te conseiller de ne pas flirter avec lui. Drague-le autant qu'il te drague. Vas-y franco. Pousse-le donc à t'offrir un aquarium.

— Je t'adore ! s'exclama Lucy. Tu es folle, mais je t'adore. Merci, grâce à toi, je me sens un peu moins nulle.

— Tu ne te sens pas nulle. Tu es géniale, ma petite. Ne l'oublie jamais. Et moi aussi, je t'adore. Sois sage mais pas trop, OK ?

— Toi aussi.

Et elles raccrochèrent. Cette conversation avec Theresa avait été rafraîchissante. Lucy enleva ses vieilles Converse et les jeta sous le lit. Elle mit sa plus belle paire de chaussettes et essaya les chaussures de marche. Elles lui allaient très bien. Crapahuter sur l'île serait désormais bien plus facile. Elle se regarda dans le miroir. Les chaussures étaient parfaitement assorties à son jean rouge skinny – trouvé dans un dépôt-vente – et son pull noir à col rond, un vieux cadeau de Sean.

Lorsqu'elle eut fini de se brosser les dents, il était presque quatorze heures. Elle se dirigea donc vers l'aire de pique-nique d'Une Heure.

Andre et Melanie étaient déjà là. Pas Dustin.

— Toutes mes félicitations, Lucy, lança Andrew en applaudissant sans le moindre enthousiasme. Vous avez résolu l'énigme de ce matin, et vous vous êtes débarrassée de Dustin.

— Ce n'était pas prévu.

— Prenez-le comme un compliment, précisa Melanie. Il n'a pas essayé de tricher avec nous, seulement avec vous.

— J'en ai, de la chance.

Mais c'était en effet, bizarrement, un compliment. Lucy avait gagné le premier jeu, et elle avait trouvé la solution de la devinette de ce matin-là. Si elle remportait le prochain jeu, elle serait presque à mi-chemin de la victoire alors que l'on n'en était qu'au deuxième jour.

À cet instant, Jack apparut sur le sentier et vint se placer devant la table où ils étaient assis. Miss Hyde l'accompagnait, serrant un porte-documents en cuir.

— Rebonjour, les enfants. Comme vous l'avez constaté, vous n'êtes plus que trois. Dustin est parti il y a une heure. Il m'a demandé de te présenter ses plus plates excuses, Lucy. Apparemment, il souffre de TSPE – Trouble de stress de prêt étudiant.

— Pas de souci, dit Lucy. Je lui pardonne.

— Un petit rappel pour tout le monde, décréta Miss Hyde. Toute tricherie, ou tentative de tricherie, quel que soit le mode opératoire, entraînera votre disqualification immédiate.

— Et c'est bien dommage, commenta Jack d'un air triste. Pour ma part, je suis totalement pour la tricherie, le mensonge et le vol. Où croyez-vous que je trouve toutes mes idées de livres ?

— Ça, c'était une plaisanterie, expliqua Miss Hyde. Aucune accusation crédible de plagiat n'a jamais été formulée contre Mr Masterson.

— Je pense qu'ils avaient compris que je plaisantais. (Jack frappa dans ses mains et les frotta avec une jubilation diabolique.) Maintenant que ce petit désagrément est réglé, jouons à un nouveau jeu.

Miss Hyde ouvrit son porte-documents et leur distribua à chacun une feuille de papier.

— Qu'est-ce que c'est que cette liste ? demanda Andre. *La Chasse au Trésor Parfaitement Impossible* ? Sérieusement ? Nous devons participer à une chasse au trésor que personne ne peut faire ? Comment est-ce censé fonctionner ?

Lucy prit sa feuille et découvrit les composantes de sa liste.

Un échiquier sans case blanche
Un faux nez de Viking
Un géant de jardin

— Une brouette pour fée ? s'exclama Melanie. Vous rigolez ? Soit c'est moi qui perds la boule, soit cette liste est délirante.

— Peut-être les deux à la fois, répondit Jack. Je parierais pour les deux, personnellement. Deux points à celui ou celle qui découvrira le secret de la chasse. Mais aucun point pour la deuxième place.

— Il nous faut un indice, Jack, protesta Andre. Je ne peux pas passer ma journée à chercher un origami en salami ou un poisson à secret !

— S'il vous plaît, supplia Melanie. Je me sens si bête après le dernier jeu. Je sais que ce sera quelque chose de tout à fait évident quand nous aurons compris. Vous ne pourriez pas le rendre un peu plus évident avant qu'on démarre ?

Elle souriait, mais son sourire était timide, tendu. Melanie avait-elle besoin de gagner le livre autant que Lucy ?

— Ah, mais c'est la vie ! Notre vision rétrospective est excellente, vingt sur vingt, dit-on, et ce n'est pas faux. C'est après avoir fait le mauvais choix que nous apprenons quel était le bon. Pour citer le prétendument génial mais surtout incompréhensible Søren Kierkegaard : « La vie ne peut être comprise qu'à reculons, mais il faut la vivre en avançant. » Ou, comme le savent tous les écrivains, vous ne pouvez comprendre le début qu'après avoir lu la fin. Et ce sont là tous les indices que je vous donnerai. Bonne chasse, les enfants.

***

Les trois concurrents lurent et relurent la liste.

Un pouce de coup
Un humble acteur
L'ombre d'une ombre

Lucy avait envie de rire, mais les enjeux étaient trop élevés. Les deux premiers jeux avaient semblé si faciles qu'elle avait commencé à croire qu'elle pouvait gagner le concours. À présent, son estomac se nouait. Elle ne voyait pas du tout comment procéder.

— Il y a forcément un truc, d'accord ? dit Melanie.

Miss Hyde s'éclaircit la gorge avant de tourner les talons pour suivre Jack dans la maison.

— D'accord, pas de collusion. Je vais aller réfléchir ailleurs, conclut Melanie.

Lucy la regarda s'éloigner au hasard. Andre, qu'elle trouvait un peu trop sûr de lui, prit un autre chemin. Malgré le soleil qui brillait, la brise qui leur effleurait les cheveux et le ciel rempli d'oiseaux portés par les courants atmosphériques, ils n'avaient d'yeux que pour la liste.

Lucy resta à la table de pique-nique pour relire l'énigme. Melanie avait raison, bien sûr. Il devait y avoir un truc, un double sens, quelque chose d'évident qui lui échappait. Son premier instinct était de googliser certaines expressions sur son téléphone, pour voir si elles signifiaient quoi que ce soit. Mais ç'aurait été de la triche.

De toute façon, Lucy doutait fort qu'Internet puisse l'aider. Jack devait avoir inventé ce jeu tout seul, comme s'il sortait d'un de ses livres. Et s'il ressemblait à ce qu'il y avait dans ses livres, c'était une énigme que même un enfant pourrait résoudre.

De quoi s'agissait-il, alors ? Quel était le secret de la liste ?

Pour cette chasse au trésor, Lucy décida qu'une visite dans la Ville de Petite Aiguille s'imposait. Le Magasin du Pirate était logé dans la version dessin animé d'une cabane de mineur de l'époque de la ruée vers l'or, avec son toit en pente, ses plantes mal ajustées et son enseigne peinte à la main. Mais lorsqu'elle regarda par les fenêtres, elle vit que les étagères étaient vides. Ce n'est pas de là que l'aide lui viendrait.

Elle continua à marcher, suivant les rails menant à la gare de Samhain, jusqu'au moment où ils s'arrêtaient brusquement au milieu d'une clairière. Il n'y avait là rien d'autre qu'une prairie envahie par les fleurs sauvages. C'était très joli, mais rien à voir avec la gare décrite dans les livres. Pas de tours. Pas de trônes-citrouilles. Pas de Lord et Lady Octobre. Rien qu'une voie ferrée qui n'allait nulle part.

Lucy s'assit à terre parmi les fleurs en veillant à ne pas écraser les fourmis ou les abeilles. Elle réétudia la liste, mais aucune idée lumineuse ne lui vint.

Le rire d'un coq ?

Un bourgeon de boomerang ?

— Jack, où voulez-vous en venir ? murmura Lucy.

La réponse devait être visible comme le nez au milieu de la figure. Elle serait incapable de la trouver, quelqu'un d'autre gagnerait cette manche, et c'en serait fini de son coup de chance. Et si Hugo se trompait en la croyant bien partie, si elle perdait non seulement ce jeu, mais le concours ? Ce serait le retour à la case Redwood, et elle devrait à nouveau tricoter des écharpes à vendre sur Etsy jusqu'à en avoir de l'arthrite, à s'empiffrer de sucres lents afin de pouvoir vendre son plasma deux fois par semaine sans s'évanouir, et à attendre que sa vie démarre enfin, en sachant que cela serait impossible tant que Christopher ne serait pas son fils.

Et s'il ne devenait jamais son fils, cela signifiait-il que sa vie ne démarrerait jamais ?

Non, cela signifiait que sa vie à lui ne démarrerait jamais. La vie dont ils avaient rêvé ensemble, en tout cas, la vie qu'elle lui avait promise. Leur vie simple et stupide. Ni châteaux, ni tours, ni îles magiques, rien qu'un deux-pièces et une voiture d'occasion à peu près correcte. Et tout ce qui l'empêchait d'obtenir ça, c'était sa cervelle, incapable de comprendre ce que pouvait bien être « un écrit de cri » ou « un bourgeon de boomerang ».

Le sol était froid et dur, et les pieds de Lucy s'endormaient peu à peu. Elle se leva et épousseta son pantalon. Refoulant ses larmes, elle marcha à travers bois, sans savoir ce qu'elle cherchait mais ne supportant plus l'immobilité. Personne n'avait jamais gagné une chasse au trésor en restant assis. Bientôt, la forêt devint moins dense et fut remplacée par de hautes herbes. Le chemin de pierre s'arrêtait sur une passerelle en bois. Lucy la franchit, puis fit un virage qui la conduisit, une cinquantaine de mètres plus loin, au phare.

L'édifice n'était pas grand, mais charmant. Blanc, haut d'à peu près sept mètres et surmonté d'un dôme rouge vif, joyeux comme un bonnet de marin. Lucy se tint dans la lumière du soleil, un vent vigoureux soufflant dans ses cheveux et sur son visage. Elle se rappelait la pendule dans le salon de Jack, avec le phare au-dessus.

Le phare de Midi et Minuit était équipé d'une échelle extérieure qui menait à une plateforme d'observation. Lucy s'essuya les mains sur son jean et s'agrippa aux échelons. Elle grimpa jusqu'au sommet et s'aperçut que le bâtiment semblait beaucoup plus haut que vu du sol. La tête lui tourna d'abord, mais elle s'accrocha à la balustrade pour contempler l'océan.

Il était éblouissant, ou aurait dû l'être – les bleus, les gris, les dorés, les argentés. Le soleil jouait à cache-cache derrière les nuages d'argent. Mais ç'aurait pu être un mur de brique, car elle n'en tirait pas plus de plaisir. Les minutes s'écoulaient – *tic-tac, tic-tac* – et elle manquerait bientôt de temps. Elle avait vu la détermination dans les yeux d'Andre. Il en était peut-être déjà à la moitié de la liste, alors qu'elle butait sur la première ligne.

Le premier soir, Jack leur avait annoncé qu'ils joueraient au jeu de l'île de l'Horloge. Si seulement il avait dit vrai ! Dans ses livres, les vœux des enfants étaient toujours exaucés à la fin. Sauf que… pas toujours, à y bien repenser. Souvent, les enfants voulaient une chose et en obtenaient une autre, meilleure. Parfois, ils ne savaient même pas ce qu'ils voulaient. Dans le tout premier, *La Maison sur l'île de l'Horloge*, Astrid et son frère Max voulaient que leur père revienne chez eux. À la fin, ce n'était pas ce vœu-là qui était satisfait.

Au lieu de regagner leur village, Astrid et son frère partaient vivre avec leur père dans la grande ville où il avait trouvé du travail. En venant sur l'île, ils avaient appris à affronter leurs peurs. Et lorsqu'ils avaient découvert leur courage, ils avaient finalement pu dire à leur mère qu'ils étaient prêts à renoncer à leurs amis, à leur école et à leur maison au bord de l'océan si cela signifiait qu'ils seraient à nouveau tous réunis.

Bien sûr, avant leur départ, le Cerveau leur avait offert un cadeau secret. Tandis qu'ils s'en allaient avec le camion de déménagement, une fois leur maison vendue, Astrid ouvrait une enveloppe qu'elle venait de recevoir, contenant un message et une clé. La lettre lui disait que le Cerveau avait acheté leur maison bleue au bord de l'océan, où Astrid pourrait revenir quand elle serait grande.

C'était une fin douce-amère, mais pleine d'espoir et de promesse. Par une ironie du sort, ce n'était pas son don pour résoudre les devinettes qui avait permis au vœu d'Astrid d'être exaucé, mais son courage et sa franchise. Très mignon. Très touchant. Mais cela n'aidait pas Lucy. À moins que…

Dans les livres, que devaient faire les enfants pour que leurs désirs deviennent réalité ?

D'abord, il fallait formuler un vœu. Puis aller sur l'île de l'Horloge. Après, répondre à des devinettes ou jouer à des jeux bizarres. Puis affronter leurs peurs. Lucy avait-elle peur de quelque chose ? Sauf de perdre ?

Elle inspira une grande bouffée d'air océanique et descendit l'échelle du phare. Elle retrouva le chemin et entreprit de faire le tour de l'île. Elle repassa devant les tables de pique-nique, puis atteignit la mare de Deux Heures.

Debout sur les rochers gris, usés par le va-et-vient sans fin des vagues, elle contempla l'eau cristalline, dans l'espoir d'y distinguer quelque chose. Des poissons, des algues, des étoiles de mer ou des oursins… mais elle ne vit rien. L'océan gardait ses secrets.

Ses secrets. Ses secrets. *Un poisson à secret.* Qu'est-ce que ça pouvait bien vouloir dire ?

Tout en parcourant la plage qui menait au rocher des macareux de Trois Heures, Lucy relut la liste.

Un pouce de coup
Un humble acteur
Une brouette pour fée
Un boit-sans-faim
Un origami en salami
Un loup qui pleure
Le rantanplan d'un tambour
Le rire d'un coq

Un genou de gnou
Un écrit de cri
Un poisson à secret
Une fleur d'enfer
Un charmant quiproquo
Un joujou pour sapajou
La médaille du roi Olav
Un échiquier sans case blanche
Un bourgeon de boomerang
Une jambe de bois de gala
Un faux nez de Viking
Un géant de jardin
L'ombre d'une ombre

Elle avait envie de hurler mais se retint. Les devinettes de Jack devenaient toujours évidentes dès que l'on connaissait la solution. Notre vision rétrospective est excellente, vingt sur vingt. Il leur avait bien dit ça ? Donc, ça devait signifier quelque chose...

Elle sortit un stylo de la poche de son manteau, compta avec son doigt et entoura chaque vingtième lettre. *L... O...* Elle les recompta toutes plusieurs fois, en incluant et en excluant les nombres. Rien.

Qu'est-ce Jack avait dit d'autre ?

« La vie ne peut être comprise qu'à reculons, mais il faut la vivre en avançant. » Une citation du philosophe Kierkegaard.

Comprise à reculons ?

D'accord, elle essaya de lire la liste en sens inverse.

Un pouce de coup donnait *puoc ed ecuop nU.*

Ça ne marchait pas non plus.

Jack avait aussi déclaré que tous les écrivains savaient qu'on ne peut comprendre le début qu'après avoir lu la fin.

Elle lut donc toute la liste en commençant par le dernier mot.

Ombre une d'ombre L'jardin…

Ce n'était pas ça.

Elle était sur le point de renoncer lorsqu'elle décida de regarder la dernière lettre de chaque élément. Avec son stylo, elle les encercla l'une après l'autre, et sut aussitôt qu'elle était sur une piste.

Un pouce de coup - P
Un humble acteur - R
Une brouette pour fée - E
Un boit-sans-faim - M
Un origami en salami - I
Un loup qui pleure - E
Le rantanplan d'un tambour – R
PREMIER

Le cœur battant à tout rompre, Lucy entoura les dernières lettres jusqu'à obtenir la réponse.

PREMIER QUI TROUVE GAGNE.

19

Lucy courut à en perdre haleine. En Californie, elle se rendait partout à pied ou à vélo, mais elle n'avait plus tellement couru depuis qu'elle avait quitté l'université. Elle s'en voulait à présent d'avoir laissé tomber le sport. Ses jambes et ses poumons se mirent à protester après seulement quelques minutes de sprint.

Mais elle continua. Pas question de ralentir. Elle courait comme les enfants quand retentit l'ultime sonnerie du dernier jour de classe avant les vacances d'été. Jack était vraisemblablement dans sa fabrique à histoires, vers laquelle elle filait donc. S'il n'était pas assis à son bureau… eh bien, il serait temps d'y penser une fois là-haut.

Elle n'était même pas à mi-chemin de la maison lorsqu'elle dut s'arrêter pour reprendre son souffle. Pliée en deux, haletante, bêtement reconnaissante pour les chaussures de marche qu'Hugo lui avait données – elle n'aurait jamais pu courir ainsi si elle avait eu aux pieds ses vieilles Converse –, Lucy avait les poumons en feu lorsqu'elle absorbait de l'air. Elle voyait la maison au loin.

Elle remarqua aussi autre chose. Quelqu'un, sur la plage de Cinq Heures.

Andre. Andre sur la plage, il n'y avait pas à s'y tromper, avec sa casquette de base-ball et son coupe-vent bleu électrique.

Et il courait.

Il courait vers la maison.

Lucy redémarra aussi vite qu'elle le pouvait, les semelles de ses nouvelles chaussures retentissant sur les planches de la passerelle entourant presque toute l'île.

Andre était plus grand qu'elle, plus fort, plus rapide, mais elle était plus près. Il courait dans un sens et elle dans l'autre, la distance à parcourir était la même, cinq cents mètres, puis quatre cents… Lucy avait l'impression que son cœur allait jaillir hors de sa poitrine. Trois cents mètres… elle avait envie de vomir. Deux cents mètres. Elle glissa sur une planche mal fixée mais se rattrapa avant de percuter le sol. Ces deux secondes de retard allaient-elles lui coûter la victoire ? Elle continua à courir. Andre était proche, mais elle aussi. Avec une dernière explosion d'adrénaline, Lucy remonta l'allée de galets jusqu'à la porte principale et fit irruption dans la maison. Andre n'était que quelques pas derrière elle. Elle devait maintenant trouver Jack. Elle songea à la bibliothèque, mais Andre montait l'escalier, pensant qu'il serait plutôt dans son bureau. Avait-il repéré Jack à la fenêtre ? Allait-elle gagner la course pour perdre en choisissant la mauvaise pièce ?

Lucy entra en trombe dans le salon, où Jack se tenait devant la cheminée, une tasse de café à la main.

À côté de lui, Melanie souriait, sirotant elle aussi une tasse de café.

Lucy s'écroula sur le canapé. Andre arriva une seconde après elle et contempla la scène.

— Merde ! s'écria-t-il en fermant la porte d'un coup de pied.

Le bruit fit sursauter Lucy.

— Désolée, les enfants, lança Melanie avec un haussement d'épaules. Comme a dit Jack, pas de points pour la deuxième place.

Lucy ne reprochait pas à Melanie son moment de triomphe. Elle ne serait pas mauvaise perdante comme Dustin.

— Je ferais mieux de rentrer chez moi, soupira Andre. (Il ne semblait pas désespéré, simplement résigné. Il s'assit sur le canapé, les épaules voûtées, l'air vaincu.) Ma femme m'avait prévenu : les filles sont plus intelligentes que les garçons.

C'était bon de constater qu'il avait encore son sens de l'humour. Lucy avait envie de pleurer, mais cela pourrait attendre.

— Ah, ne renonce pas, fiston, dit Jack en caressant l'épaule d'Andre.

Il lui adressa un clin d'œil. Andre sourit. La tension qui régnait dans la pièce se dissipa légèrement. Andre réussit même à plaisanter :

— Ne le prenez pas mal, Jack, mais j'aurais peut-être trouvé ça drôle quand j'avais onze ans. Maintenant, je trouve ça horriblement stressant.

Jack ne parut ni surpris ni offensé.

— Je vous donne seulement ce que vous vouliez autrefois, les enfants : faire un vœu, jouer à un jeu et gagner le gros lot.

Ce n'était pas ce que Lucy voulait. Elle adorait les livres, elle rêvait d'être un de leurs personnages, tout comme ses amis rêvaient d'aller à Poudlard ou à Narnia. Mais ce qu'elle voulait réellement, c'était ce que Jack proposait en plaisantant dans sa lettre : être son acolyte. Elle avait voulu vivre ici avec lui, l'aider, être comme sa fille et qu'il soit comme un père pour elle. Elle avait beau aimer les livres, elle aspirait à la réalité, pas au fantasme.

— Alors, quel est le prochain jeu ? demanda Andre. Je ne renonce pas encore.

— Vous le saurez ce soir après le dîner. Pour le moment, amusez-vous. Vous êtes sur l'île de l'Horloge, pas au goulag.

***

Non seulement Lucy n'était plus en veine, mais elle semblait désormais totalement à court de chance. Ce soir-là, ils jouèrent à l'Horlogopoly, la version locale du Monopoly. Avocat d'entreprise, Andre gagna haut la main. Melanie fut deuxième. Lucy ne marqua aucun point. Elle n'avait jamais joué au Monopoly auparavant. Elle aurait pu prendre plaisir à apprendre si la partie n'avait pas été aussi importante. Au lieu d'aller directement en prison, les joueurs allaient dans la tour de l'Horloge, et n'étaient pas autorisés à toucher leurs deux heures. Le temps, c'est de l'argent, disait le slogan écrit sur la boîte.

À la fin du deuxième jour, les scores étaient les suivants :

Lucy : 2

Melanie : 3

Andre : 2

Le troisième jour, il y eut d'autres jeux encore. Un Trivial Pursuit portant sur les livres de Jack. Lucy n'eut aucun mal à gagner. Melanie arriva en deuxième position. Puis ils jouèrent dans le jardin à « Cerveau a dit », une variante de « Jacques a dit ». Enfin, après le dîner, ce furent des tableaux vivants sur le thème de l'île. Il était extrêmement embarrassant de devoir interpréter des scènes tirées des livres pendant qu'Hugo les observait du fond de la bibliothèque, en essayant de ne pas rire trop fort.

Lucy remarqua une chose étrange, au cours de ces deux jours. Ils avaient presque oublié pourquoi ils jouaient. Surtout lors des tableaux vivants, quand Andre dut incarner Lord Octobre combattant les Garçons-Citrouilles et leur armée fantôme. Comment mime-t-on une armée fantôme ? Curieusement, il trouva une solution. Puis Lucy dut être Astrid escaladant le phare pour retrouver son frère enlevé par l'infâme brigand de l'île, le Forban Fourbu.

C'était l'anarchie. Et c'était drôle. Si drôle qu'elle devait se rappeler de rester concentrée. Christopher avait besoin qu'elle gagne. Elle ne pouvait pas oublier pour quoi elle se battait.

À la fin du troisième jour, les scores n'avaient rien de rassurant.

Lucy : 5

Melanie : 6

Andre : 5

Mais il restait encore deux jours. Tout demeurait possible. Chacun des trois pouvait encore gagner.

Après les tableaux vivants, ils s'attardèrent dans la bibliothèque. Les domestiques vinrent servir du chocolat chaud avec une montagne de crème Chantilly. Ils savourèrent leur boisson tandis qu'un bon feu crépitait dans la cheminée.

— OK, Jack, dit Andre après avoir bu si goulûment son chocolat chaud qu'il avait de la chantilly sur le nez, je suis désolé d'avoir prétendu que je ne m'amusais pas.

— Ne te presse pas trop de me présenter tes excuses, répondit Jack. Demain, vous n'allez pas rire du tout.

Melanie et Andre se regardèrent. Lucy jeta un coup d'œil par-dessus son épaule, en direction d'Hugo. Il lui fit un clin d'œil et elle sentit la température de son corps gagner quelques degrés.

— Qu'est-ce qui se passe demain ? s'enquit Andre.

— Vous ne savez pas ? s'étonna Jack, pointant du doigt Melanie, puis Andre, puis Lucy.

— Je sais, déclara Lucy. Je crois savoir.

— C'est quoi ? demanda Melanie, penchée en avant, l'air inquiet.

Ils avaient tous l'air inquiet.

— Nous sommes dans un livre, pas vrai ? Vous affirmez que nous jouons comme les enfants dans *Les Aventures de l'île de l'Horloge*.

— En effet, confirma Jack.

— Eh bien, voici comment ça se passe : un enfant arrive sur l'île, il résout des devinettes et joue à des jeux comme nous l'avons fait. Et enfin, il...

— Affronte ses peurs, acheva Andre. C'est ça ? C'est ce que le Cerveau dit toujours aux enfants : « Il est temps d'affronter vos peurs, mes chers petits. »

— Très bien, acquiesça Jack.

— Ça m'inquiétait toujours, quand le Cerveau disait ça, avoua Andre. Ça signifiait que ça devenait sérieux, sur l'île. J'ai fait des cauchemars pendant des mois après avoir lu *La Machine à fantômes*, quand le héros est pourchassé par un fantôme qui est son sosie. Enfin, Jack, c'était quoi, cette idée ?

— Mon éditrice a tenté de m'en dissuader.

— Pourquoi ? s'étonna Melanie.

— Parce que, selon elle, mes jeunes lecteurs en feraient des cauchemars pendant des mois. Je prétendais que non. Je lui dois peut-être des excuses, ajouta-t-il en se tapotant le menton. Elle ne les recevra pas, mais je lui en dois.

— Vous allez vraiment nous faire affronter nos peurs ?

Andre semblait sceptique, comme s'il était trop vieux pour avoir peur de quoi que ce soit.

— Ah, mais c'est le plus important de tous mes défis, répondit Jack en posant sa tasse sur la cheminée. Impossible de gagner tant que vous n'aurez pas affronté vos peurs. Jusque-là, ce sont vos peurs qui gagnent.

— Nous sommes tous des adultes, à présent. Je n'ai plus peur des araignées, des serpents ou des fantômes. Aujourd'hui, j'ai peur que mon père meure faute de trouver un donneur de rein. C'est la plus grande de mes craintes, et je vous promets qu'il n'y a pas un instant où je cesse d'y penser. Qu'est-ce que vous allez y faire ?

La question d'Andre était légitime. Comment Jack pouvait-il confronter des adultes à leurs peurs ? Ce n'était pas comme s'ils avaient encore dix ans, comme s'ils redoutaient l'obscurité, comme s'ils craignaient de révéler à leurs parents qui avait cassé le vase en porcelaine, ou comme s'ils n'osaient pas dire à leur meilleur ami qu'ils étaient désolés… Comment forçait-on un adulte à affronter ses peurs, quand le fait d'être adulte consistait précisément à avoir ses peurs sous le nez chaque matin au réveil ?

— Je n'ai peur que de perdre ma librairie, expliqua Melanie. Vous avez déjà essayé de faire marcher une librairie pour enfants dans une petite ville ? Même les épiceries ferment. Comment affronter ce que nous affrontons déjà ?

La réponse de Jack fut énigmatique :

— Vous verrez bien.

Lucy frissonna. Elle le croyait. Si quelqu'un pouvait trouver un moyen de leur faire combattre leurs peurs, c'était le vieux Cerveau.

— Un avertissement, ajouta l'écrivain. Affronter vos peurs ne vous vaudra aucun point. Mais si vous ne le faites pas, vous ne pourrez pas participer au dernier jeu.

Lucy inspira profondément. Il leur avait laissé entendre que cette épreuve viendrait, mais elle semblait bien loin. Elle s'y plierait néanmoins, quelle qu'en soit la nature. Embrasser un serpent. Marcher sur un fil au-dessus de l'océan. N'importe quoi si ça lui permettait de gagner.

— À présent, reprit Jack, j'ai une information encore plus grave. La météo a émis un avis de tempête pour ce soir. Vent violent et pluie. Si vous aviez prévu une escapade en canot, je vous suggère de la déprogrammer. Bonne nuit, les enfants. Faites de beaux rêves.

Il s'apprêtait à partir, mais Andre l'arrêta par une question :

— Et vous, Jack, avez-vous affronté vos peurs ?

Sa voix était polie, mais Lucy détecta une note de défi. Il n'était pas juste de la part de Jack de les mettre face à leurs peurs si lui-même ne l'avait pas fait.

Jack resta muet un moment, alors que la maison était tout sauf muette. La tempête prenait de l'ampleur, les branches frappaient aux vitres. Des rafales secouaient le toit. Dans la cheminée, le feu dansait à chaque coup de vent.

— Voici une devinette pour vous, énonça finalement Jack. *Deux hommes sur une île…*

— Ah, pitié ! s'exclama Hugo avec un gémissement.

La pièce redevint silencieuse, à part le vent et le feu. Jack recommença :

— *Deux hommes sur une île attribuent à la mer*
La perte d'une épouse et la mort d'une fille.
Pourtant aucun n'est père et aucun n'est marié.
Quel est donc le secret de la mer et des femmes ?

Avec un dernier regard aux participants, Jack précisa :

— Résoudre cette devinette ne vaut pas de points, désolé. Mais si vous y parvenez, vous remporterez une autre sorte de récompense.

Là-dessus, il les laissa seuls dans la pièce.

Lucy regarda Hugo. Leurs yeux se rencontrèrent.

— Ah non, il ne faut rien me demander. Si vous devinez, je vous raconterai tout, mais ce n'est pas seulement mon histoire à moi.

— Mais vous connaissez la réponse ? l'interrogea Andre.

— Bien sûr. C'est moi, l'autre homme sur l'île. Malheureusement.

Andre se tourna vers Melanie.

— Vous avez des idées ?

— Pour moi, ça n'a aucun sens. Comment perdre une fille si on n'a jamais eu d'enfants ?

— Et vous ? dit-il à Lucy.

— Aucune idée, répondit-elle sans quitter Hugo des yeux.

Mais elle mentait.

En réalité, elle avait une idée précise.

QUATRIÈME PARTIE

Affrontez vos peurs, mes petits farceurs

— Astrid ? Max ? Où êtes-vous ? Astrid ?

Astrid reconnut la voix de sa mère. Elle l'aurait reconnue n'importe où, même si elle semblait un peu bizarre. Elle se rendit compte qu'elle n'avait encore jamais entendu sa mère terrorisée. Bien sûr qu'elle était terrorisée. Astrid et Max avaient disparu de la maison la veille au soir. Comment leur mère savait-elle qu'ils étaient sur l'île de l'Horloge ?

— Qu'est-ce qu'on fait ? demanda Astrid au Cerveau.

Celui-ci se tenait dans l'ombre d'une énorme armure, de sorte que cette ombre paraissait lui servir d'armure. La jeune fille avait passé toute la nuit sur l'île, mais elle n'avait toujours pas vu son visage. Elle ne le verrait peut-être jamais.

— Si tu étais à sa place, que voudrais-tu que tes enfants fassent ?

La voix du Cerveau était douce, plus douce qu'elle ne s'était fait entendre jusque-là.

Max répondit avant qu'Astrid en ait eu le temps :

— Elle nous cherche. On devrait peut-être lui dire où on est.

Il regarda l'ombre, mais l'ombre garda le silence.

— On ne peut pas. Elle nous tuera, chuchota Astrid à Max.

— On ne pourra pas rester cachés tout le temps, si ?

— Max ? Astrid ? Où êtes-vous ?

Ils virent leur mère sur la plage, ses cheveux et son manteau fouettés par le vent furieux et la pluie battante. Elle devait avoir froid, là-bas, peur et froid.

— Astrid ?

Ça faisait mal d'entendre sa voix ainsi, ça faisait mal de la voir aussi apeurée.

— J'ai peur, souffla Astrid.

— Parce que vous allez avoir des ennuis ? demanda le Cerveau.

— Parce qu'elle voudra savoir pourquoi nous nous sommes enfuis. On sera obligés de lui dire.

— Lui dire quoi ?

Le Cerveau avait une façon de poser les questions qui donnait l'impression qu'il connaissait déjà la réponse, avant même qu'on la connaisse soi-même.

— Lui dire qu'on veut être avec Papa, même si ça signifie déménager, expliqua Max. Ils ont décidé que Papa irait travailler à la ville, et qu'on ne bougerait pas pour ne pas avoir à changer d'école. Mais si on lui dit qu'on veut être avec Papa plutôt que de rester…

— Alors on partira, conclut Astrid.

Et c'était ce dont elle avait le plus peur… tout abandonner, tout recommencer. Une nouvelle vie dans une nouvelle ville avec de nouveaux amis – ou peut-être sans amis. Qu'y avait-il de plus effrayant ?

Rester, *comprit-elle. Rester sans leur père. C'était la seule chose plus effrayante.*

Astrid prit la main de Max et déclara :

— Allons-y.

Ils sortirent ensemble en courant, sans même penser à dire au revoir au Cerveau.

— Maman ! cria-t-elle. Maman, on est là !

Extrait de *La Maison sur l'île de l'Horloge*, premier volume des *Aventures de l'île de l'Horloge*, par Jack Masterson, 1990

20

Hugo sortit de la bibliothèque après Jack. Lucy attendit un peu, mais il ne revint pas. Il avait dû regagner l'auberge, supposa-t-elle. Pouvait-elle l'y rejoindre ? Oui. Mais que dirait-elle alors ? « J'ai oublié de vous remercier pour les chaussures. À propos, si j'ai bien résolu la dernière devinette, ça veut dire que votre femme vous a quitté pour un autre homme. Racontez-moi tout. »

Ça ne passerait peut-être pas très bien.

Un objet emporté par le vent vint soudain heurter le mur de la maison. Les trois concurrents furent tirés de leur torpeur par ce bruit soudain. Jack ne plaisantait pas lorsqu'il les avait mis en garde à propos de la tempête imminente.

— Le Maine, c'est vraiment une région de fous, commenta Andre, les yeux tournés vers la fenêtre et, plus loin, vers l'océan tumultueux. On croirait un ouragan.

— Ce n'est qu'un gros orage, dit Lucy, espérant que ça ne deviendrait pas une tornade.

— Je déteste les orages, avoua Melanie qui frémit, secoua la tête et eut un petit rire. Je me demande si Jack a organisé ça pour m'obliger à affronter ma peur des tempêtes.

Andre la regarda.

— Je pensais que vous n'aviez réellement peur que de perdre votre librairie.

— Si vous voulez la vérité, j'ai peur de donner raison à mon ex-mari en perdant ma librairie. Lors du divorce, il m'a dit que je n'arriverais jamais à la rendre rentable. J'ai horreur de penser qu'il avait raison, et que je ne savais pas ce que je faisais.

À cette confession, le cœur de Lucy se serra.

— Quand je vous ai rencontrée, dit-elle, je pensais que vous meniez une vie idéale. Tout avait l'air de vous réussir.

— La seule chose que je réussis, c'est mon maquillage, répliqua Melanie.

— En fait, reprit Andre en allant se placer devant le feu agonisant, la chose dont j'ai le plus peur, c'est de révéler la vérité à mon fils. Il sait que son grand-père est malade, mais on ne lui a pas expliqué qu'il ne survivrait pas s'il n'obtient pas très vite une greffe du rein. Ils s'entendent si bien, son papy et lui.

— Vous ne pouvez pas lui donner un de vos reins ? demanda Melanie.

— Nous ne sommes pas compatibles. Mon père appartient à un groupe sanguin très rare. L'horreur.

— Vous refusez peut-être d'en parler à votre fils parce que vous ne voulez pas non plus que ça devienne réel.

Andre hocha la tête sans un mot.

— Je suis désolé pour votre père, compatit Lucy. Mais je dois admettre que je suis un peu jalouse que vous ayez de si bonnes relations avec votre père, votre fils et vous. J'aurais rêvé de connaître ça.

Andre sourit.

— J'oublie toujours la chance que nous avons. Merci de me le rappeler. Oh, je regrette les choses dont j'avais peur quand j'étais enfant. Je voudrais encore avoir peur des fantômes et des monstres dans les placards, au lieu de redouter que mon père meure avant d'avoir vu grandir son petit-fils.

— Et des araignées, renchérit Melanie. Et des rats. Les vrais rats sont beaucoup moins effrayants que celui que j'ai épousé.

— Eh bien, Lucy, et vous ? On vient de se mettre à poil, Melanie et moi. Vous, de quoi avez-vous vraiment peur ?

— Je ne sais pas trop, admit-elle tout en touillant le reste de chocolat au fond de sa tasse. Ou plutôt, j'ai l'embarras du choix. Revoir mon ex. Pire, lui révéler que je n'ai rien fait de ma vie. Ne jamais pouvoir faire l'unique chose que je veux réellement faire de ma vie. Découvrir que, si mes parents et ma sœur ne m'aimaient pas, c'était parce qu'il n'y a rien à aimer en moi. Et faites-moi confiance, je sais que ça paraît lamentable, mais on a beau vieillir, on a beau se répéter que c'était à cause d'eux et pas à cause de soi, on n'arrive jamais à s'en convaincre totalement.

Andre se pencha pour la regarder dans les yeux.

— Ce n'était pas vous. Je suis un père qui déplacerait des montagnes pour son fils, et je peux vous assurer que ce n'était pas vous. Les parents qui donnent à leur enfant le sentiment d'être indésirable ont un gros problème. Quant à vous, Melanie, toutes les entreprises traversent des moments difficiles. Même Apple était au bord de la faillite dans les années 1990. Je ne suis pas un imbécile, les crétins n'ont pas leur place à la fac de droit de Harvard, et pourtant, vous m'avez écrasé au dernier jeu.

— Merci, répondit Melanie avec un large sourire, avant de feindre un dégoût comique : Zut, maintenant, j'ai envie que vous gagniez tous les deux autant que j'ai envie de gagner.

— Jack est très rusé. Il avait probablement prévu ça.

— Ça ne m'étonnerait pas de lui.

— C'est sûr. On se voit demain au petit déjeuner. (Andre se dirigea vers la porte, puis se retourna face à ses deux concurrentes.)

J'espère que je gagnerai, mais si c'est l'une de vous deux, je serai heureux pour vous. J'espère que vos vœux à toutes les deux seront exaucés, je ne sais pas trop comment. J'espère que tous nos vœux seront exaucés.

Melanie lui sourit, et il sortit.

— Pourquoi avez-vous besoin d'argent ? demanda-t-elle à Lucy alors qu'elle quittait son fauteuil.

Lucy hésita. Elle détestait raconter son histoire larmoyante, mais elle profitait aussi de toutes les occasions de parler de Christopher.

— Il y a un petit garçon dont je voudrais devenir la famille d'accueil. J'ai même envie de l'adopter, mais chaque chose en son temps. Je ne remplis pas les conditions pour l'adoption. Lui et moi… nous voulons former une famille, mais ça ne marchera sans doute jamais.

— Sauf si vous gagnez et que vous vendez le livre.

— Oui. Sauf si je gagne.

— C'est un très bon vœu, commenta Melanie, souriante.

***

Par la fenêtre de sa chambre, Lucy regardait l'orage s'amplifier. Mon Dieu, comme elle regrettait les ciels tourmentés du Maine au printemps. Effrayants parfois, mais superbes, avec les nuages qui se précipitaient vers une ligne d'arrivée invisible, et l'océan qui s'agitait comme si un monstre marin allait en surgir. Elle imaginait Christopher ici avec elle, debout devant elle, le visage collé à la vitre. Une fois la tempête apaisée, ils courraient vers la plage pour ramasser du bois flotté et rejeter dans l'eau les étoiles de mer échouées.

Son téléphone bourdonna sur la table de chevet. Elle le prit et découvrit un long message de Theresa.

Je ne sais pas comment te le dire, mais Christopher est venu me voir dans la classe : il va changer de famille d'accueil. Ce sera chez un couple plus âgé, à Preston. Ils le laissent finir sa dernière semaine d'école. Je suis en pleine réunion, mais je t'appellerai dès que je pourrai. Il a très peur, ça le contrarie beaucoup, bien sûr, mais je crois qu'il ne se rend pas compte qu'il va devoir changer d'école l'an prochain. Je suis désolée, ma grande.

Lucy relut le message et le relut encore, jusqu'à ce que les mots fassent leur effet. Elle était trop choquée pour pleurer. Le déni fut sa première réaction : il devait y avoir erreur. Preston était situé à une trentaine de kilomètres de Redwood. Dans le même comté, mais…

Elle savait en théorie que les enfants étaient constamment ballottés d'une famille d'accueil à une autre, qu'ils étaient sans cesse forcés de faire leurs valises à l'improviste, qu'ils étaient transférés d'un établissement scolaire à l'autre, même si cela les traumatisait et rendait presque impossible de conserver un certain niveau.

Bien sûr elle savait tout cela, mais elle n'avait jamais cru que ce serait le cas pour Christopher. Il devrait peut-être s'en aller, mais pas dans une autre ville, pas dans une autre école.

C'était le pire cauchemar de Lucy.

Elle inspira profondément, par longues bouffées. Elle scrutait la chambre Océane comme si elle pouvait y trouver quelque part la réponse. Mais il n'y avait rien pour l'aider. Le lit. La commode. La coiffeuse. La peinture d'Hugo au-dessus de la cheminée. Quelques ouvrages disposés entre deux serre-livres en forme d'horloge à balancier.

Elle connaissait ces volumes. C'étaient les quatre premiers tomes des *Aventures de l'île de l'Horloge* avec leurs couvertures originales – *La Maison sur l'île de l'Horloge*, *Une ombre sur l'île de l'Horloge*, *Un message de l'île de l'Horloge* et *Mystères sur l'île de l'Horloge*.

Lucy rit et gémit. Elle secoua la tête et essuya d'une main les larmes sur ses joues.

Bien joué, Jack, pensa-t-elle. Il fallait le reconnaître : il avait trouvé le moyen de lui foutre une fameuse trouille. Affronter ses peurs ? Eh bien, il avait identifié la pire de toutes, non ?

Elle se leva, sortit de sa chambre et partit vers l'autre bout de la maison, là où Jack avait sa fabrique à histoires.

Elle frappa à la porte, un seul coup sonore.

— Oui ? répondit Jack de l'intérieur.

Lucy ouvrit et entra, refermant derrière elle. Jack était assis à son bureau, derrière une pile de papiers qui ressemblaient à des lettres.

— Lucy ! s'exclama-t-il avec un sourire sincère.

Il semblait toujours si ravi de les voir tous. C'était trop beau pour être vrai, non ?

— Bien essayé, Jack. Comment avez-vous fait ?

Il pencha légèrement la tête sur le côté.

— Fait quoi ?

— Pour que je croie avoir reçu un texto de mon amie Theresa ? Je sais qu'elle ne m'aurait jamais écrit ça, donc vous avez dû inventer un faux. Vous avez modifié votre numéro de contact pour que je croie que c'était elle. Affronter ses peurs ? C'est ça, la pire de mes peurs. J'ai parlé de Christopher à Hugo, et Hugo vous en a parlé.

— Oui, je suis au courant pour Christopher. Mais que s'est-il passé ?

— Vous le savez très bien. Vous, un de vos avocats ou quelqu'un d'autre m'a envoyé un texto m'annonçant qu'il était transféré vers une nouvelle famille d'accueil à trente kilomètres de Redwood.

Il soupira, puis s'avança sur son siège.

— Oh, Lucy. Je joue parfois à des jeux prodigieusement agaçants, mais je ne t'aurais pas torturée ainsi. Jamais, ma chère. Jamais.

Elle ne voulait pas le croire, pourtant elle le croyait, et maintenant qu'elle voyait son visage et ses yeux – ce visage chiffonné et sage, ces yeux fatigués et doux –, elle sut qu'elle avait été folle de penser un instant que Jack avait inventé ce message.

— Il faut que je rentre chez moi.

— Comment ? Maintenant ? Ce soir ? Il y a un orage.

— Peu m'importe. Je dois aller à l'aéroport prendre le premier vol disponible. Christopher s'en va après le dernier jour d'école. C'est vendredi. Le vendredi de cette semaine, Jack. Samedi, il sera parti, et si je ne rentre pas tout de suite, je ne pourrai même pas passer un peu de temps avec lui avant qu'il déménage. Je dois être là quand ils le transféreront, sinon… Sinon il le vivra très mal. Il sera terrorisé si je ne suis pas là. Il sera…

Seul. Il sera apeuré et seul. Non, elle ne pouvait pas laisser cela lui arriver. Pas à lui. Pas à son Christopher. Elle devait être là quand il s'en irait. Elle devait être là pour lui dire que tout irait bien, qu'elle lui rendrait visite le plus souvent possible, qu'il allait très bien s'adapter, qu'il aurait peur mais qu'il ne serait pas seul. Des mensonges, bien sûr. Il fallait qu'elle soit là *maintenant*.

— Lucy, je te confierais mon avion privé si j'en avais un et je ferais en sorte que tu sois ramenée chez toi à la minute, mais aucun pilote au monde n'accepterait de décoller par ce temps.

Comme par un fait exprès, quelque chose percuta le côté de la maison. Une branche arrachée à un tronc d'arbre, très vraisemblablement. Mais Lucy ne s'en souciait guère.

— Très bien. Alors je me débrouillerai toute seule pour regagner la terre ferme et louer une voiture.

Elle pivota sur les talons, et quand Jack la héla, elle se retourna car elle avait désespérément besoin d'aide.

— Ne fais pas ça. S'il te plaît. Nous pouvons t'aider, et nous le ferons. Mais tu dois être patiente.

— Patiente ? (Elle secoua la tête avec un rire amer.) Depuis que je suis enfant, vous me promettez que tout ira bien quand je serai grande. *Rien* ne va bien. Et maintenant, vous nous réunissez ici pour ce concours, mais pourquoi ? Parce que vous pensez que nous ferons tout ce que vous nous direz, comme les enfants dans vos histoires ? Même l'île de l'Horloge est un faux. Il n'y a pas d'orages dans les flacons, et la voie ferrée ne mène nulle part. *Nulle part.* Christopher est réel, lui. Il compte pour moi dix millions de fois plus que n'importe quel livre, n'importe quel jeu. Et je ne lui dirai pas qu'il doit attendre d'être grand pour être heureux. Il sera heureux maintenant, même si je dois me tuer à la tâche pour le rendre heureux.

Là-dessus, Lucy laissa Jack seul dans sa retraite.

Elle devait oublier l'écrivain. Oublier tout cela.

Elle n'avait qu'à aller à Portland. Là, elle louerait une voiture et roulerait jusque dans le New Hampshire ou jusqu'à Boston, d'où les avions décollaient encore. Évidemment, elle allait sacrifier la moitié de ses économies en location de voiture et en billet d'avion, mais il n'était pas humainement possible qu'elle reste ici, à l'autre bout du pays, alors que Christopher était seul et terrifié à Redwood. L'image du petit garçon dans sa chambre chez les Bailey, rangeant dans des sacs-poubelle ses quelques habits et ses quelques livres lui donnait envie de vomir.

La pluie n'était sûrement pas assez forte pour que Lucy ne puisse pas arriver au moins à Portland ce soir-là. Tout en jetant ses affaires dans sa valise, elle observa le ponton par la fenêtre et aperçut quelques bateaux sur l'eau. Ce n'était pas un ouragan, pas même une bourrasque. Juste un orage. Elle courrait jusqu'au ponton et elle verrait si elle pouvait emprunter une embarcation. Sean possédait un hors-bord, elle avait appris à s'en servir. Un hors-bord ferait l'affaire, ou un bateau de pêche. Elle prendrait même un canot si c'était la seule solution. Elle emprunterait d'abord, et présenterait ses excuses plus tard. Jack comprendrait.

Une fois sa valise faite, elle enfila la veste d'Hugo, descendit l'escalier jusqu'à la porte principale et sortit sous la pluie. C'était une pluie froide, drue et pénétrante, mais peu importait à Lucy. Sa décision était prise. Elle serait en Californie le lendemain matin, et rien ni personne ne pourrait l'en empêcher.

Elle baissa la tête et s'avança dans le vent. Elle eut beau serrer au maximum le cordon de sa capuche, celle-ci se rabattait constamment. Tant pis. Elle aurait les cheveux mouillés, voilà tout.

Le débarcadère était devant elle. Elle voyait les deux lumières à son extrémité, mais il ne restait désormais plus aucun bateau amarré. Bien sûr. C'était la nuit. Tout le personnel de maison avait regagné le continent.

Il devait bien y avoir d'autres bateaux ailleurs. Cette île appartenait à un millionnaire. Où était le hangar à bateaux ?

Lucy chercha en vain à proximité de la plage, parmi les arbres malmenés par le vent, et elle remarqua une petite construction en pierre. C'était peut-être ça. Elle repartit sur le chemin avec sa valise et prit l'embranchement qui menait vers la forêt et le bâtiment.

En s'approchant, elle comprit que ce n'était pas un hangar mais un local de stockage, derrière le cottage d'Hugo. Lui, il pourrait lui dire où trouver un bateau.

Elle frappa à sa porte, la martela de coups de poing.

— Hugo ? Hugo, c'est Lucy !

Il ouvrit, un téléphone à la main. Il était en pleine conversation, mais ne parut pas du tout étonné de la voir.

— Je te rappelle, dit-il dans le combiné.

Visiblement, il venait de prendre une douche. Il avait les cheveux humides et les pieds nus.

— Hugo, s'il vous plaît, il faut que j'aille à Portland.

— Pas ce soir, c'est impossible.

Il la prit par le bras et l'attira à l'intérieur. Ce devait être Jack, au téléphone.

— Lâchez-moi, ordonna-t-elle en se dégageant.

Elle voulait ouvrir la porte et sortir, quand Hugo eut une phrase qui l'arrêta :

— Ce n'est pas ce que Christopher voudrait que vous fassiez, et vous le savez.

21

DANS LA POITRINE DE LUCY brûlait une rage ardente. Elle secoua la tête, n'en croyant pas ses oreilles.

— Vous n'avez aucune idée de ce que Christopher veut ou ne veut pas. Vous ne le connaissez pas, et vous ne me connaissez pas non plus.

Hugo ne capitula pas.

— Je sais que vous voulez l'adopter. Je sais que vous avez besoin d'argent. Je sais qu'il faudrait un miracle pour que vous en obteniez. Vous l'avez dit vous-même. Eh bien, le voici, votre miracle.

Il écarta les bras pour désigner l'ensemble de l'île de l'Horloge, le fait qu'elle était ici, qu'elle se trouvait au milieu du miracle.

— Il ne vous reste que deux jours. Le concours n'est pas fini. Pourquoi abandonner maintenant ?

— Le concours ? Celui où je suis en train de perdre ?

— Vous n'avez qu'un point de retard.

— Quelle importance, les points ? Il faut que j'aille voir Christopher. Il doit être paniqué. Je le sais. Il a besoin de moi.

— Il a *envie* de vous voir maintenant. Il aura *besoin* de vous pour toujours. Vous pouvez lui donner ce dont il a envie en partant, ou lui donner ce dont il a besoin en restant et en gagnant ce concours idiot. Et vous pouvez le gagner. Le premier imbécile venu peut gagner aux jeux de Jack. C'est évident.

Il pointa du doigt son propre visage. Lucy éclata d'un rire soudain et perçant, puis fondit en larmes.

— Lucy…

Hugo lui posa délicatement ses mains sur les épaules.

— Je dois y aller, souffla-t-elle à travers ses larmes. Je ne peux pas rester ici pendant qu'il est tout seul là-bas. Vous n'imaginez pas ce que c'est d'être un enfant seul dans une chambre, qui sait que personne ne viendra à mon secours.

— À *mon* secours ?

— À son secours, oui. Le secourir. Vous voyez ce que je veux dire.

— Non. Dites-moi ce que vous voulez dire. Qui était censé venir à votre secours ?

Lucy se détourna, les mains sur le front.

— J'ai cru que ma sœur allait mourir. Elle a eu une poussée de fièvre, donc ils l'ont tout de suite conduite à l'hôpital. Faute de temps pour trouver une baby-sitter, ils m'ont emmenée et m'ont laissée dans la salle d'attente. Toute seule. (Ses yeux rencontrèrent ceux d'Hugo.) Je n'avais que huit ans. Ça a duré des heures. Des heures, Hugo. Je savais lire l'heure. Je suis restée seule pendant cinq heures dans cette salle. Personne n'est venu me voir. Personne ne s'est même assuré que j'étais encore là. Personne n'est venu me dire si Angie était morte ou en vie.

Hugo voulut l'enlacer, mais elle ne pouvait accepter cette étreinte. Elle garda les bras croisés devant son ventre.

— Je croyais qu'ils n'allaient jamais venir me rechercher. Quand vous avez huit ans et que vos parents ne vous aiment pas beaucoup, vous pensez à des choses comme ça.

Elle renifla et rit tout bas.

Hugo lui toucha le menton, l'obligea à le regarder.

— Qu'est-ce qu'il y a de drôle ? demanda-t-il doucement.

— C'est ce soir-là que j'ai commencé à lire les livres de *L'Île de l'Horloge*. Il y en avait un parmi une pile de coloriages. Je pense que si je n'ai pas perdu tout espoir ce soir-là, c'est grâce à ce livre. Parce que j'avais enfin de la compagnie. Et vous savez quoi ? Ils ne sont jamais venus me chercher. Mes grands-parents sont arrivés pour m'emmener chez eux. Mon père et ma mère ne sont même pas descendus pour me dire au revoir. Je n'ai plus jamais vécu avec mes parents ou avec Angie. Je leur rendais visite parfois, et ils ne faisaient même pas semblant d'avoir envie de me voir. (Elle sortit du cercle des bras d'Hugo.) Vous n'avez pas idée de ce que c'est qu'être seul et effrayé quand on est aussi petit, et quand on sait que personne ne viendra vous sauver.

Le regard d'Hugo était suppliant.

— Téléphonez-lui, Lucy. Demandez à Christopher s'il veut que vous partiez d'ici. Je vous parie jusqu'à mon dernier cent qu'il voudra que vous restiez pour continuer le concours.

— Je ne peux pas l'appeler. Il a… (Un nouveau sanglot se bloqua dans sa gorge.) Il a peur des téléphones.

Hugo plissa le front, perplexe.

— Comment ça ?

— Un matin, le téléphone de sa mère n'arrêtait pas de sonner et de vibrer. De sonner et de vibrer, encore et encore. Personne ne décrochait. Christopher est allé répondre, et c'est là qu'il les a vus – son père et sa mère morts dans leur lit, et le téléphone sonnait parce que l'employeur de sa mère voulait savoir si elle allait finir par venir travailler.

Hugo tressaillit douloureusement.

— Merde.

— Maintenant, il a peur des téléphones. Voilà pourquoi je ne peux pas l'appeler. Je ne peux pas lui demander ce qu'il veut. Il faut que je sois près de lui, c'est tout. Il le faut.

Elle se tourna vers la porte, mais Hugo la bloqua. Il leva les mains en signe de capitulation.

— Écoutez-moi. Je vais vous aider. Mais je suis sérieux : vous ne pouvez pas partir ce soir. Je ne voudrais pas sortir par ce temps, même pour aller jusqu'à la maison de Jack, et encore moins pour m'embarquer sur l'océan. Vous allez vous noyer, Lucy. Que deviendrait Christopher s'il vous perdait aussi ?

Elle baissa la tête. Des larmes brûlantes roulèrent sur son visage. Elle savait qu'Hugo avait raison, et Jack aussi. Les branches dansaient sur le côté du cottage d'Hugo, raclant les fenêtres avec des craquements et des grincements. Elle entendait le rugissement furieux de l'océan.

— Quand doit-il déménager ?

Hugo avait une voix calme, apaisante, comme un homme qui parle à un cheval effarouché qu'il ne veut pas faire fuir.

— Dès que les cours seront terminés. Donc vendredi soir, ou samedi matin.

— On n'est que mardi, OK ? Vous avez du temps. Demain matin, quand l'orage sera fini, nous saurons de façon certaine que nous pouvons vous trouver un vol retour, et je vous conduirai moi-même à l'aéroport. Vous serez à Redwood demain soir. Sans courir aucun danger. Si vous essayez de partir maintenant, vous n'arriverez pas chez vous. Jamais.

Elle fit la moue.

— Vous faites un peu trop dans le tragique.

— C'est l'hôpital qui se moque de la charité.

Elle ricana :

— Vous êtes aussi un peu sarcastique.

— Le sarcasme est ma langue maternelle. À présent, vous voulez bien me promettre que vous en avez terminé avec ces absurdités, ou je dois vous ligoter au débarcadère ? J'ai appris à faire les nœuds de marin, et croyez-moi, vous rirez moins quand vous aurez un nœud de cabestan ou un nœud de bouteille autour de la taille.

— D'accord, céda-t-elle en agitant la main. Mais seulement si vous me jurez que vous me conduirez vraiment à l'aéroport quand l'orage sera fini.

Hugo inspira profondément.

— Je promets que *si* vous voulez encore partir quand l'orage sera fini, je vous conduirai à n'importe quel aéroport dans un rayon de trois cents kilomètres. Ça marche ?

Elle éprouvait encore une terrible envie de s'enfuir. Elle regarda par-dessus son épaule, en direction de la porte. Pouvait-elle se fier à lui ? Il ne lui avait donné aucune raison de ne pas lui faire confiance…

— Lucy. S'il vous plaît. Jack a déjà perdu un de ses enfants. S'il en perdait un autre, ça le tuerait. Croyez-moi quand je dis que vous ne seriez pas la première jeune femme dont le corps s'échouerait sur l'île de l'Horloge.

Deux hommes sur une île attribuent à la mer…

Lucy se retourna. Il lui adressait un mince sourire.

— D'accord, dit-elle à contrecœur. Je resterai jusqu'à demain matin.

Hugo joignit les mains, visiblement soulagé.

— Merci. Je vous recommande d'attendre une accalmie pour repartir vers la maison. Asseyez-vous donc.

Il la débarrassa de son manteau (qui était à lui) et le suspendit dans un placard. Elle enleva ses chaussures (qu'il lui avait offertes) et les posa près de la porte. Il l'invita dans le salon.

Il venait d'allumer un feu dans la cheminée, où dansaient les flammes rouges, orange et bleues, dégageant une agréable chaleur qu'elle sentait pénétrer dans sa peau glacée. Elle se tint dos à l'âtre tandis qu'Hugo disparaissait dans une autre pièce.

Une fois seule, elle prit son téléphone et adressa une réponse au texto de Theresa.

Dis à Christopher que je rentre le plus vite possible. Il y a une tempête ici, mais je devrais pouvoir trouver un avion demain matin.

Theresa devait attendre ce message car elle réagit immédiatement :

Tu n'es pas obligée de revenir. Je veillerai à ce que tu puisses le voir ce week-end. Reste jusqu'au bout du concours. C'est ce qu'il voudrait.

Lucy contempla l'écran sans savoir que répondre, aussi remit-elle l'appareil dans sa poche.

Hugo revint, portant une pile de serviettes-éponges.

— Tenez.

Il lui en tendit une, qu'elle utilisa pour s'essuyer le visage et les cheveux. Elle avait sans doute l'air d'une folle, mais elle préférait ne pas y penser. Elle s'enveloppa les épaules dans une autre serviette.

— Qui était-elle ? demanda Lucy. Ou bien je ne suis pas censée savoir ?

Il s'assit sur la table basse devant elle alors qu'elle restait devant le feu pour se réchauffer.

— Vous avez résolu la devinette ?

— Il est question de deux hommes qui ont perdu « une » épouse et « une » fille. Pas « leur » épouse » ou « leur » fille. Ils pourraient avoir perdu l'épouse de n'importe qui, la fille de n'importe qui.

Hugo hocha la tête.

— Vous êtes futée.

— Je suis instit, c'est tout. Qui était la fille que vous avez perdue ?

— Elle s'appelait Autumn Hillard, dit Hugo, prononçant ce nom comme s'il était couvert de poussière, caché et tabou. Un accord de confidentialité avait été signé, et la famille ne pouvait pas en parler aux médias, c'est pour ça qu'il n'y a rien sur Internet.

L'estomac de Lucy se noua.

— Il y a eu un procès ? Contre Jack ?

Hugo croisa les bras devant sa poitrine.

— Jack, c'est Jack, vous le savez. Voilà pourquoi il est si facile à aimer. Et pourquoi il est aussi exaspérant.

Elle avait presque peur d'en savoir plus, mais il le fallait.

— Que s'est-il passé ?

— Le jour où je l'ai rencontré, Jack m'a dit que la règle numéro un de l'île de l'Horloge était : *Ne pas rompre le charme.*

— Le charme ?

Hugo haussa les épaules.

— Les enfants croyaient que Jack était le Cerveau. Que l'île de l'Horloge existait vraiment. Ils pensaient que, s'ils lui confiaient leurs vœux, il les exaucerait. Il y a sept ans, Autumn lui a écrit. Elle souhaitait que son père ne s'introduise plus dans sa chambre la nuit.

— Oh, mon Dieu.

Lucy plaqua une main sur sa bouche.

— Vous n'imaginez pas combien il reçoit de lettres de ce genre.

— Non, sans doute pas. Qu'est-il arrivé ensuite ?

— Elle habitait Portland, donc il a cru pouvoir l'aider. L'aider vraiment. Pas simplement lui répondre pour l'encourager à se confier à un adulte. Toutes ces lettres étaient transmises aux autorités, mais ce n'est pas facile de convaincre la police d'enquêter sur une accusation contenue dans une lettre de fan. (Hugo se frotta la nuque, visiblement réticent à poursuivre son récit.) Il l'a appelée.

— Il lui a téléphoné ?

— Elle avait indiqué son numéro dans la lettre. Jack l'a appelée. Et c'est là que tout a déraillé. C'est plus fort que lui, vous savez. Son propre père était un véritable tyran. Notre Jack est un nounours, sauf quand on lui montre un enfant qui souffre, et alors le nounours se change en grizzly. (Hugo sourit, pendant une fraction de seconde.) À un moment de leur conversation, il a dit quelque chose comme : « Mon vœu serait de te faire venir sur l'île de l'Horloge, où tu vivrais pour toujours en sécurité, avec moi. »

Lucy comprenait tout, à présent.

— Elle l'a cru.

— Oui. Elle a pensé que, si elle se rendait sur l'île, elle pourrait rester avec lui. Elle a fait comme vous, elle a pris le ferry. Mais ce jour-là, le ferry avait une autre destination. Quand tout le monde avait le dos tourné, elle a sauté par-dessus bord pour finir le trajet à la nage. (Le regard d'Hugo croisa celui de Lucy.) Jack avait l'habitude de se promener sur la plage chaque matin avant le petit déjeuner. Il ne l'a plus fait après avoir découvert le corps d'Autumn échoué sur la plage de Cinq Heures.

Sous le choc, Lucy resta muette. Hugo continua très vite, comme s'il arrachait un pansement.

— La famille a menacé de le poursuivre en justice, pour pédophilie. C'était culotté de leur part, non ? Mais comme j'ai dit, la police ne peut pas faire grand-chose à partir d'une accusation formulée par une morte dans un courrier de groupie. Les avocats de Jack ont acheté le silence des parents. Je ne connais pas le montant, mais ça devait être plusieurs millions de dollars, et tout le monde a signé un accord de non-divulgation. Jack était devenu un zombie, sinon il se serait battu. Après ça, il a cessé d'écrire, de se promener sur la plage. Il a cessé de vivre. C'est à ce moment-là que je suis venu habiter ici.

Cette histoire était bien pire que tout ce que Lucy aurait osé imaginer. Elle s'était dit que Jack Masterson avait fait une crise cardiaque, et qu'il s'était arrêté à cause de ça. Ou qu'il avait décidé de prendre sa retraite et de profiter de sa fortune. Ou encore, qu'il s'était lassé d'écrire des livres pour enfants et qu'il avait choisi un pseudonyme afin de publier des livres ennuyeux pour adultes ennuyeux. Elle n'aurait jamais pensé qu'il avait malgré lui provoqué la mort d'un enfant, qu'il avait dû payer un violeur incestueux pour qu'il se taise.

— Je ne peux pas croire qu'il leur ait donné des millions.

— Vous vous demandez encore pourquoi il déteste autant les juristes ?

— Si ça s'était ébruité…

— Ç'aurait été la fin, pour lui, confirma Hugo.

Cette histoire aurait été sordide, écœurante, sinistre. Un auteur jeunesse accusé d'avoir attiré une jeune fille dans son île privée. La carrière de Jack ne s'en serait jamais remise.

— Pauvre Jack !

Elle aurait aimé lui parler, lui dire qu'elle était désolée, le serrer longuement dans ses bras.

Hugo se leva.

— Maintenant, vous savez pourquoi j'habite ici depuis six ans. Il fallait quelqu'un pour veiller sur lui, l'empêcher de se jeter dans l'océan. Et certains jours, j'ai dû littéralement le retenir par la peau du cou.

Lucy eut un petit sourire.

— Merci d'avoir fait ça pour lui.

— Il en a fait autant pour moi. (Hugo détacha la serviette de ses épaules et s'en servit pour lui tamponner le bras.) Vous êtes à peu près sèche et réchauffée, à présent ?

— Réchauffée, oui, mais sèche, on en est loin. Je suppose que les hommes à cheveux courts n'ont pas de sèche-cheveux ?

— Non. Mais les artistes en ont.

***

Hugo rapporta le sèche-cheveux de son atelier, sous les yeux incrédules de Lucy.

— Attendez. Vous peignez avec votre sèche-cheveux ?

L'appareil était maculé de gouttelettes de peinture de toutes les couleurs de l'arc-en-ciel.

— Je m'en sers quand j'ai besoin de faire sécher très vite de la peinture acrylique. Les petits secrets du métier.

— Et ça vous arrive souvent ?

— Chaque fois que je dois livrer une peinture pour avant-hier. (Il tenta de prendre en air coupable alors qu'il s'en savait incapable.) Selon Jack, une date limite, c'est comme une soirée. Un vrai gentleman doit toujours avoir un léger retard. Facile à dire, il est riche comme Crésus. Nous autres, pauvres gens, nous nous pointons avec cinq minutes d'avance en espérant qu'on ne nous mettra pas à la porte.

Souriante (Hugo fut ravi de la voir sourire à nouveau), Lucy emporta le sèche-cheveux et sa valise dans la salle de bains. En son absence, il monta dans sa chambre appeler Jack.

— Elle est chez toi ? demanda Jack dès qu'il décrocha.

— Je la tiens. Je lui ai remonté les bretelles, et elle s'est calmée. Mais je ne suis pas certain qu'elle reste tranquille.

Il l'avait simplement convaincue d'attendre qu'il soit sans danger d'aller à Portland, pas de patienter toute la semaine.

— Détourne son attention. Sollicite son aide pour un projet.

— Son aide pour un projet ?

— Ça marche à tous les coups, répondit Jack.

— Je ferai de mon mieux. Et toi… (Hugo répugnait à poser cette question, mais c'était indispensable.) Jure-moi que tu n'as pas combiné tout ça ? Tu leur as bien dit qu'ils allaient devoir affronter leurs…

— Je n'aurais jamais mêlé Christopher ou un autre enfant à ce jeu.

— Alors, si ce n'est pas ça, que vas-tu faire subir à Lucy ?

La réponse de Jack fut aussi horripilante qu'Hugo le prévoyait :

— Rien de trop sinistre.

— Si tu lui fais du mal…

— Quoi ? Tu me mettras ton poing dans la figure ? On se battra en duel ?

— Du calme. Je dis simplement qu'elle est un peu fragile, à présent.

— Elle te plaît, pas vrai ? (Jack semblait très content de lui, comme s'il tirait les ficelles de toute cette histoire.) Tu as mon approbation.

— Je ne te la demande pas.
— Tu l'as quand même.
Hugo préféra ne pas relever.
— Pour ton information, je lui ai parlé d'Autumn. Je n'ai pas eu le choix. Ça l'a bouleversée.
— Très bien. Il fallait qu'elle sache. (Jack garda le silence un instant.) Fiston, tâche de la convaincre de rester au moins un jour de plus, s'il te plaît. Je veux lui faire rencontrer quelqu'un qui sera là demain.
— Qui ?
— C'est à moi de le savoir et à Lucy de le découvrir.

22

QUAND LUCY sortit de la salle de bains, Hugo avait disparu.

— Hugo ?

— Par ici ! lança-t-il du bout d'un couloir.

Intriguée, elle se laissa guider par sa voix.

— Qui a dit « Par ici » ?

— Moi. Vous venez ?

Elle arriva devant une porte entrouverte sur ce qui aurait dû être une chambre, mais lorsqu'elle la poussa, elle découvrit l'atelier d'Hugo.

— D'accord, je suis… Waouh !

Sur le seuil, Lucy eut le souffle coupé. Les yeux écarquillés, elle entra avec précaution. C'était comme dans *Le Magicien d'Oz*, quand Dorothy passe du Kansas en noir et blanc au pays d'Oz en Technicolor. Tous les murs étaient couverts de tableaux, du sol au plafond. Les bâches étendues au sol étaient barbouillées de toutes les couleurs. Sur les quelques tables s'empilaient des pots de peinture, des pinceaux, des pots à eau, et des potions magiques, apparemment. Une étagère ancienne en métal contenait une centaine de carnets fatigués. Même eux étaient couverts de taches.

— Quand vous vous ennuyez, vous vous mettez au milieu de la pièce et vous envoyez de la peinture partout ?

— Oui, répondit Hugo, à genoux à côté d'une pile de toiles.

— Ce sont tous des tableaux de *L'Île de l'Horloge* ?

— Plus ou moins. En plus de ce qui est offert à des œuvres caritatives, je conserve toutes les esquisses, toutes les photos, toutes les couvertures, tous les messages que Jack m'a écrits à propos de ces peintures.

Il détacha un Post-it jaune au dos d'une toile et le lui montra.

Lucy lut à haute voix :

— « Effrayant Oooooooh pas effrayant AHH ! » Pas très explicite, commenta-t-elle.

— À qui le dites-vous !

Elle rendit le carré de papier à Hugo, même si elle aurait aimé le garder en souvenir.

— Tout est ici, ou entreposé à Portland, poursuivit-il. Disons que l'éditeur de Jack m'a fait comprendre il y a des années l'importance historique et littéraire de... tout ça.

— Et vous les laissez accrochés aux murs ? Pas sous plastique ? Ou dans un coffre-fort ?

— Rien que des bâches, et un très bon déshumidificateur. (Hugo retira quelques housses des piles de tableaux.) Il y a du thé et des biscuits là-bas. Servez-vous.

Lucy s'approcha de l'unique table qui n'était pas maculée de peinture.

— Des cookies !

— Oui, c'est ce qu'en Angleterre nous appelons biscuits, et que vous, en Amérique, vous appelez cookies.

— Merci pour la leçon.

Lucy se remplit un mug de thé, agréablement chaud entre ses mains froides. Elle explora l'atelier, avec la sensation de visiter la plus petite et la plus curieuse des galeries d'art.

— Il y a aussi du cheese-cake.

— C'est vous qui l'avez fait ?

— Non, je l'ai volé dans la cuisine de Jack. (Il ramassa sa tasse à terre et se leva.) Je suis le pire des hôtes. Le sèche-cheveux fonctionne ?

— À la perfection. Merci de m'avoir prêté votre... appareil de peintre.

— En contrepartie, vous allez pouvoir m'aider. (Il désigna les toiles entassées contre le mur et empilées sur un chariot.) En deux mots, mon ex travaille dans une galerie, et elle veut que je lui envoie quelques-unes des couvertures des *Aventures de l'île de l'Horloge*. Aidez-moi à choisir. Il m'en faut cinq.

— Vous voulez que je vous aide à choisir des tableaux pour une exposition ?

— Personne n'aime ceux que j'aime, donc j'ai besoin d'un regard neutre.

Flattée, Lucy posa son mug et se dirigea vers Hugo.

— Je ne sais pas à quel point je pourrai être neutre, parce que j'adore toutes vos œuvres.

— Très bien. Je vais lui envoyer celle-ci.

Il brandit la toile en noir et blanc qu'il avait peinte pour *Nuit noire sur l'île de l'Horloge*.

— Pas celle-là. Elle est trop sombre.

Hugo éclata de rire et fit un pas en arrière.

— À vous de jouer, alors.

Lucy s'agenouilla sur la bâche. Par chance, les taches de peinture étaient sèches depuis longtemps. Elle examina lentement les tableaux, chacun associé à un livre, chacun associé à un souvenir.

Les Pirates de Mars contre l'île de l'Horloge
La Nuit des gobelins sur l'île de l'Horloge
Têtes de mort et têtes de lard
La Corneille mécanique
Le Gardien de l'île de l'Horloge

Elle les aimait tous, et les enfants qui aimaient les livres auraient tous été ravis de voir ainsi les couvertures, sur de grandes toiles où l'on pouvait observer chaque petit détail.

— Je peux vous poser une question personnelle ? dit Lucy tout en se penchant sur une autre pile de toiles.

— Allez-y. Je ne promets pas d'y répondre.

— Votre ex qui travaille dans une galerie d'art, c'est à elle qu'appartenaient les chaussures de marche que vous m'avez données ?

— Piper. La voici.

Il décrocha un petit portrait du mur. C'était une très belle femme aux cheveux noirs, qui avait l'air d'une sirène du grand écran, comme Liz Taylor. Lucy regrettait d'avoir demandé. Elle se jugeait bien terne, par comparaison.

— *Deux hommes sur une île*, dit-elle en croisant le regard d'Hugo. Vous m'avez raconté la mort d'une fille, donc je suppose qu'elle est l'épouse que vous avez perdue ? Si elle est l'épouse d'un autre, c'est qu'elle s'est mariée depuis.

Hugo remit le tableau à sa place.

— Je voulais qu'elle soit ma femme. À l'époque. Elle travaille dans une de mes galeries favorites à New York. C'est là que nous nous sommes connus. Quand je suis venu ici veiller sur Jack, elle m'a accompagné. (Il marqua une pause.) Ni elle ni moi ne nous rendions compte du temps qu'il faudrait pour que Jack sorte de sa dépression. Tout le monde n'est pas fait pour vivre sur une île. Elle a tenu six mois avant de ne plus supporter ça. Elle détestait l'isolement. Entre elle et Jack, j'ai dû choisir Jack. (Il reprit le portrait et le posa sur une pile, comme s'il voulait arrêter de le voir chaque jour.) Elle est à présent l'heureuse épouse d'un vétérinaire avec qui elle a eu une ravissante petite fille. Je suis très heureux pour elle.

— Encore du sarcasme ?

Il ne répondit pas tout de suite.

— Non. Je l'ai revue il n'y a pas longtemps, et ça ne m'a rien fait. La colère, l'amour, le désir, tout s'est évanoui. J'étais heureux pour elle. (Il soupira.) C'est terrible, je travaille mieux quand je suis malheureux. Mais je vais m'installer à New York, ça devrait y remédier.

— Rappelez-moi ce que vous payez comme loyer, ici ?

Le sourire d'Hugo le rendait si douloureusement beau que Lucy fit semblant de regarder à nouveau les tableaux, dans l'espoir qu'il ne la verrait pas rougir.

— Vous avez trouvé quelque chose qui vous plaît ? demanda-t-il.

Oui, vous, pensa-t-elle sans oser le dire.

— Euh… Ils me plaisent tous. Je cherche simplement *La Princesse de l'île de l'Horloge*. C'est mon préféré.

— J'en ai fait don à l'hôpital pour enfants Saint-Jude, avec *Le Prince de l'île de l'Horloge*.

— Ah. Et *Le Secret de l'île de l'Horloge* ? C'est le préféré de Christopher.

— Je l'ai donné… quelque part.

Lucy prit un air soupçonneux :

— Quelque part ?

— Vous n'avez pas le droit de me dire où ?

— Je peux vous le dire. Mais je ne veux pas vous dire où.

— Hugo…

— La famille royale est mécène officiel d'une école de dessin, vous savez, et…

— Arrêtez. Je vous déteste déjà assez.

— Ce n'est pas si impressionnant que ça. Ce n'est pas comme si ma toile était sur les murs de Buckingham Palace. Elle pourrait y être, cela dit.

— Taisez-vous tout de suite.

— Je vais vous chercher d'autres biscuits.

— Il paraît qu'il y a du cheese-cake ?

Hugo roula des yeux.

— Je rapporte le cheese-cake.

Pendant qu'il était sorti, Lucy se redressa pour s'étirer et remarqua une autre peinture à moitié cachée derrière un râtelier gris. Elle s'en approcha, la dégagea prudemment, et vit que c'était un autre portrait. Elle connaissait ce visage, ces yeux, ce petit nez.

— Ah, Davey, murmura-t-elle.

Elle entendit son hôte revenir et le regarda par-dessus son épaule. Hugo ne souriait pas.

— Je suis désolée. J'ai été indiscrète.

— Pas de souci. C'est une bonne peinture. Il y a des jours où… où j'ai envie de le revoir. C'est trop dur, certains jours.

— Je peux vous demander ce qui s'est passé ?

— Les enfants atteints du syndrome de Down ont parfois des problèmes cardiaques. Il n'a pas eu de chance.

Écartant une demi-douzaine de verres et de tasses souillés de peinture, Hugo posa deux assiettes de cheese-cake sur la table de travail.

— Il y a eu des complications, des caillots de sang. Il est mort à l'hôpital. Ma mère était avec lui, moi j'étais ici. Je travaillais.

— Je suis vraiment désolée, Hugo. (Elle lui toucha légèrement le bras, mais il ne réagit pas, se contentant de sortir le tableau de sa cachette pour le suspendre là où se trouvait auparavant l'effigie de Piper.) C'est un beau portrait.

— C'est facile de faire du beau à partir du beau. (Il se tut un moment.) Davey disait à des inconnus dans la rue que son grand frère illustrait les livres de *L'Île de l'Horloge*. Quand il entrait dans une librairie avec notre mère, il prenait des volumes dans les rayonnages et racontait à tout le monde que son frère avait fait les images. Le jour où une femme lui a demandé son autographe, il était heureux comme un roi. (Il sourit, puis le sourire s'estompa.) Jack était un prince quand c'est arrivé. Une véritable légende. Il a payé l'enterrement, il m'a payé l'avion pour que j'y assiste, il a racheté la maison de ma mère parce qu'elle a été incapable de gagner sa vie pendant plusieurs mois. Il nous a sauvés tous les deux.

Lucy savait qu'elle naviguait en eaux dangereuses. Ces plaies ouvertes devaient être manipulées avec soin.

— Ah, ça ne m'étonne pas que vous soyez venus ici quand Jack est entré dans une mauvaise passe.

— Je lui devais tant. Et je n'ai jamais pensé que ce serait... (Il regarda par la fenêtre, vers l'océan qui avait tué Autumn et qui avait emmené Piper loin de lui.) Je croyais qu'il se remettrait plus vite. Je ne sais même pas s'il va mieux ou s'il fait semblant pour que je puisse partir sans avoir le sentiment de l'abandonner.

— Il est le Cerveau, souvenez-vous ! (Lucy prit une assiette de cheese-cake et donna l'autre à Hugo, pour tenter de ranimer son sourire. Elle réussit.) Vous pouvez supposer tout ce que vous voudrez, mais vous ne saurez jamais ce qu'il mijote vraiment.

— Là encore, vous avez raison.

Ils entrechoquèrent leurs fourchettes et s'attaquèrent au cheese-cake.

***

Au bout de trois quarts d'heure et de quelques milliers de calories, Lucy avait choisi cinq tableaux parmi les archives d'Hugo. Il examina ses choix.

— Ah, *La Nuit des gobelins sur l'île de l'Horloge*, dit-il en hochant la tête. Je l'aime beaucoup aussi.

— Le livre m'a terrorisée quand j'étais petite. La plupart des histoires de Jack sont terrifiantes, mais celle-là était vraiment à mourir de peur.

— Vous voulez connaître le secret affreux de ce livre ?

Hugo plaça *La Nuit des gobelins* sur un chevalet libre. Lucy se leva, épousseta ses vêtements et rejoignit Hugo.

— J'hésite. Vous êtes sûr de vous ?

— Vous vous rappelez le sujet ?

— Un petit garçon arrive sur l'île de l'Horloge pour… Je ne sais plus trop, avoua Lucy en plissant le front. Ah si, il pense que son père est un loup-garou, et il veut trouver un remède pour le guérir. Lord et Lady Octobre l'envoient dans un château plein de monstres, c'est ça ?

— Presque. Le père de Jack était alcoolique. Il dit qu'il a l'impression d'avoir grandi avec un loup-garou. Quand son père était dans son état normal, tout allait bien, il était… humain. Quand il buvait, il devenait un monstre, en un clin d'œil. Il frappait son fils, il battait sa femme. À côté, mon père était un saint. Le mien a juste foutu le camp quand il a décidé qu'il ne voulait plus être père. Il n'a brisé que le cœur de ma mère, pas son bras.

— Mon Dieu.

Lucy contempla la toile, le petit garçon dans l'angle du tableau qui rassemblait tout son courage pour entrer dans le château où il trouverait un remède pour son père… ou la mort.

— J'ignorais, pour Jack. Est-ce qu'il…

— En parle parfois ? Non. Règle numéro un de l'île de l'Horloge : *Ne pas rompre le charme.* Les enfants ont besoin de croire au Cerveau. Ils n'ont pas besoin de savoir ce qui se cache derrière le rideau.

Lucy était pleine d'empathie, mais elle était bouleversée d'apprendre que Jack avait tant de secrets à garder. Que cachait-il d'autre au reste du monde ?

Hugo poursuivit :

— Il y a des années, Jack m'a raconté qu'il avait inventé l'île de l'Horloge les soirs où son père se changeait en loup-garou. Il se réfugiait sous sa couette et regardait l'écran lumineux de sa montre, en attendant que les heures s'écoulent. Les horloges étaient magiques pour lui – vingt-deux et vingt-trois heures étaient les heures dangereuses, celles du loup-garou, mais six, sept et huit heures du matin étaient les moments humains. S'il devenait maître du temps, il pourrait empêcher que sonnent les heures du loup-garou. L'horloge s'est peu à peu changée en île, en endroit où les enfants effrayés pouvaient aller pour trouver du courage.

— C'est ce que j'ai toujours apprécié dans ses livres, avant même d'en prendre conscience. Je savais seulement que si j'allais un jour sur l'île de l'Horloge, j'y serais la bienvenue.

Rien d'étonnant si Jack comprenait si bien les enfants, s'il savait si bien les décrire. Tout comme une partie de Lucy serait toujours dans cette salle d'attente à l'hôpital, à espérer que ses parents allaient revenir la chercher tout en sachant qu'ils ne le feraient pas, Jack serait toujours dans ce château noir à combattre des monstres pour sauver quelqu'un qu'il aimait.

Elle se frappa le front et gémit :

— Je me sens totalement nulle d'avoir envoyé balader Jack tout à l'heure.

— Non, il faut lui rappeler de temps à autre que les gens ne sont pas des personnages de ses histoires et qu'il ne peut pas les gouverner à sa guise. Croyez-moi, ma jolie, il a entendu bien pire venant de moi.

Hugo lui donna un léger coup de coude. Elle se détestait de se sentir si bien contre lui. Et elle se détestait d'autant aimer qu'il l'appelle « ma jolie ». Avec son T-shirt blanc, il dévoilait tous ses tatouages multicolores. Chaque fois qu'un de ses biceps remuait, les nuances et les formes se transformaient. Lucy avait l'impression de regarder une peinture vivante, animée.

— Vous avez choisi quels autres tableaux ?

Elle lui montra sa sélection. Il vérifia les quatre autres toiles, approuvant à chaque fois.

— Vous avez retenu *Le Gardien de l'île de l'Horloge*.

— J'ai eu tort ? Je l'adore. (Lucy prit cette peinture pour l'installer sur le chevalet.) Le phare et cet homme qui observe le ciel nocturne… (Elle désigna la silhouette masculine, illuminée par la pleine lune.) C'est tellement fort. Tellement mystérieux.

— Jack a déclaré que c'était son préféré. Je ne sais pas pourquoi.

— Je crois pouvoir deviner.

Hugo haussa un sourcil. Lucy lui rendit son coup de coude.

— Regardez, dit-elle en désignant tout le désordre de l'atelier. Les tableaux de *L'Île de l'Horloge*, les esquisses, les notes, les messages, toutes ces archives que vous avez ici…

— Eh bien ?

— Le gardien de l'île, c'est vous, Hugo. S'il aime cette couverture, c'est parce qu'il vous aime, vous.

Hugo détourna les yeux.

— Il lui faudra un autre gardien quand je serai parti.

— Je peux présenter ma candidature ?

Il la dévisagea, mais avec une étincelle dans le regard.

— Vautour ! Mon cadavre est encore chaud.

— Alors dépêchez-vous de refroidir, j'ai besoin d'une maison.

Il pointa un doigt vers le visage de Lucy, puis lui donna une chiquenaude sur le bout du nez. Lucy feignit d'être choquée.

— Vous l'aviez mérité, dit-il.

— Je n'ai aucun regret.

— Dehors, sinon il n'y aura plus de biscuits pour vous.

À contrecœur, Lucy quitta le superbe atelier maculé de peinture. Elle regagna le salon et alla se réchauffer les mains devant la cheminée. Tout à coup, son téléphone vibra dans sa poche arrière. C'était un nouveau message de Theresa.

S'il te plaît, reste et termine le concours. Je te promets de veiller sur Christopher. Si tu renonces à cause de lui, il ne se le pardonnera jamais.

— Tout va bien ?

Lucy leva les yeux. Hugo se tenait à la porte du salon, le front plissé par l'inquiétude.

— Mon amie Theresa vient de m'envoyer un texto pour me supplier d'aller jusqu'au bout du concours. Je ne sais pas. Jack dit que nous sommes tous les trois très loin de la victoire. Si c'est impossible à ce point…

— Ça n'a rien d'impossible. Jack est capable de beaucoup de choses aberrantes, mais il ne souhaite pas que tout foire. Moi, par exemple, je n'aurais jamais dû remporter le concours d'illustrations. Je devrais être employé dans une boutique de tatouage minable dans les bas quartiers de Londres, à essayer de ne pas me faire poignarder en rentrant le soir chez moi. Au lieu de ça, je suis ici. Cette maison, cette île, ma carrière… (Il vint se placer juste devant elle.) Je ne peux pas vous obliger à rester toute la semaine pour finir le concours. Mais je peux vous promettre une chose : si vous partez avant, vous vous demanderez toute votre vie comment ça aurait pu se terminer. Et croyez-moi, ça pourrait vraiment se terminer en beauté.

— Je pensais que vous étiez malheureux, fit-elle remarquer.

Il haussa les sourcils et leva les mains.

— Je le pensais aussi. Mais une femme pleine de sagesse m'a récemment appris que je disais beaucoup de conneries.

Lucy soupira.

— Peut-être bien, mais vous dites aussi beaucoup de choses justes. Je n'ai pas besoin de regrets supplémentaires. J'en ai déjà assez pour une vie entière.

Hugo lui sourit avant de disparaître à nouveau dans son atelier.

Lucy écrivit à Theresa qu'elle allait rester et jouer.

Theresa répliqua :

Et gagner !

À quoi Lucy ne put répondre que :

Je le souhaite.

23

Après avoir persuadé Lucy de rester, Hugo repartit dans l'atelier afin d'appeler Jack. Il était tard, bien plus de minuit, mais Jack décrocha.

— Ton plan maléfique a fonctionné. Elle a décidé de ne pas partir, lui annonça Hugo. Elle ira jusqu'au bout du concours.

Jack poussa un soupir de soulagement si bruyant qu'Hugo en eut mal aux oreilles.

— Bravo, fiston.

— Je vais la raccompagner à la maison.

— L'orage…

Quelque chose changea tout à coup dans la pièce, un étrange silence morne, puis les ténèbres.

— Ou pas, conclut Hugo.

Il entendit Lucy hoqueter de surprise quand les lumières s'éteignirent.

— Fermez les écoutilles ! ordonna Jack. On se reverra demain. Si nous sommes encore là.

— Tu crois qu'elle peut passer la nuit chez moi ? Je ne veux pas que les autres l'accusent de tricher sous prétexte que nous…

— Que vous vous faites les yeux doux ?

— Que nous sommes amis.

— Hugo, mon enfant, même si tu essayais, tu ne pourrais pas l'aider à remporter les deux prochains défis.

Et Jack raccrocha.

Hugo retourna voir Lucy. Elle admit que passer la nuit dans son cottage était sans doute l'option la plus raisonnable. Il la laissa profiter du feu pendant qu'il rassemblait de quoi lui préparer un lit. L'oreiller le plus doux, la couette la plus chaude. Même une ou deux bougies. Depuis combien de temps n'avait-il plus hébergé une femme dans ce cottage ? Trop longtemps. Il n'aurait pas dû en tirer autant de plaisir, mais il attribua cette émotion à la nouveauté et à la solitude. Sans oublier le fait qu'il était tout chose chaque fois que Lucy souriait dans sa direction.

Quand il revint dans le salon, elle avait assez manié le soufflet et le tisonnier pour que les flammes soient hautes et vives. Elle était assise devant l'âtre. Il prit un autre coussin et l'imita.

— Je vous ai prévu un tas d'oreiller et plusieurs couettes. Au moins, vous ne mourrez pas de froid cette nuit.

Lucy l'observait comme s'il avait quelque chose sur la figure.

— Quoi ? demanda-t-il.

— Ne le prenez pas mal, mais vous avez un drôle d'air sans vos lunettes.

Il avait oublié qu'il les avait retirées dans la salle de bains lorsqu'il s'était brossé les dents à la lueur d'une lampe torche.

— Pardon, je vais aller les rechercher. Je sais bien que mon visage est plus présentable lorsqu'il est couvert.

Elle serra les lèvres et le fixa.

— En fait, je voulais dire que ce drôle d'air vous va bien. Vous paraissez beaucoup plus jeune.

Il haussa les sourcils.

— Je savais que j'aurais dû préférer les verres de contact.

Elle ramassa le carnet qu'il avait laissé à terre près de la cheminée.

— Vous étiez en train de travailler quand j'ai fait irruption comme une folle ?

— Vous n'étiez pas folle, vous étiez tourmentée. Et non, je brigouillais.

— Pardon ?

— C'est un mot de Davey. Brigouiller au lieu de gribouiller. Mes dessins étaient des brigouillages. Il était marrant.

Ça lui faisait du bien de parler de Davey, de parler de lui avec quelqu'un qui ne fuyait pas ce sujet. La plupart des gens évitaient d'aborder la question comme si le chagrin était contagieux.

— Il était unique, apparemment. Je peux voir vos brigouillages ? demanda Lucy avec un sourire innocent.

Il eut un geste signifiant « Je vous en prie ».

Lucy frotta ses mains sur son haut, et Hugo trouva cette attention exquise car elle tenait à ne surtout pas abîmer l'un de ses croquis. Elle ouvrit le carnet à la première page. Il avait dessiné la pleine lune, avec tous ses cratères. Le disque occupait la feuille entière. Devant la lune, un vaisseau pirate surmonté du pavillon à tête de mort voguait sur l'océan, un corgi à la barre.

— Y a-t-il un vaisseau pirate dans le nouveau livre de Jack ?

— Aucune idée, répondit Hugo en se rasseyant, les pieds devant le feu. Mais j'avais envie de dessiner un bateau dont le capitaine était un chien et qui volait devant la pleine lune, donc je l'ai fait. Dire qu'à une époque, je pensais que j'allais devenir un artiste sérieux.

— Dieu merci, ce n'est pas arrivé. Je ne connais pas un seul enfant qui ait dans sa chambre des reproductions de Rembrandt, mais j'en connais beaucoup qui ont des affiches de vous sur leurs murs.

— Ah oui ?

Lucy se pointa elle-même du doigt.

— Le poster de *La Princesse de l'île de l'Horloge* fourni avec le livre ? Je l'ai gardé au-dessus de mon lit pendant des années.

Hugo émit un grognement théâtral :

— Merci. Maintenant, j'ai l'impression d'être un vieillard.

— Vous devriez être flatté.

— Très bien. Merci. Je suis très flatté.

Et il se sentait en effet flatté. Vieux, mais flatté.

Lucy continua à feuilleter le carnet.

— Très joli, dit-elle en s'arrêtant sur une corneille dessinée au fusain et portant un bonnet rouge peint à l'aquarelle.

— C'est Pierre, mais avec un couvre-chef.

— Ça lui va bien.

Sur la page suivante, un clown dessiné au crayon tenait sa tête au bout d'un fil comme un ballon. Lucy tourna encore quelques pages, et eut tout à coup l'air stupéfaite. Elle fit pivoter le carnet vers Hugo :

— Oh oh.

— Je vous avais dit que je vous ferais un dessin pour vous expliquer ce qu'est une demi-droite.

Hugo savait qu'il aurait dû se sentir très gêné, mais parfois, une orchidée n'était rien d'autre qu'une orchidée. Et parfois, une orchidée était…

— Ça ressemble à une vulve.

— C'est une orchidée que j'ai vue dans la serre de Jack. Et puis, vous n'avez qu'à vous en prendre à Georgia O'Keeffe. C'est elle qui a commencé à peindre des fleurs comme ça, pas moi.

Lucy secoua la tête en tournant page après page.

— Ces dessins sont incroyables, souffla-t-elle.

La poitrine d'Hugo se serra. Comme tout artiste, il adorait les compliments, mais il y avait autre chose. Lucy semblait si heureuse lorsqu'elle se perdait dans son carnet, souriant ou riant à chaque page. Il avait oublié combien il était doux d'être la raison du sourire d'une jolie fille.

— Je regrette de n'avoir absolument aucun talent artistique. Je sais tricoter des écharpes, mais c'est de l'artisanat plutôt que de l'art.

— L'artisanat, c'est le nom qu'on donne à l'art utile à l'humanité. Et ne laissez personne vous dire le contraire. J'ai vu des patchworks amish bien plus impressionnants qu'un tas de Picasso.

Lucy sourit mais étudia longuement, sans un mot, une page en particulier.

Hugo savait qu'il aurait mieux fait d'aller se coucher, mais il ne voulait pas que leur conversation cesse. Il aimait passer du temps avec Lucy, probablement plus qu'il n'aurait dû.

— Vous rêviez de devenir artiste ? demanda-t-il.

Elle referma le carnet et le posa délicatement sur la table basse.

— Non, mais j'avais envie de travailler dans le monde de l'art. Ce que j'ai fait de plus approchant, c'est quand j'étais muse semi-professionnelle.

Il haussa les sourcils.

— Muse semi-professionnelle ? Ce qui signifie ?

— À une époque, je sortais avec un écrivain. Il m'appelait sa muse. J'aurais pu le prendre comme un compliment, sauf qu'il écrivait des histoires de gens malheureux.

Hugo ricana doucement alors que Lucy glissait ses pieds sous ses jambes, comme pour se faire plus petite.

— Un écrivain que je pourrais connaître ?

— Sean Parrish.

Hugo sursauta. Non seulement ce nom lui était familier, mais il lui était désagréablement familier.

— Sean Parrish ? Vous plaisantez ?

— Vous le connaissez ? Personnellement ?

— Jack et lui ont eu le même agent pendant des années, mais nous ne nous sommes jamais rencontrés. Sa réputation le précède. En mal comme en bien.

Avec les mains, Lucy mima les deux plateaux d'une balance.

— D'un côté, un lauréat du prix Pulitzer. De l'autre…

— Un connard légendaire, compléta Hugo.

Et qui était très loin d'être son auteur favori. Après avoir lu les cinquante premières pages d'un de ses romans, Hugo avait eu envie de se faire saigner avec une des pages pour aller ensuite nager parmi les requins.

— En effet. Eh oui…, soupira Lucy, j'ai été sa petite amie.

— Mais où l'aviez-vous rencontré ?

— C'était mon professeur d'écriture. À l'époque où j'espérais travailler un jour pour un éditeur. J'étais très naïve. Je croyais qu'il suffisait d'arriver à New York avec un diplôme de lettres pour obtenir un super job dans une maison d'édition. Alors, je me suis dit : Pourquoi ne pas suivre les cours d'écriture auprès d'un écrivain connu ? Je pensais qu'il m'aiderait à trouver un emploi.

— Donc, Sean Parrish couche avec ses étudiantes ? Je ne suis pas surpris.

Hugo tenta de paraître indifférent, mais en vain. Sean ressemblait à beaucoup d'artistes qu'il avait connus, qui ont un ego aussi grand que leur talent, mais qui sont en réalité tellement peu sûrs d'eux qu'ils se jettent comme des vampires sur des artistes plus jeunes.

— Pour être juste – même s'il ne le mérite pas –, il ne s'est rien passé tant que j'étais son étudiante. Après cette période, je l'ai croisé dans un bar, le 31 décembre au soir. Il m'a emmenée dans son magnifique appartement et je ne l'ai plus quitté pendant trois ans. Enfin, il m'est arrivé de quitter son appartement, mais lui, je ne l'ai plus quitté pendant trois ans.

— Il a… Il n'est pas encore plus vieux que moi ?

— Il a une petite quarantaine. Quarante-trois ans. Il venait de remporter le National Book Award pour *Les Déserteurs* quand je l'ai rencontré. Pendant nos trois années de vie commune, il a publié deux best-sellers et un de ses livres a été adapté au cinéma. Il me disait que j'étais son porte-bonheur, sa muse. Il pensait qu'en s'intéressant à une brebis égarée que personne n'avait jamais aimée, il avait fait pencher la balance du cosmos en sa faveur. J'étais sa bonne action.

Hugo ouvrit de grands yeux.

— Il disait ça ? Il vous qualifiait de « brebis égarée » ? Incroyable.

— Il aimait le fait que je sois une « orpheline affective ». Il m'appelait comme ça. « La seule chose qui soit pire que d'avoir des parents morts, c'est d'avoir des parents qui pourraient aussi bien être morts. » Ou quelque chose dans ce goût-là. C'est tiré de son livre *Les Petites Heures*. À moins que ce soit dans *Artifice*, je les confonds.

Lucy détourna les yeux pour contempler le feu un moment. Lorsqu'elle reprit la parole, sa voix sonnait creux :

— Il prétendait être un orphelin affectif, lui aussi. Parents divorcés, drogue, infidélité, aucune stabilité à la maison, livré à lui-même à l'âge de douze ans. Nous avions eu une enfance tellement pourrie, lui et moi, que nous étions faits l'un pour l'autre.

— Citez vos sources.

— Pardon ? dit-elle avec un rire nerveux.

— Jack affirme qu'il faut toujours citer ses sources. Qui disait que vous aviez eu une enfance tellement pourrie que vous étiez faits l'un pour l'autre ? Lui, ou vous ?

— Lui. Et j'imagine que je le croyais.

Elle souriait comme si elle plaisantait, mais il discernait les fissures dans cette façade.

— Lucy… C'est épouvantable, vraiment.

— Attention, c'était parfois amusant. J'étais invitée à des fêtes sur l'île de Martha's Vineyard, je mangeais dans des restaurants étoilés au Guide Michelin. Je l'ai accompagné en Europe. J'ai fait l'amour dans un château.

— Moi qui pensais que vous n'étiez rien de plus qu'une assistante pédagogique en maternelle, commenta Hugo en s'étendant sur le sol. Qui aurait cru que je côtoyais une authentique muse ? Le rêve de tout artiste. Quel veinard.

— Vous voulez voir mon tatouage ?

— Plus que tout au monde.

— Le voici. Je ne suis pas exhibitionniste, je vous assure.

Elle se retourna et souleva son haut pour dévoiler son dos, où était tatouée une femme en toge tenant un rouleau de parchemin. Hugo roula sur le côté pour s'approcher et examiner les détails à la lumière du feu. Il aurait voulu les suivre du bout du doigt, mais s'il commençait à toucher Lucy, il ne pourrait plus s'arrêter.

— C'est Calliope, la première des muses, dans l'Antiquité grecque. La muse de la poésie épique.

— Ne me dites pas que Sean Parrish vous a obligée à ça.

— Oh non, j'ai choisi toute seule. Je pensais que ça lui ferait plaisir puisque j'étais « sa muse ».

Hugo regarda attentivement, non pas comme un homme lorgnant le corps d'une femme, mais comme un artiste admirant une œuvre d'art.

— Vous auriez quelqu'un dans vos relations qui cherche une muse au chômage ? demanda Lucy en baissant son haut.

— Je suis un artiste moderne, répliqua Hugo, les mains croisées derrière la tête. Ma muse est la peur de vivre pauvre et inconnu.

Elle sourit, mais elle semblait très loin, comme si elle se rappelait une chose qu'elle aurait voulu oublier.

— Je dois avouer qu'il est le premier, de toute ma vie, à m'avoir donné la sensation d'être désirée. Quelqu'un voulait enfin de moi. Et quand vous sentez qu'on vous veut, pour la première fois de votre vie, vous comprenez à quel point cela vous manquait jusque-là.

Hugo entendait autre chose dans la voix de Lucy, une ancienne tristesse secrète.

— Comment cette histoire s'est-elle terminée ?

Lucy lâcha une longue respiration avant de lui répondre :

— J'aurais dû savoir dès le début à quel type d'homme j'avais affaire. Il m'a demandé pourquoi j'avais suivi son cours d'écriture alors que je ne voulais pas devenir écrivain. Je lui expliqué que j'avais envie de travailler dans l'édition, pour un éditeur jeunesse à New York. J'espérais qu'il dirait quelque chose comme : « Tu serais excellente pour ça. » Ou : « Ce serait un métier idéal pour toi. » Ou même un truc vague et idiot, du genre : « Tu en es capable. Je crois en toi. » Mais non, il a levé les yeux au ciel en disant que les livres pour enfants n'étaient pas de la vraie littérature, et que je ferais mieux de trouver un emploi qui ne concerne pas… vous savez.

— Les livres d'images.

Hugo avait déjà entendu toutes sortes de moqueries sur son travail.

— Oui. Exactement. Désolée.

— Pas de quoi. Je sais que ce n'est pas votre avis.

— Non, mais je n'ai pas eu le courage de m'opposer à lui. J'ai acquiescé et je l'ai laissé tuer mon rêve. Il pouvait être charmant, drôle et sexy, nous voyagions, il avait un bel appartement… donc je me suis inventé tant bien que mal une histoire avec tout ça. On n'a pas besoin d'être heureux pour se convaincre qu'on a de la chance. Je sortais avec un écrivain célèbre, quelle veine. Puis je suis tombée enceinte, et tout est parti à vau-l'eau.

— Oh, Lucy.

La pauvre, pensa-t-il. Il aurait voulu l'étreindre, mais il savait qu'il ne devait pas.

— Au fond de moi, j'ai toujours su ce que j'étais pour lui : une femme plus jeune avec qui il sortait pour que les gens le croient plus jeune, lui. Mais avoir des enfants ne faisait pas partie de son programme. Il ne voulait pas que je garde le bébé. Il me l'a dit cent fois, il a même pris rendez-vous pour moi.

Elle s'interrompit pour reprendre son souffle.

— Et voilà comment j'ai abouti en Californie. Chaque fois que je sortais de la douche et que je me regardais dans la glace, je voyais ce tatouage, cette muse débile qui me rappelait tout ce à quoi j'avais renoncé pour le rendre heureux. Je savais que, si je restais, il finirait par m'user complètement. Donc… un soir, nous sommes allés à la fête de lancement d'un de ses livres. J'ai prétexté une migraine et je suis rentrée à l'hôtel, j'ai fait mes valises et je me suis enfuie. J'ai utilisé mon unique carte de crédit pour financer mon voyage à l'autre bout du pays. Une amie de la fac m'a hébergée, le temps que j'y voie plus clair. Quelques semaines plus tard, les saignements ont commencé.

Hugo resta silencieux, craignant de formuler un commentaire malencontreux. Lucy serra les poings.

— Et… je… je n'en ai pas parlé à Sean. Je ne lui ai rien dit. Du tout. Je ne lui ai même pas dit où j'étais. J'avais trop peur qu'il me persuade de retourner vivre avec lui. J'ai décidé de redémarrer à zéro. La Californie, c'est l'endroit parfait pour ça, non ? Pour les gens qui sont en cavale, qui veulent tourner la page. J'ai trouvé du travail. J'ai tout recommencé en partant de rien. Et je n'en suis toujours à rien.

— Je suis désolé, murmura Hugo.

Qu'aurait-il pu dire d'autre ?

— Après ma fausse couche, une petite voix dans ma tête m'a serinée que Sean avait peut-être raison, que je ne devais pas être mère.

— Non. Pas du tout. Vous étiez prête à regagner la Californie à la nage juste pour tenir Christopher par la main. Ce n'est pas l'attitude d'une mauvaise mère. Sean Parrish ne voulait pas d'enfants parce que cela le forcerait à penser à quelqu'un d'autre que lui-même, et je vous défends d'interpréter ça autrement.

Elle contempla le plafond, battit des paupières comme pour s'empêcher de pleurer.

— Écoutez-moi, reprit Hugo. Si Davey était encore de ce monde et que je devais choisir quelqu'un pour s'occuper de lui, je vous le confierais plutôt qu'à n'importe qui, même à Jack.

Il fut choqué de constater qu'il le pensait réellement. Lucy sourit, les yeux brillants de larmes refoulées.

— C'est très gentil de votre part, mais je ne suis même pas capable de m'occuper de moi.

— Faites comme moi. Vivez aux crochets de vos amis riches. C'est ça, votre problème : vous n'avez pas d'amis riches.

Il essayait de la faire rire. L'ombre d'un sourire passa sur les lèvres de Lucy.

— Enfin, voilà, vous savez tout. Fin de l'histoire.

— L'histoire n'est pas encore finie.

Elle sourit avec lassitude.

— Non, bien sûr. Puisque je vais gagner ce concours, n'est-ce pas ?

Hugo prit le visage de Lucy entre ses mains et la regarda dans les yeux. Malgré son envie furieuse de l'embrasser, il s'en abstint. Ce n'était pas de cela qu'elle avait besoin.

— Vous en êtes capable. Je crois en vous.

24

Lucy se réveilla sur le canapé d'Hugo au son d'une douce brise et d'un océan tranquille, tandis que flottait dans l'air la délicieuse odeur du café fraîchement moulu et du pain grillé. Le soleil était levé. L'électricité était revenue. Plus d'excuses pour s'enfuir ou se cacher. Lucy se redressa lentement et se passa la main dans les cheveux.

— Hugo ? cria-t-elle.

Il glissa la tête par la porte de la cuisine. Déjà debout. Déjà habillé. Déjà en train de préparer le petit déjeuner. Et elle se rappela aussitôt combien le contact de ses grandes mains chaudes avait été agréable sur son visage, la veille au soir, l'intensité de son regard lorsqu'il avait déclaré croire en elle. Mais elle chassa cette idée avant de pouvoir en rougir.

— Bonjour, lança Hugo. Vous prenez votre café comment ?

— Par intraveineuse.

— Je vais chercher le matériel à perfusion. La douche est à vous si vous voulez. Il y a des serviettes dans le placard de l'entrée.

Lucy suivit ses indications mais s'arrêta pour examiner une vitrine dans le vestibule. Celle-ci contenait une grande pièce d'or sur laquelle était gravé un homme à cheval. Lucy plissa les yeux pour lire les mots figurant dessus. C'était une médaille Caldecott, la plus haute récompense que puisse recevoir un illustrateur pour enfants. Avait-elle été décernée à Hugo ? Il ne lui en avait pas parlé. Sean disait à qui voulait l'entendre qu'il avait remporté le Pulitzer.

Très vite, avant qu'Hugo puisse la prendre sur le fait, elle fit une recherche en ligne sur le livre qui avait pu lui valoir ce prix : *Le Monde des rêves de Davey*, un volume magnifiquement illustré sur un jeune garçon atteint de trisomie, qui entre dans un autre monde où tous ses rêves se réalisent. Il pilote un avion, gravit une montagne, combat un géant… mais lorsqu'on lui propose de rester, il rentre chez lui parce que sa famille lui manque. Le livre était, bien sûr, dédié à la mémoire de David Reese.

À Davey, quand tu auras fini de visiter le Monde des rêves, n'oublie pas de revenir chez nous.

Si elle ne se méfiait pas, elle allait tomber folle amoureuse d'Hugo. Il lui plaisait déjà. Beaucoup. Trop. Et elle lui plaisait aussi, apparemment. Mais pourquoi même y penser ? Elle partirait dans quelques jours, dès que le concours serait fini, et ne le reverrait sans doute plus jamais.

Mais si elle gagnait le livre pour Christopher, cela arrangerait tout. *Concentre-toi sur le jeu*, se dit-elle. *Il ne s'agit pas de toi. Il s'agit de Christopher.*

Elle se doucha, s'essuya, et tira de sa valise un jean et un pull bleu ciel. Hugo frappa délicatement à la porte de la salle de bains.

— Vous pouvez entrer. Je suis décente.

— Dommage, dit-il en ouvrant.

Il était si beau, sur le seuil, en jean et T-shirt, très sexy avec ses cheveux hirsutes. Le cœur de Lucy fit un bond. Elle ne savait même pas que c'était possible dans la vraie vie.

— Jack a téléphoné. Il voudrait vous voir. S'il vous plaît. Le « s'il vous plaît » est de lui, pas de moi. Mais vraiment, s'il vous plaît. C'est moi qui le dis, cette fois.

— Il avait l'air fou de rage ?

— Non. Enfin, fou, oui, mais pas de rage. Fou comme d'habitude.

Elle soupira et se massa les tempes.

— Je suis obligée d'y aller ?

— Oh, vous savez bien comment ça marche, finit par répondre Hugo. « Les seuls vœux à être exaucés sont les vœux des enfants courageux qui continuent à faire des vœux même quand on a l'impression que personne n'entend, car il y a toujours quelqu'un qui les écoute. »

— D'accord, d'accord.

— Eh, Crise de Nerr, la héla-t-il avec un sourire. N'ayez pas peur.

Effrayée mais déterminée, Lucy regagna la maison de Jack. Un calme surnaturel y régnait, comme si elle était toute seule. Puis elle entendit un petit bruit de voix venant de la bibliothèque. Après ce qu'il s'était passé la veille, Lucy pensait que Jack serait en colère contre elle. Il prévoyait peut-être de la renvoyer chez elle comme il avait renvoyé Dustin. Elle s'était montrée odieuse avec lui.

Malgré tout… elle ne regrettait pas ses mots. Elle avait été désobligeante, furieuse, surmenée, mais elle avait dit la vérité. Ils étaient des personnes réelles et ils ne méritaient pas que l'on joue avec leur vie et avec leur cœur comme s'ils étaient des jouets.

Jack l'attendait dans le salon. Les portes de la bibliothèque étaient fermées.

— Ah, Lucy, lança-t-il en souriant. Comment vas-tu ?

Jack avait l'art de dire « Comment vas-tu » comme si la réponse comptait vraiment, comme si la réponse était la seule chose qui comptait.

— Mieux. Je voulais vous présenter mes excuses pour la façon dont je me suis comportée hier soir. J'étais un peu…

— N'y pense plus. Je t'en prie. La semaine a été dure pour toi. Et je crains qu'elle ne le devienne encore un peu plus avant de se terminer.

— Un peu plus dure ?

Elle se tourna à nouveau vers les portes de la bibliothèque. Fermées. Comme si quelqu'un s'y trouvait caché. Quelqu'un que Jack ne voulait pas qu'elle voie pour le moment.

Quelqu'un dont elle avait peur.

— J'espère que ça ne te dérange pas, j'ai invité quelqu'un que je connais. Quelqu'un qui aimerait te parler, et qui, je pense… a le droit de te parler.

— Quelqu'un que vous connaissez ?

Lucy le regarda. Elle sut alors qui était derrière ces portes.

C'était Sean. Bien entendu. L'homme dont elle avait perdu l'enfant après avoir voulu le garder. Jack et lui avaient le même agent. Il n'était pas difficile d'imaginer un lien entre les deux hommes.

Jack avait promis de leur faire affronter leurs peurs, mais inviter son ex sur l'île ? Elle ne pouvait pas croire qu'il veuille lui faire ça, ou peut-être comprenait-il quelque chose qui lui échappait, à elle. Tout ce qu'elle aurait à faire serait de lui parler, de lui raconter ce qui s'était passé après qu'elle l'avait quitté. Et tout serait fini.

C'était le jeu. Lucy devait y jouer pour gagner.

Elle ouvrit la porte de la bibliothèque.

Une femme était assise sur le canapé.

Une femme ? Ce n'était donc pas Sean ?

En voyant Lucy, la femme se leva. Au premier abord, Lucy ne put l'identifier. Puis la femme lui adressa un immense sourire. Des dents parfaites, d'un blanc éclatant. Exactement comme sur la photo du site Internet de l'agence immobilière.

— Angie ?

25

La femme lui adressa un petit geste de la main.

— Salut Lucy. Ça fait un bail.

Un lourd silence s'abattit comme une brume sur la bibliothèque. Lucy se pétrifia, ne sachant que dire, que faire, que ressentir. Tout à coup, elle sut. Elle tourna les talons et sortit sans un regard en arrière.

— Lucy ? la héla Jack lorsqu'elle le frôla. Lucy !

Elle atteignit l'escalier. Son instinct lui ordonnait de fuir, de monter dans sa chambre et de s'y enfermer à triple tour.

Elle était au milieu des marches quand Jack la rattrapa.

— S'il te plaît, Lucy. Je suis un vieil homme. Ne me fais pas courir.

Il s'accrochait à la balustrade. Son regard la suppliait.

— Pourquoi, Jack ?

Quelle autre question pouvait-elle poser ? Pourquoi lui infligeait-il ça ?

— Cinq minutes. C'est tout ce que je te demande. Cinq minutes d'explication. S'il te plaît.

Toujours sous le choc, Lucy ne savait que répondre. Sa sœur était en bas dans la bibliothèque, la dernière personne au monde qu'elle souhaitait voir – elle aurait servi du vin dans un gobelet d'or à Sean Parrish plutôt que de faire la causette avec sa sœur.

— Vous savez tout le mal qu'elle m'a fait. Vous le savez.

Lucy avait les yeux baignés de larmes, mais elle refusait de les laisser couler, elle refusait de battre des paupières. Elle avait assez versé de larmes à cause de sa sœur.

Jack mit une main sur le cœur.

— Mon royaume pour cinq minutes. S'il te plaît ?

Dans sa voix, dans son regard, quelque chose obligea Lucy à s'arrêter, à penser que sa souffrance à elle lui causait de la souffrance, à lui. Même sous le coup de la surprise, de la colère, du chagrin, elle se rappelait que les livres de Jack l'avaient aidée à traverser les pires années de sa vie. Elle ne lui devait peut-être pas grand-chose, mais elle pouvait lui accorder cinq minutes.

— Cinq minutes, consentit-elle.

— Merci, ma chère petite. Dans mon bureau ?

Comme chaussée de semelles de plomb, elle alla jusqu'à la fabrique à histoires, au bout du couloir. Elle se sentait redevenue enfant, effrayée, en danger. Jack lui ouvrit la porte et la fit entrer. Il désigna le vieux canapé, celui sur lequel elle avait pris place à treize ans, mais elle secoua la tête.

— Je reste debout.

Il ne discuta pas, mais s'assit.

— C'est curieux, n'est-ce pas ? Affronter ses propres peurs, c'est beaucoup moins amusant que de lire l'histoire de gens affrontant les leurs.

— Je n'ai pas peur d'Angie. Je la déteste. C'est différent.

— Je reconnais la peur quand je la vois. Crois-moi. Je la vois tous les matins dans mon miroir.

Lucy lui lança un regard étonné.

— De quoi avez-vous peur ? Vous êtes riche. Vous pouvez acheter tout ce dont vous avez besoin ou envie.

— Je ne peux pas acheter de temps. Personne au monde ne peut acheter de temps. Toutes ces années gâchées dans ma vie… Je ne peux pas les racheter. Et s'il y a bien une chose que j'achèterais si je le pouvais, c'est le temps que j'ai gâché à fuir ce dont j'avais peur au lieu de l'affronter.

Sa voix tremblait, pleine de regrets. Lucy s'effondra lentement sur le canapé.

— Que regrettez-vous ?

Il avait tout : la gloire, la richesse, l'amour et l'adoration de millions de lecteurs…

Il se renfonça dans son fauteuil et émit un petit sifflement. Pierre Corneille quitta son perchoir pour se poser sur le poignet de Jack. Il caressa le cou gracieux de l'oiseau.

— Je voulais être père. Je parie que tu ne savais pas ça de moi.

— Non. Je ne savais pas ça de vous. Pourquoi…

— Oh, tu le sais bien. Aujourd'hui encore, il est difficile d'adopter quand on est un homme célibataire, surtout un gay célibataire. Imagine combien ça paraissait impossible il y a trente ans, quand j'étais assez jeune pour faire quelque chose d'aussi courageux et stupide que de vouloir être père tout seul.

— Ça n'aurait pas été stupide. Courageux, peut-être, mais pas stupide.

— Ma carrière venait de démarrer. J'ai pris ce prétexte pour différer. Et j'étais amoureux de quelqu'un qui ne m'aimait pas. Le vieux refrain. Ensuite, je suis devenu célèbre, ce qui m'a fourni une nouvelle excuse pour remettre à plus tard. En fait, je craignais que la vérité ne s'ébruite à mon sujet, et que mes livres soient interdits dans les écoles. Si tu me crois parano, laisse-moi te rappeler qu'un livre très mignon sur deux pingouins mâles qui élèvent un petit est encore l'un des livres les plus condamnés aux États-Unis, le pays de la liberté.

— Je suis désolée, Jack. Vous auriez fait un père formidable. Meilleur que le mien. Ce qui ne signifie pas grand-chose, mais… Bon sang, j'aurais tellement voulu que vous soyez mon père quand j'étais petite. Vous le savez.

Il eut un vague sourire.

— Hugo me dit que tu es au courant, pour Autumn ?

Elle prit le temps de réfléchir avant de répondre.

— Il m'a tout raconté, mais vous auriez pu nous en parler. Nous aurions compris.

— J'ai toujours pensé que les enfants ne devraient jamais s'inquiéter pour les adultes. Lorsque ça arrive, c'est que quelque chose ne va plus du tout.

— Je le pense aussi, approuva Lucy. Mais nous ne sommes plus des enfants.

— Pour moi, vous êtes toujours des enfants. Et Autumn… après son appel, j'ai contacté mon avocat. Je voulais que la police enquête sur son père. J'aurais payé pour ça s'il l'avait fallu. Vieillard stupide… Je croyais pouvoir la sauver, l'amener ici, l'adopter. Dans mon cœur, elle était déjà ma fille. Puis elle est morte à cause de moi et des promesses que je n'ai pas pu tenir. Quel genre de père…

— Ce n'est pas vous qui lui avez dit de s'enfuir. Vous lui avez juste donné un endroit où aller, un endroit où elle savait qu'elle serait en sécurité, à condition de pouvoir y arriver. Parce que c'est ça, l'île de l'Horloge, pour les enfants. Même ceux qui ne viendront jamais ici peuvent visiter l'île dans leur imagination. Quand ma vie était trop affreuse, je venais ici dans mes rêves, et ça m'aidait.

— C'est gentil à toi de me dire ça, mais j'avoue que, pendant des années, j'aurais voulu que l'île de l'Horloge n'ait jamais existé – que ce soit dans les pages de mes livres ou sous mes pieds. Autumn pourrait encore être en vie.

— Ne regrettez rien. Nous sommes trop nombreux à avoir besoin de *L'Île de l'Horloge*. J'ai commencé à lire les livres à Christopher le premier soir où il est venu vivre chez moi. Ce matin-là, il venait de découvrir ses parents morts, et il était… perdu. Sous le choc. Un zombie. J'ai pris les livres et me suis mise à les lire. À la fin du premier chapitre, je lui ai demandé s'il voulait que j'arrête. Il a secoué la tête, et j'ai continué. Le lendemain, il m'a demandé de lui lire une autre histoire de *L'Île de l'Horloge*. Vos livres l'ont tiré de cette mauvaise passe. Même chose pour moi. Pour Andre, Melanie et Dustin. Et pour Hugo.

— Hugo, répéta Jack. Je vais te confier un secret, ma petite. Je pense qu'il m'a fallu si longtemps pour me remettre de la mort d'Autumn parce que je savais qu'à la minute où je reprendrais le travail, Hugo s'en irait. Je perdrais celui que je considère comme mon enfant.

— Vous pourriez encore adopter. Il n'est jamais trop tard.

— Ah, mais j'ai trop peur, dit-il avec un sourire qui s'évanouit aussitôt. Les gens croient que je suis dans mes livres, que je suis le Cerveau. Mais non. Pas vraiment. Je suis toujours l'enfant, à jamais l'enfant, qui espère malgré ses craintes, qui rêve qu'un jour quelqu'un pourra exaucer son vœu. (Il croisa le regard de Lucy.) Parfois, ce que nous désirons le plus au monde est ce dont nous avons le plus peur. Et ce dont nous avons le plus peur est souvent ce que nous désirons le plus. Que désires-tu le plus au monde ?

— Vivre avec Christopher, bien sûr. Vous le savez.

— Et de quoi as-tu le plus peur ? Je pense que nous le savons tous les deux, non ?

Lucy détourna les yeux, et ses larmes se mirent à couler.

— Et si j'en suis incapable toute seule ? Je ne sais pas comment être mère. Christopher a déjà vécu l'enfer. Je suis obligée d'être à la hauteur. Ça me tuera si je ne le suis pas. Parfois, tout au fond de moi… je pense qu'il serait peut-être mieux avec quelqu'un d'autre.

Elle se rappelait ce que Mrs Costa avait dit : dès que Lucy aurait annoncé à Christopher qu'elle ne serait jamais sa mère… ce serait un soulagement. Et si elle avait raison ?

Jack la regarda. Ses yeux étaient pleins de douceur et d'affection.

— Nous conseillons aux gens de suivre leurs rêves. Nous leur disons qu'ils ne seront pas des êtres humains complets tant qu'ils n'auront pas fait ça, qu'ils seront malheureux jusqu'au moment où ils entreprendront cette quête. On ne dit jamais combien c'est bon de renoncer à un rêve. Que c'est…

— Un soulagement ? dit Lucy.

— Un soulagement, tout à fait. J'ai décidé un jour que la paternité, ce n'était pas pour moi, que je serais seul et sans enfants, voilà. Le lendemain, quand je me suis réveillé, le soleil dansait sur l'océan et le café était meilleur que jamais. Il avait le goût d'une cause de souci en moins. D'une promesse à tenir en moins. D'un combat à mener en moins. D'un cœur à briser en moins. Et c'était agréable. Presque aussi agréable qu'une victoire. C'est agréable, de renoncer.

Lucy contempla le soleil qui dansait sur l'océan pour elle.

— Hier soir, chez Hugo…, commença-t-elle, surprise par sa propre audace mais sûre que Jack comprendrait – au moins Jack –, j'ai eu cette idée : Et si j'abandonnais ? Pour ce qui est de Christopher et moi. Et si je ne devenais jamais sa mère ? Je pourrais peut-être devenir la petite amie de quelqu'un, laisser quelqu'un d'autre prendre le volant. Laisser quelqu'un d'autre diriger ma vie, vous savez. De toute évidence, je ne devrais pas conduire ! (Elle eut un petit rire triste. Jack la regarda avec compassion.) Comme vous disiez, ce serait une cause de souci en moins.

— Tu lui plais, à notre Hugo. Je parie que si tu allais le trouver maintenant et lui demandais de t'embrasser, il le ferait. Si tu lui disais que tu as décidé de ne pas aller jusqu'au bout du concours, de ne pas parler à ta sœur, il comprendrait.

— Peut-être bien.

— Alors, pourquoi ne le fais-tu pas ? Soit tu parles à Angie, soit tu quittes le jeu.

Lucy se représenta cet abandon, cette capitulation – une cause de souci en moins, comme disait Jack. L'image était séduisante. Prendre le chemin caillouté qui menait au cottage d'Hugo, frapper à la porte, lui raconter ce qui s'était passé, que Jack l'avait confrontée à sa sœur, la sœur qui lui avait infligé un mal impardonnable. Hugo ferait preuve de compassion. Il la prendrait dans ses bras. Il l'embrasserait si elle lui demandait. Elle pleurerait sur son épaule. Il la réconforterait. Ils iraient se balader sur la plage… la première de nombreuses promenades ensemble sur la plage. « Je n'en peux plus, lui dirait-elle. Comment pourrais-je m'occuper de Christopher alors que je ne sais même pas m'occuper de moi ? »

Et peut-être répondrait-il : « Tout va bien. Je vais m'occuper de toi. »

Et quelqu'un d'autre pourrait s'occuper de Christopher. Le petit garçon finirait par aller bien. Un jour.

Quel beau rêve.

Tentant.

Lucy se leva et s'approcha de la grande baie vitrée du bureau de Jack. Elle baissa les yeux vers le chemin menant chez Hugo, puis vers le soleil qui dansait sur l'eau.

— Je suis allée vivre chez mes grands-parents quand j'avais huit ans. Tous les jours, j'espérais que mes parents viendraient me chercher à l'école. Qu'ils apparaîtraient soudain et qu'ils me reconduiraient à la maison. Ce n'est jamais arrivé.

Jack la rejoignit à la fenêtre.

— Je suis désolé. Ça aurait dû arriver. Si tu avais été mon enfant, je serais venu dans ta classe avec des ballons, une glace, je t'aurais assise sur un poney et j'aurais organisé une grande fête pour ton retour.

— Je ne peux pas offrir une fête à Christopher. Je ne peux… Je ne peux même pas aller le chercher pour le ramener chez moi. Mais je peux être courageuse. Je peux faire ça.

Jack l'embrassa délicatement sur le front – comme elle aurait toujours voulu être embrassée par son père – et lui dit tout bas :

— Tu vois ? J'avais raison. Je t'avais prévenue, Astrid était encore ici.

Astrid. C'était elle.

Alors, Lucy descendit au rez-de-chaussée pour affronter ses peurs.

***

Lucy ouvrit la porte de la bibliothèque et trouva Angie debout, feuilletant *La Maison sur l'île de l'Horloge*. À l'arrivée de sa sœur, elle referma le volume et le plaqua contre sa poitrine comme un bouclier.

— Salut, dit-elle.

— Salut.

— Désolée pour la surprise. Je… Enfin, tu es superbe. (Angie sourit.) Je ne peux pas croire que tu aies grandi autant. Je t'ai à peine reconnue. Tu avais quoi, dix-sept, peut-être dix-huit ans, la dernière fois que…

— Angie. Je suis là uniquement parce que Jack m'a demandé de te parler.

Sa sœur ne parut pas du tout étonnée. Elle regarda ses pieds.

Angie semblait effrayée. Ou plutôt honteuse ? Elle finit par relever la tête.

— Désolée. Vraiment. Mais ça me fait plaisir de te voir.

— Ah oui ?

— Oui. Même si tu ne me crois pas.

Elle croisa les bras, serrant le livre sur son cœur.

Lucy s'assit sur l'accoudoir du canapé, là où Hugo se posait toujours quand il était dans la bibliothèque. Angie lui adressa un sourire prudent et s'assit à l'autre bout.

— Avant que tu continues, reprit Angie, je voulais te dire que je suis désolée d'être venue ici sans t'avertir. J'ai eu envie de te téléphoner, mais Jack m'a demandé de ne pas le faire. Et puis, je pensais que si je t'appelais, tu me raccrocherais au nez.

— C'est ce que j'aurais fait.

— Oui, je peux comprendre.

— Ah bon ?

Lucy se pencha vers cette inconnue qui était censée être sa plus proche parente. Et là, toute la colère et la souffrance que Lucy refoulait depuis des années se déversèrent d'un coup.

— As-tu la moindre idée de ce qu'on éprouve quand on grandit en ayant l'impression que sa famille entière ne nous aime pas et ne veut pas de nous ? Et quand il ne s'agit pas seulement d'une impression, mais de la certitude de n'avoir jamais été désiré ? Je cite tes propres paroles : « Papa et Maman t'ont eue parce qu'ils pensaient que j'aurais besoin d'une greffe de moelle osseuse. Ils ne voulaient pas de toi, et moi non plus. » Tu l'as dit, n'est-ce pas ? Et devant vingt personnes, lors de l'anniversaire de tes seize ans. Une fête à laquelle on m'avait autorisée à assister et qui me rendait si heureuse. Pour moi, tu étais comme une célébrité, Angie. J'avais cassé ma tirelire pour m'acheter une nouvelle tenue. Mamie m'avait coiffée à la perfection. J'étais tellement bête que je croyais que je pourrais enfin revenir vivre chez mes parents ! Mais tu n'aurais pas supporté cette idée. Tu ne pouvais pas partager Papa et Maman ne serait-ce qu'une seconde. J'ai simplement demandé à Maman si je pouvais revenir et tu as balancé devant tout le monde que j'étais en fait « un achat coûteux qui ne pouvait pas être rendu en magasin ». Tu t'en souviens ? Parce que moi, je m'en souviens presque tous les jours.

Elle entendait encore ces mots résonner à ses oreilles – « Ils ne voulaient pas de toi, et moi non plus… »

Lucy avait douze ans.

— Je…, commença Angie en détournant la tête.

Lâche, pensa Lucy. Sa propre sœur ne pouvait même pas la regarder dans les yeux.

— J'ai dit ça, c'est vrai. J'ai prononcé ces paroles affreuses. (Angie lui faisait face, enfin.) Je donnerais tout pour les reprendre. Et je suis désolée. Je suis vraiment, vraiment désolée. Tellement désolée que je ne te demanderai pas de me pardonner, que je ne m'inventerai pas d'excuses. Je n'avais que seize ans, mais tu sais quoi ? Je savais que j'étais horrible, et je l'ai dit quand même. Je retirerais ces paroles si je le pouvais, mais je ne peux pas. Tout ce que je peux faire, c'est te répéter que je suis désolée.

Lucy ne trouvait rien à répliquer. Les mots refusaient de se former. Elle avait imaginé mille fois ce jour où sa mère, son père ou sa sœur, ou les trois réunis, viendraient ramper à ses pieds, implorer son pardon. Dans sa rêverie, parfois elle leur pardonnait. La plupart du temps, elle les repoussait. Elle leur déclarait que c'était trop peu et trop tard, qu'elle était passée à autre chose, qu'elle n'avait plus besoin d'eux. Puis elle s'en allait sans se retourner, alors qu'ils criaient son nom à tue-tête.

Angie finit par briser le silence :

— Enfin, je vais repartir, maintenant. Tu méritais que je te demande pardon, mais tu mérites aussi qu'on te laisse seule si c'est ce que tu veux.

Angie se leva lentement. Lucy remarqua une grimace de douleur et se demanda si sa sœur souffrait encore de complications après toutes les maladies de son enfance. Cela ne faisait pas partie de sa rêverie.

— Tu peux rester, lâcha-t-elle.

Angie la dévisagea, méfiante, avant de se rasseoir tout aussi lentement.

— Je peux te demander simplement si ce que tu as dit est vrai ? Papa et Maman m'ont eue parce que les médecins pensaient que tu pourrais un jour avoir besoin de moelle osseuse ? Et comme tu n'en as pas eu besoin, je suis devenue encombrante ?

Angie contemplait la cheminée froide et vide.

— Je peux te dire une chose ? Tu m'écouteras ?

— Je suis là, grogna Lucy. Vas-y.

— Tu savais que les enfants qui ont été les chouchous de leur famille ratent bien plus souvent leur vie que ceux qui ne l'étaient pas ? La première leçon qu'on apprend, c'est que l'amour de nos parents n'a rien d'inconditionnel, et que si nous ne satisfaisons pas leur attente, ils peuvent nous retirer tout leur amour.

On le voit chez nos frères et sœurs, donc on fait tout ce qu'on peut pour s'assurer que ça ne nous arrivera jamais à nous. C'est marrant, non ? J'ai découvert ça en thérapie.

Lucy resta d'abord muette. Après un moment, elle questionna :

— Tu es en thérapie ?

— Je suis en thérapie depuis mes dix-sept ans, répliqua Angie avec un petit rire froid. Une idée de Papa et Maman. Enfin, un ordre.

— Parce que tu étais traumatisée après avoir été malade toute ton enfance ?

— Parce qu'ils n'étaient pas heureux quand je n'étais pas malade. Ils m'aimaient quand j'allais mal. Ils aimaient m'envoyer consulter des docteurs et me procurer des traitements. Une fois que j'allais mieux physiquement, il fallait que j'aie d'autres problèmes qu'ils puissent réparer. Donc, ils ont d'abord prétendu que j'avais des difficultés d'apprentissage, puis des troubles de l'alimentation, et enfin ils ont décidé que j'étais déprimée et possiblement bipolaire. Chaque fois, ils ont cherché un médecin qui me trouverait toutes les maladies imaginables. Ils m'ont fait rencontrer tous les psychiatres, les psychologues et les psychothérapeutes disponibles. Si Papa et Maman n'avaient pas joué les héros pour sauver leur chère grande fille, qu'auraient-ils fait d'autre de leur vie ?

Lucy n'en croyait pas ses oreilles. C'était comme si sa sœur lui avait révélé qu'elle était espionne et qu'elle était en train de trahir leurs parents.

— Ce sont des gens malsains, poursuivit Angie. Je ne sais pas s'ils sont tous les deux narcissiques ou si c'est juste Maman, et que Papa est trop faible pour ne pas la suivre… Qui sait ? Peu importe. Peu importe ce qui est détraqué dans leur tête…

(Elle leva les yeux vers le plafond comme pour s'empêcher de pleurer.) Disons que, rétrospectivement, je t'envie d'avoir grandi chez Papy et Mamie plutôt qu'à la maison. Je sais que tu m'en veux à mort pour ce que j'ai dit le jour de mon anniversaire, mais je t'assure d'une chose : c'est toi qui as eu de la chance, Lucy, je voudrais que tu le saches…

Lucy la dévisagea tandis que son cerveau tentait de digérer cette information.

— Je suis désolée. Je n'arrive pas à assimiler tout ça.

— Vraiment ? Je croyais que tu étais partie parce que tu avais tout compris. Un autre truc que j'ai appris en thérapie : dans les familles dysfonctionnelles, les enfants qui piquent une crise et se révoltent sont les plus sains mentalement. Ils voient que quelque chose ne va pas. C'est pour ça qu'ils se rebellent, parce qu'ils voient la maison qui brûle, et ils appellent à l'aide. Ça, c'était toi. Nous autres, on dînait à la table de la cuisine pendant qu'autour de nous l'incendie détruisait tout. J'aurais dû t'écouter. Moi aussi, j'aurais dû crier au secours.

Un peu hébétée, Lucy écouta Angie livrer sa vision de leur histoire, d'abord d'une voix entrecoupée, mais tout sembla bientôt se répandre à présent que le barrage était enfin rompu…

Angie avait passé la moitié de son enfance assise à sa fenêtre, à regarder les autres enfants jouer dans la rue, à sonner aux portes le soir d'Halloween, à faire du vélo, à lire dans leur jardin, à courir ou à grimper aux arbres. Elle détestait les autres enfants, mais c'était de la jalousie, rien d'autre. Elle le savait à présent. Et, oui, elle avait vraiment été malade. Tout était réel, mais il n'était pas nécessaire d'envoyer Lucy vivre ailleurs. Seulement, cela faisait paraître leurs parents encore plus héroïques, d'avoir leur aînée si malade qu'ils devaient se consacrer entièrement à sa santé. Oh, et quel sacrifice que de renoncer à leur cadette !

Quel déchirement ! Quelle abnégation ! Angie avait envie de vomir.

Finalement, elle avait guéri. Elle était devenue plus forte, en meilleure santé… Néanmoins, elle avait vite compris que, si elle n'était pas malade, ses parents cessaient de s'intéresser à elle. Elle s'était donc mise à feindre, à simuler une fièvre, à faire semblant d'avoir mal. Alors tout avait recommencé. Les rendez-vous avec un thérapeute. Le martyre de Papa et Maman.

— Sauf que ça n'a pas fonctionné comme ils voulaient, dit Angie d'un air triomphal. Mon thérapeute a vu clair dans leur jeu. Ce n'était pas moi, la malade de la famille. C'était eux. Et j'ai arrêté de me prêter à leur mascarade.

— Tu as arrêté ? Comment ça ?

— Ça fait des années que je n'ai pas revu Papa et Maman.

Angie s'exprimait avec une certaine fierté, avec la satisfaction d'une femme qui s'est évadée de prison. Lucy avait la bouche trop sèche pour parler. Elle n'avait jamais été aussi abasourdie.

— Je ne les supporte plus, continua Angie. Maintenant que je vais mieux, ils n'ont plus besoin de moi non plus. Ils ont adopté deux gamins d'Europe de l'Est. Maman tient un blog où elle raconte tout ce qu'elle fait pour eux. Ne le lis pas. Les commentaires qui qualifient Maman d'héroïque te donneraient envie de jeter ton téléphone par la fenêtre.

Lucy put seulement secouer la tête. Ses parents ? Des héros ? Ils ne l'appelaient même pas le jour de son anniversaire.

— Le problème, reprit Angie après un moment de silence, ce pour quoi je leur en veux le plus… c'est toi. Ce qui m'a fait le plus mal, c'est de perdre ma sœur. Je me souviens… (Elle sourit, comme s'il s'agissait d'un très beau souvenir.) Papa et Maman sont devenus dingues quand tu as fugué pour venir ici. Ils croyaient qu'ils allaient être arrêtés pour négligence envers un enfant. C'est tout ce qui les préoccupait. Pas toi, juste leur réputation. Moi, je te trouvais formidable. Absolument formidable. Je n'avais jamais lu les livres, mais après ça, j'en ai lu quelques-uns, j'ai même écrit à Jack Masterson pour lui dire que tu étais une fille incroyable et que j'avais beaucoup de chance d'avoir une sœur aussi intelligente et courageuse. Il voulait que je te présente des excuses pour ce que j'avais dit, mais je n'ai pas pu. Chaque fois que je lui écrivais, il me répondait en me conseillant de te parler. J'ai fini par ne plus lui écrire. Je me sentais trop coupable. Et puis, il y a eu ce concours, auquel tu participais. J'ai reçu un appel de Jack Masterson, et maintenant j'en fais partie aussi. C'est pour ça que je suis là. Et je suis désolée. Encore une fois. Toujours.

— J'ai attendu toute ma vie que tu me dises que tu étais désolée.

— Tu n'as plus besoin d'attendre. Je suis désolée, Lucy. J'avais peur de perdre l'amour de Papa et Maman. Plus ma santé s'améliorait, plus je sentais que je le perdais. Et j'avais peur que tu détournes toute l'attention de moi. J'étais en bonne santé, toi aussi, et si on jouait selon les mêmes règles, toi et moi… (Angie leva la tête, détourna les yeux, puis se força à regarder Lucy.)… tu allais gagner.

Lucy éclata de rire, choquée.

— Gagner ? Gagner quoi ?

Angie haussa les épaules.

— La vie. Tu gagnerais au jeu de la vie. Parce que Papa et Maman me traitaient comme un œuf de Fabergé… Je ne savais même pas comment faire du thé. Je… Je ne savais même pas si j'aimais le thé.

— Moi non plus, je ne savais pas si j'aimais le thé, avoua Lucy parce qu'elle devait dire quelque chose. Jack m'a fait du thé avec une tonne de sucre. C'était génial.

— Tu appelles par son prénom le plus célèbre auteur de livres pour enfants au monde. Il t'a fait du thé sucré. La police est venue te récupérer sur son île privée. (Angie tendit les mains vers sa sœur.) Tu as gagné au jeu de la vie. Et moi, je ne suis même pas arrivée deuxième.

Il y eut un déclic dans le cœur de Lucy. Le mur qui l'encerclait se mit à se lézarder, à s'écrouler.

— Ils ne voulaient même pas que j'aie un chat quand j'étais petite, ajouta Angie. C'était la seule chose que je voulais. Un chat. Maintenant, j'en ai deux. Ronronaldo et Coussinette.

— Tu as volé les noms aux livres de Jack.

— Il dit qu'il approuve ce genre de vol. Oh, Lucy, tu n'as pas idée du nombre de fois où j'ai voulu t'appeler, au fil des années, pour te raconter tout ça, mais je me ravisais toujours. J'étais si lâche. Je suis encore lâche. Jack a dû me convaincre de venir ici te voir.

— Moi aussi, j'ai eu envie de t'appeler. Mais seulement parce que j'avais besoin d'argent.

— Je t'en aurais donné. Tu en as encore besoin ? J'en ai.

— Non. Enfin, si, j'en ai encore besoin, mais je ne veux pas que tu m'en donnes.

— Eh bien, si tu changes d'avis… (Angie eut un sourire fragile.) Y a-t-il autre chose que je puisse faire pour toi ? Je te promets, si tu veux d'autres histoires horribles sur Papa et Maman, j'en ai plein.

— Ça t'arrive d'avoir peur, si un jour tu as des enfants, de foutre leur vie en l'air comme Papa et Maman ont foutu en l'air la nôtre ?

— Oh oui. Tout le temps. Je n'ai vécu qu'avec deux hommes, et le premier était totalement narcissique…

— J'ai connu ça.

— Mais l'autre était si gentil que je n'ai pas… (Elle secoua la tête.) Il méritait mieux. Mais pas toi.

— Quoi, pas moi ?

— Je n'ai pas peur pour toi si tu as des enfants. Tu seras merveilleuse avec eux. Tu sais que les enfants méritent d'être aimés. Tu sais que, toi, tu mérites d'être aimée, et tu as essayé de nous le dire, simplement nous ne t'avons pas écoutée.

Lucy voulait répondre quelque chose. Elle ne savait pas vraiment quoi, mais peut-être quelque chose du genre : « Merci de me dire tout ça. »

C'est alors que Jack frappa doucement à la porte de la bibliothèque et glissa la tête à l'intérieur.

— Désolé de vous interrompre, mais le ferry arrive, Miss Angie. Si vous êtes prête…

Angie lui sourit, puis à Lucy.

— Je ne voudrais pas m'incruster.

Elle se leva et alla jusqu'à la porte.

— Je peux t'accompagner jusqu'à l'embarcadère, proposa Lucy.

Sa sœur sourit.

— Merci. Ça me ferait plaisir.

En chemin, Angie regarda autour d'elle.

— Cet endroit est incroyable. Tu as tellement de chance.

Sur le ponton, elles attendirent que le capitaine amarre le ferry. L'eau était calme. Les mouettes tournoyaient dans le ciel, à la recherche de leur déjeuner parmi les branches cassées et autres débris.

— Enfin, dit Angie alors qu'une gêne s'installait à nouveau entre elles, j'espère que je te…

— Pourquoi maintenant ? demanda tout à coup Lucy.

— Quoi ?

— Pourquoi me parles-tu maintenant ? Plutôt qu'il y a un an, ou trois ans ? Ce n'est pas seulement le concours. Pourquoi Jack a-t-il dû te persuader pour…

— Je ne voulais plus perdre de temps. C'est tout.

Le capitaine aida Angie à monter à bord.

— On se parle bientôt ? J'adorerais avoir de tes nouvelles quand le concours sera fini. Tu m'appelleras si tu gagnes ?

Lucy hésita avant de répondre.

— Peut-être.

Le moteur redémarra, et le bateau s'éloigna du rivage. Jack vint se placer à côté de Lucy alors que le ferry traversait lentement les eaux peu profondes, vers la haute mer.

— Elle trouve que j'ai de la chance.

— Ah, c'est vrai que tu as la santé.

— Pourquoi ai-je toujours cru que sa vie à elle était parfaite ? interrogea Lucy.

— Parce qu'elle avait l'amour de tes parents. Tu pensais qu'elle avait remporté le gros lot. Mais tu connais la malédiction des gagnants à la loterie, non ?

Elle la connaissait. Et Angie semblait avoir été en proie à une malédiction. Elle avait gagné leur amour, mais l'avait perdu tout aussi aisément.

— Je ne peux pas encore lui pardonner, déclara Lucy dès que le bateau eut disparu.

— Non, bien sûr.

— Mais je ne la déteste pas.

— La haine est un couteau sans manche. On se coupe soi-même dès qu'on s'en sert pour couper quelque chose.

— Jack…

— Lucy, je voudrais te dire que je suis désolé de t'avoir fait de la peine aujourd'hui. Je sais que ça n'a pas été facile, que je suis un vieil imbécile qui fourre son nez partout, mais si tu t'accordes un peu de temps…

— Jack ?

Il se tourna vers elle. Il avait l'expression d'un condamné à mort qui attend que le couperet tombe.

— Merci.

CINQUIÈME PARTIE

Une dernière petite question

— UNE DERNIÈRE PETITE QUESTION, s'éleva la voix du Cerveau depuis l'ombre qui semblait le suivre partout où il allait.

Le sang d'Astrid se glaça. Encore une question ? N'avait-elle pas surmonté toutes les épreuves ? Répondu à toutes les devinettes ? Que leur restait-il à faire, à Max et à elle ? Sa mère et Max l'attendaient à l'embarcadère. Elle voulait être avec eux, rentrer chez elle, faire ses valises. Oh, mais d'abord, ils allaient appeler Papa et lui annoncer la grande nouvelle, en espérant qu'il obtiendrait comme par magie un nouvel emploi en ville. Il était temps de partir. Temps de commencer une nouvelle vie. Temps de réunir leur famille. Quelle heure est-il ? Il est temps de quitter l'île, disait l'horloge.

— Quelle est la question ?

Astrid se tenait sur le seuil, un pied dans la maison, un pied dehors, prête à filer vers le ponton.

— Tu peux me dire la vérité. Toute la vérité. Non… la vérité vraie. Est-ce ce que tu désires plus que tout ?

La vérité. Toute la vérité. La vérité vraie.

— J'adore l'île de l'Horloge, répondit-elle en admirant l'eau argentée qui s'étendait à l'infini, le ciel bleu-gris qui semblait sans limite. Je veux que nous soyons tous avec Papa, mais… j'aimerais aussi revenir un jour.

— Dans ton village ?

— Non, ici. Sur l'île. Je peux ?

— Si tu peux revenir sur l'île de l'Horloge ? Ce vœu-là aussi sera peut-être exaucé, à condition que tu sois assez courageuse.

— Pourquoi seuls les vœux des enfants courageux sont-ils exaucés ? demanda-t-elle.

— Parce que seuls les enfants courageux savent que faire un vœu ne suffit pas. Il faut essayer de les réaliser. Comme vous l'avez fait, Max et toi. (L'ombre se rapprocha d'elle et parut presque sourire.) Vas-y. Ta mère t'attend, et le bateau féerique va arriver.

Astrid regarda par-dessus son épaule. Le bateau, piloté par une fée aux ailes de libellule, était presque à quai.

— Moi, j'ai une dernière question, dit Astrid. Quel est votre vœu, à vous ?

L'ombre du Cerveau sourit à nouveau, puis le sourire s'effaça, l'ombre redevint simplement ombre, et Astrid sut qu'il était parti. Un jour, quand son vœu serait exaucé et qu'elle reviendrait sur l'île, elle lui reposerait la question.

Astrid courut vers l'embarcadère, vers sa mère, son frère et la nouvelle vie qui les attendait de l'autre côté de l'océan.

Extrait de *La Maison sur l'île de l'Horloge*, premier volume des *Aventures de l'île de l'Horloge*, par Jack Masterson, 1990

26

C'ÉTAIT LE DERNIER JOUR du concours. Quelqu'un allait gagner. Ou personne ne gagnerait. Mais quoi qu'il advienne, le lendemain tout serait fini, et les participants rentreraient chez eux.

Lucy était assise dans un rocking-chair dans la véranda de la maison, à contempler le soleil qui se couchait sur l'eau scintillante. Tout semblait paisible, et pourtant elle avait le cœur battant. Le silence de l'air n'était pas celui qui succède à un orage, mais le silence de l'œil du cyclone. Elle tentait de respirer au rythme du va-et-vient du fauteuil. Quand elle se balançait en arrière, elle inhalait par le nez l'air frais et salé. Quand elle se balançait en avant, elle exhalait une chaude haleine à travers ses lèvres… Le bruit des patins du rocking-chair sur les planches peintes en blanc ramenait la jeune femme à ses dix ans. Elle était dans la véranda, chez ses grands-parents, sur la balancelle de Papy et Mamie dont les ressorts grinçaient, seul bruit dans une soirée paisible et silencieuse.

Elle avait été aimée. Pas par ses parents, non, mais ses grands-parents l'avaient aimée, même s'ils n'avaient pas compris sa solitude. Ils la faisaient venir dans la véranda, le soir quand il faisait chaud, et ils voulaient qu'elle soit avec eux lorsqu'ils revivaient la journée en une conversation murmurée. Pas de télévision. Pas de radio. Rien que les criquets et eux.

Oui, elle avait été aimée. Ses grands-parents, si différents du fils hautain et insensible qu'ils avaient engendré, auraient sans doute aimé voyager, vivre sans jouets par terre, sans ventes de gâteaux et sans réunions de parents d'élèves, mais ils s'étaient sacrifiés pour elle, ils l'avaient accueillie – avec bonheur, sans se plaindre – et lui avaient donné de l'amour. Elle aurait voulu ses parents et sa sœur, elle aurait voulu ce que les autres enfants semblaient avoir. Au lieu de quoi elle avait eu autre chose, et maintenant, après sa conversation de la veille avec Angie, elle se demandait… si elle n'avait pas obtenu quelque chose de mieux.

Peut-être bien. Elle savait ce que signifiait aimer un enfant. Elle savait à quoi ressemblait l'amour, et à quoi ressemblait le sacrifice. Ses grands-parents prouvaient qu'on n'avait pas besoin d'être *les* parents pour être de bons parents. Quoi qu'il arrive avec Christopher, elle serait un jour une bonne mère pour lui. Si elle perdait, elle retournerait à Redwood. Vendredi, elle dirait au revoir à Christopher, elle lui dirait qu'elle l'aimait, et elle lui ferait la même promesse que deux ans auparavant – « Je ferai tout mon possible pour que nous soyons ensemble. »

Puis elle ferait tout pour tenir sa promesse.

Le ciel était rose, orange, bleu, les couleurs les plus folles s'y mêlaient alors que le soleil baissait. Une porte grillagée s'ouvrit et claqua en se refermant. Puis une main lui toucha délicatement l'épaule et la serra.

Elle leva les yeux. C'était Hugo, bien sûr. Il lui souriait.

— Prête ? demanda-t-il.

Lucy hocha la tête.

— Aussi prête que je peux l'être.

Le ciel était rouge comme le feu quand Lucy entra dans la maison. Ce genre de paysage portait bonheur au marin, se rappela-t-elle. Elle espérait que c'était aussi un bon signe pour elle.

Ses concurrents étaient déjà dans la bibliothèque. À quelles peurs avaient-ils été confrontés la veille pour être ici ? Au cours des dernières vingt-quatre heures, tous les trois s'étaient tenus à distance les uns des autres en attendant le dernier jeu.

Andre tournait le dos aux étagères. Il avait la mâchoire tendue, les yeux comme deux lasers pénétrants. Il redressa le menton, plissa les yeux et regarda Lucy comme un gladiateur saluant un rival. Sa mine disait : « J'ai de la sympathie et du respect pour toi, mais j'essaierai de te battre, et je compte sur toi pour en faire autant. »

Assise sur le canapé, les mains autour des genoux, Melanie se balançait légèrement, comme pour se calmer. Elle afficha un sourire tremblant, et Lucy lui rendit la pareille. La vie du gagnant allait être métamorphosée. En traversant la pièce pour aller occuper son fauteuil habituel, Lucy lui mit une main sur l'épaule. Melanie leva les yeux vers elle.

— Je voudrais que nous puissions tous gagner, dit Lucy.

Melanie lui prit la main et la serra.

— Moi aussi.

Miss Hyde était là, bien sûr, pour surveiller, sans parler à personne. Son visage arborait un air satisfait, comme si elle savait déjà qu'elle allait quitter cette maison avec le livre destiné à Lion House.

Au bout de quelques minutes, Jack entra dans la bibliothèque. Il se planta devant la cheminée, face à eux tous. La pièce était tellement silencieuse que Lucy entendait le ressac de la houle, même les cris de quelques mouettes au crépuscule.

— Le temps file, déclara Jack en souriant, le jeu sera bientôt fini sur l'île. Avant de commencer, je voudrais exprimer encore une fois le bonheur que ç'aura été pour moi de vous avoir tous ici. Les enfants, pas l'avocate.

— J'entends souvent ça, rétorqua Miss Hyde.

— Quand vous aurez mon âge, et qu'il y aura plus de sable au fond de votre sablier qu'il n'en reste à s'écouler, vous devrez choisir entre finir ce que vous avez entrepris et laisser sur cette Terre... (Il s'interrompit, ses yeux rencontrant ceux de Lucy.)... une voie ferrée qui ne mène nulle part.

Il sourit à nouveau et les regarda tous avant de poursuivre :

— Il y a des années, je vous ai promis que vous pourriez revenir quand vous seriez plus grands. Je suis content d'avoir pu tenir cette promesse. Andre, Melanie, Lucy... Je ne pourrais pas être plus fier de vous si vous étiez mes propres enfants. Et j'avoue que, parfois, j'ai regretté que vous ne soyez pas ma progéniture.

— Ça ne m'aurait pas déplu, avoua Melanie.

— Nous sommes tous dans le même cas, renchérit Andre. J'adore mes parents, mais je ne dirais pas non si je pouvais avoir mon île à moi.

Lucy garda le silence. Elle n'avait pas besoin de parler. Jack savait combien elle l'aimait, combien elle aurait voulu grandir avec lui comme père au lieu de ses parents inutiles. Mais lorsqu'elle était enfant, elle aurait voulu qu'il soit son père. À présent, à l'âge adulte, elle aurait voulu être sa fille.

— Hélas, comme on dit, les meilleures choses ont une fin. Et comme vous le savez tous, dans mes livres de *L'Île de l'Horloge*, l'histoire n'est pas terminée tant que le Cerveau n'a pas posé une dernière petite question. Il est temps maintenant que je vous pose cette ultime question. Si vous répondez juste, vous remporterez cinq points. Et puisque ces cinq points vous permettront d'atteindre ou de dépasser un total de dix, à vous de gagner !

Il les observa tous à nouveau avant de demander :

— Nous avons bien nos téléphones sur nous ?

Lucy, Melanie et Andre s'entre-dévisagèrent. Ils avaient leurs portables, mais seulement par habitude. Ils n'avaient pas le droit de s'en servir pendant les épreuves. Que se passait-il ?

— Je crois fermement au pouvoir de l'amour et de l'amitié. Donc si vous avez besoin d'appeler un ami pour répondre à notre dernière question, vous le pouvez. Personne ne devrait être obligé de concrétiser ses vœux tout seul.

Pas un mot. Tout le monde semblait retenir sa respiration.

— Miss Hyde ? Voudriez-vous avoir l'obligeance ?

L'avocate filiforme se leva avec un sourire glacé.

— Une dernière petite question… pour cinq points et pour gagner le concours. Comme Jack l'a expliqué, vous avez le droit de téléphoner à un ami… Quels sont les deux mots qui figurent sur la page 129 de la version poche du *Secret de l'île de l'Horloge*, édition de 2005 ? Vous avez cinq minutes pour répondre. Et vous pouvez sortir de la pièce.

Lucy resta sans voix. Melanie semblait paralysée. Andre plaqua une main sur sa bouche. Souriait-il ou sa mâchoire s'était-elle décrochée ?

Melanie et lui se jetèrent en même temps sur leur téléphone. Lucy tenait le sien comme une chose morte, à peine capable de croire que Jack lui ferait ça. La seule personne qu'elle pouvait appeler ne lui parlerait pas au téléphone ; Christopher ne parlerait à personne au téléphone. Elle lui avait pourtant offert toute sa collection de l'île de l'Horloge. Il restait sa meilleure chance pour gagner cette épreuve. Elle inspira profondément et appela le portable de Mrs Bailey, redoutant déjà le temps que cette intermédiaire lui ferait perdre, mais elle n'avait pas le choix. Seul Christopher saurait d'un regard quel volume elle cherchait.

Andre avait déjà trouvé quelqu'un pour lui répondre. « Ma chérie, passe-moi Marcus tout de suite. » Un silence. « Ne me pose pas de questions, Marcus. Cours dans ta chambre, tout de suite, et prends le livre sur ton étagère. C'est une des *Aventures de l'île de l'Horloge*. » Nouveau silence. « Quoi ? Tu les as échangés avec qui ? Tu as échangé mes livres de *L'Île de l'Horloge* ? On va en parler sérieusement quand je serai rentré. Pour le moment, il faut que tu téléphones à ta mère. »

Melanie faisait défiler sa liste de contacts. Elle s'arrêta sur un nom, qu'elle appela. « Jenny ? J'ai besoin de toi pour passer en revue les livres de *L'Île de l'Horloge* qu'on a au magasin, au cas où on aurait le volume cinquante-deux. »

Lucy tomba sur une boîte vocale. Elle dut user de tout son sang-froid pour ne pas assommer Jack avec son téléphone. Elle sentait sur elle le regard d'Hugo. Elle rappela, pariant que Mrs Bailey devait être dans la pièce voisine avec les jumeaux. À chaque sonnerie, de précieuses secondes s'écoulaient. Quand elle aboutit à nouveau sur la boîte vocale, elle recomposa le numéro. Quelqu'un allait finir par l'entendre. Où était Mr Bailey ? Même si elle savait que Christopher ne décrocherait pas, il restait une chance pour qu'il voie que c'était elle qui appelait, si le téléphone était posé sur une table.

Si tu es là, Christopher, demande à Mrs Bailey de répondre à son foutu téléphone, répétait-elle dans sa tête comme une prière. *C'est ta maman qui t'appelle.*

27

DANS SA CHAMBRE, Christopher rangeait ses habits dans son sac. C'était un joli sac. Ce jour-là, Mrs Bailey était allée au dépôt-vente lui acheter un bagage rien qu'à lui. Il n'avait jamais eu de valise, et ce sac était vraiment chouette : bleu et rouge, avec une fusée et le mot « Tchouff ! » en grosses lettres de fumée. Il était un peu usé, un peu râpé par endroits, mais Mrs Bailey l'avait nettoyé avec des lingettes et il avait l'air comme neuf. La dernière fois qu'il avait déménagé, Christopher avait dû mettre toutes ses affaires dans un sac-poubelle. Ses livres, que Lucy lui avait donnés, iraient dans une caisse en carton que Mrs Bailey avait promis de lui trouver. Il faudrait peut-être qu'il lui en reparle. Il ne pouvait pas abandonner ses livres, mais elle avait emmené les bébés faire le tour du pâté de maisons, et Mr Bailey, qui dormait dans leur chambre, ne se réveillerait pas avant qu'il soit l'heure de partir pour son travail de nuit.

Christopher se rappelait qu'il y avait parfois des caisses en carton à l'arrière de la maison, pour le recyclage. Il se sentirait mieux dès que ses livres de *L'Île de l'Horloge* seraient emballés et prêts à partir avec lui. Mrs Bailey lui avait dit que sa nouvelle famille d'accueil, Jim et Susan Mattingly, était un couple vraiment charmant, dont les deux enfants étaient à l'université ; ils avaient décidé qu'ils n'étaient pas prêts à habiter un « nid vide ». Christopher avait cru qu'ils avaient des oiseaux apprivoisés, mais Mrs Bailey avait expliqué que c'était simplement une allusion aux enfants qui quittaient la maison en grandissant.

Il trouva la poubelle à recyclage dans la cuisine, mais cette semaine, tous les cartons semblaient trop petits.

Il valait peut-être mieux attendre que Mrs Bailey revienne et l'aide à trouver une caisse. Il se contenta d'ouvrir le réfrigérateur pour prendre du jus de fruits. Ils n'en avaient pas toujours parce que Mrs Bailey disait que ça coûtait cher, mais comme il partait cette semaine, elle en avait acheté une bouteille pour lui.

Tout en buvant son « Cocktail tropical » – son parfum préféré parce que c'était le plus sucré, qui lui faisait la langue toute rouge –, il réfléchit à son plan. Il serait très sage chez les Mattingly, il leur montrerait qu'il était intelligent et qu'il savait très bien lire. Au bout d'un jour ou deux, il leur parlerait de Lucy, et s'ils étaient aussi gentils qu'il l'espérait, alors ils laisseraient Lucy habiter chez eux aussi. Elle pourrait être sa maman, eux seraient ses grands-parents, et tout le monde serait content. Il avait peu de souvenirs de ses grands-parents – ils étaient morts bien avant ses parents –, mais il se rappelait que son grand-père était amusant, qu'il riait fort, lui faisait des gros câlins et le lançait en l'air pour le rattraper. La vie serait super avec une maman *et* un grand-père.

Ce serait vraiment super. Ce serait génial. Et Mrs Bailey disait que les Mattingly étaient « super gentils ». Il aimait bien ce mot, « super gentils ». Mais si le mot lui plaisait à ce point, pourquoi pleurait-il autant ?

Le téléphone se mit à bourdonner dans l'entrée. Christopher renifla et se redressa. Il se leva et alla voir, puisque Mrs Bailey était encore dehors avec les bébés. Elle lui avait dit de la prévenir si les Mattingly cherchaient à la joindre.

Il se trouvait devant la table où le téléphone avait été mis à recharger. Un nom s'affichait sur l'écran.

Lucy Nerr.

Christopher s'essuya le visage comme si elle allait voir à travers le téléphone qu'il avait pleuré. C'était Lucy qui appelait. S'il décrochait, il pourrait lui parler. Il avait tellement envie de lui parler qu'il en avait mal. Personne n'était aussi gentil que Lucy. Il voulait vivre avec elle, pas avec ces autres gens. C'est elle qui lui faisait la lecture. C'est elle qui lui apportait ces requins super. C'est à elle qu'il voulait dire ses bonnes nouvelles : il était si fort en lecture qu'on lui donnait des exercices de CM1, il avait marqué six points au basket pendant la récréation hier, et la fille la plus populaire de sa classe, Emma, avait voulu faire équipe avec lui pour l'interro de calcul parce qu'elle voulait tout savoir sur Lucy et son voyage sur l'île de l'Horloge.

Même si les Mattingly étaient super gentils, même s'ils habitaient un château, un bateau ou même sur l'île de l'Horloge, il n'avait pas envie de vivre avec eux. Il voulait vivre avec Lucy dans leur deux-pièces avec des requins peints sur les murs de sa chambre.

Christopher tendit la main vers le téléphone mais, à la seconde où il allait le toucher, le nom de Lucy disparut. La sonnerie cessa.

Il poussa un petit cri. Mrs Bailey pourrait peut-être rappeler pour lui ?

Le téléphone se ralluma et se remit à bourdonner sur la table.

Lucy Nerr.

S'il décrochait, il pourrait entendre sa voix. Il pourrait lui confier son plan. Il pourrait lui demander de dire bonjour au Cerveau. Il pourrait lui poser des questions sur le concours.

Et si elle avait gagné ? C'était peut-être pour ça qu'elle appelait.

Christopher aurait préféré que le téléphone ne vibre pas comme un serpent ou une abeille. Pourquoi Mrs Bailey n'avait-elle pas choisi une chanson comme sonnerie ? Mais il n'allait pas avoir peur.

— Les seuls vœux à être exaucés, chuchota Christopher pour lui-même, sont ceux des enfants courageux...

Il savait comment être courageux. Il savait comment faire, mais il n'était pas sûr d'en être capable.

Pourtant, le Cerveau lui avait dit qu'il l'était. Et Christopher avait promis d'essayer.

Ses mains tremblaient. Son cœur battait très vite. Le téléphone continuait à bourdonner.

Mais je suis courageux, se dit-il.

Le Cerveau lui-même disait qu'il était courageux. Lucy disait qu'il était courageux.

Donc il allait être courageux.

***

Lucy fut stupéfaite d'entendre la voix du petit garçon au bout du fil.

— Christopher ? C'est toi ? Je ne peux pas croire que tu aies décroché !

— J'ai vu que c'était toi, Lucy ! J'avais envie de te parler ! Le Cerveau m'a appris à ne pas avoir peur du téléphone !

— Mon amour, je suis si fière de toi. Je n'ai jamais été aussi fière...

Les larmes se mirent à couler sur ses joues, mais selon le chronomètre sur lequel Miss Hyde faisait claquer ses ongles, plus de trois minutes s'étaient déjà écoulées. *Tic-tac.* Lucy avait les mains tremblantes.

— Christopher, Christopher, écoute-moi ! Pourrais-tu me rendre un immense service ? Si tu es à la maison, cours dans ta chambre et prends sur ton étagère *Le Secret de l'île de l'Horloge*, d'accord ? On joue à un jeu et j'ai besoin de savoir ce qui est écrit sur la page 129. OK ? Tu peux le faire ? tu peux ? Bien. Mais ne raccroche pas.

— Une minute, annonça Miss Hyde.

Pendant les quelques secondes de silence qui suivirent, Lucy souffrit le martyre. Elle haletait. Elle entendait Christopher renverser des livres.

Le petit garçon cria dans le téléphone :

— Je l'ai !

— Page 129, Christopher. 1, 2 et 9. Va à cette page et dis-moi ce qui est écrit. C'est bon ?

— Quinze secondes, dit Miss Hyde. Dix secondes.

— Tu l'as trouvé ? demanda Lucy.

Autour d'elle, Andre parlait au téléphone, mais n'avait pas l'air très optimiste. Melanie était debout, son appareil toujours collé à l'oreille.

— Je l'ai !

Ms Hyde entama le compte à rebours :

— Cinq, quatre, trois, deux…

Christopher donna la réponse à Lucy.

— « Je gagne ! » cria Lucy. Il est écrit « Je gagne ! ».

28

DANS *LE SECRET DE L'ÎLE DE L'HORLOGE*, une petite fille prénommée Molly fuit un orphelinat pour se rendre sur l'île. Quand le Cerveau lui demande quel est son vœu, elle répond qu'elle désire rester avec lui. C'est son unique vœu. Il tente de la dissuader, mais elle explique qu'il aura beau dire et beau faire, rien n'est plus effrayant que ce qui se passe à l'orphelinat. Il lui soumet des devinettes impossibles et, au lieu de les résoudre, elle le bombarde de questions :

Pourquoi restez-vous toujours dans l'ombre ? Comment se fait-il que l'ombre vous accompagne partout ? Est-elle comme un chapeau ? Puis-je porter votre chapeau d'ombre ? Vous avez une drôle de tête ? C'est pour ça que vous portez toujours une ombre ? Je peux voir votre drôle de tête ? Et moi, j'ai une drôle de tête ? Et qu'est-ce qu'il y a de si drôle dans une drôle de tête, après tout ? Pourquoi cette île s'appelle « de l'Horloge » ? L'île appartient à une horloge, ou bien il y a une horloge quelque part ? Pourquoi habitez-vous seul dans une aussi grande maison ? Et ça, c'est un furet à dents de sabre ? Vous avez des enfants ? Vous voulez en avoir ? Vous voulez que je sois votre enfant ? Je peux rester ici et être votre enfant ?

Ensuite, il essaie de lui faire affronter ses peurs, mais elle éclate de rire en disant qu'elle a déjà fait ça il y a des années, quand ses parents sont morts et qu'elle a été emmenée à l'orphelinat. S'il veut vraiment l'épouvanter, il devra la reconduire là-bas, mais le seul moyen pour ça serait de l'attraper par la peau du cou, de la jeter dans un sac et de porter ce fardeau sur son épaule pendant tout le chemin. Hors de question qu'elle y remette les pieds. Elle ne bougera plus d'ici. Elle dormira dans la chambre du furet.

Enfin, il dit qu'il l'autorisera à rester si elle joue à un jeu avec lui, le jeu où il est le plus difficile pour un enfant de gagner. C'est un concours de regards droit dans les yeux, et elle sait qu'il n'est pas aisé de regarder une ombre dans les yeux.

Pourtant, Molly sait ne pas battre des paupières. Sa mère lui a appris, avant de mourir dans un accident.

Molly a peur, mais elle accepte le défi. Si elle gagne, elle restera sur l'île. Si elle perd, elle retournera à l'orphelinat. Il faut qu'elle gagne.

Ils commencent le jeu.

Molly s'efforce de ne pas pleurer lorsqu'elle repense à sa mère qui lui a appris à ne pas battre des paupières. C'est difficile de jouer quand on a envie de pleurer, néanmoins elle y arrive parce que le Cerveau lui plaît bien. On croit qu'il est effrayant, mais en vrai, il ne fait que se tenir dans l'ombre, ce qui est bizarre, et exaucer les vœux des enfants. Et sa maison est trop grande pour une seule personne. Enfin, une personne et Jolène, le furet à dents de sabre. Si ce type s'amuse à exaucer les vœux des enfants, il doit aimer les enfants. Il ne va pas les enfermer dans la machine à laver et mettre en route le programme d'essorage, pas vrai ?

Molly se force à se concentrer sur le jeu, même si elle a l'impression que sa mère est juste derrière elle, et qu'elle la verra si elle regarde par-dessus son épaule. Elle a envie de revoir sa mère, mais si elle regarde en arrière, elle perdra. Elle ne peut pas regarder en arrière. Elle doit rester les yeux droit devant elle. Si elle garde les yeux sur le Cerveau – enfin, sur l'ombre qui la dévisage –, elle pourrait retrouver une famille. Une nouvelle famille. Une famille différente. Mais une bonne famille, rien qu'elle, le Cerveau et Jolène.

Finalement, l'ombre bat des paupières. Molly ne savait pas qu'une ombre pouvait battre des paupières, mais celle-ci en est capable.

À la page 129, Molly crie : « Je gagne ! »

À la page 130, on lit ces seuls mots :

« Le Cerveau avait laissé Molly gagner. »

29

— On a gagné ? demanda Christopher.

Non. Ils n'avaient pas gagné.

Lucy était effondrée. Elle ne savait pas quoi dire. Le chronomètre de Miss Hyde s'était arrêté moins d'une seconde avant que Lucy crie la réponse. Ils avaient perdu la possibilité d'être ensemble à une seconde près.

— Attends, mon chéri, dit Lucy à Christopher. Laisse-moi… juste une minute.

Elle essayait de conserver son sang-froid, de paraître calme, mais elle se décomposait en tentant de comprendre comment la victoire avait pu lui échapper alors qu'elle en était si proche.

— Merci à tous d'avoir participé, dit Miss Hyde avant de diriger vers Jack un regard lourd de sens. Il me semble que nous n'avons aucun gagnant.

— Désolé, les enfants. J'espérais vraiment que l'un de vous gagnerait.

Il fouilla dans la poche de son pantalon bleu marine froissé et en tira une clé.

— Le livre est dans un coffre à la banque, déclara-t-il à Miss Hyde en lui confiant l'objet. Je vous fournirai les détails, mais voici déjà de quoi l'ouvrir.

L'avocate serra entre ses doigts la petite clé en argent.

— Au nom de l'éditeur, je vous remercie, Jack. (Elle eut ensuite la correction de s'excuser auprès des concurrents.) Je sais que vous teniez tous beaucoup à gagner ce concours, et je suis sûre que vous éprouvez une certaine déception. Chacun de vous recevra un exemplaire dédicacé de la première édition pour votre propre collection. Merci d'avoir participé à l'une des meilleures campagnes de marketing dans l'histoire de la littérature jeunesse.

— Là encore, dit Jack, j'aurais voulu que cela se passe autrement. Je ferai de mon mieux pour vous dédommager.

Andre avait mis fin à sa conversation téléphonique et fut le premier à sourire.

— Sans rancune Jack, dit-il en s'avançant pour lui serrer la main. Ça m'a fait tellement plaisir de vous revoir. Je repars avec des souvenirs jusqu'à la fin de mes jours.

Jack prit Andre dans ses bras.

— Lucy ? demanda Christopher au téléphone. Qu'est-ce qu'il y a ?

— Désolé, mon chéri, souffla-t-elle en écartant sa main du micro. Ils nous parlaient de certains détails.

— Tu as gagné ? Tu as le livre ?

— Euh… eh bien, ça…, commença-t-elle.

Elle crut qu'elle allait s'évanouir tant elle tremblait.

— Laissez-moi lui parler, intervint alors Hugo.

— Quoi ?

— S'il vous plaît.

D'une voix vacillante, Lucy murmura :

— Christopher, quelqu'un ici veut te parler. Il s'appelle Hugo Reese, et c'est lui qui dessine toutes les belles couvertures des livres de *L'Île de l'Horloge*.

— Vraiment ? Comme la carte de l'île, le puzzle et le train ?

— Il les a toutes faites. Et il veut te saluer. Je te le passe. Hugo ?

Elle remit le téléphone à Hugo, qui le plaça contre son oreille.

— Christopher ? Hugo à l'appareil. Je suis un ami de Lucy.

Celle-ci se rassit, muette, sous le choc, écoutant à moitié Hugo se présenter à Christopher. Qu'allait-il bien pouvoir lui dire ? Impossible de mentir. On pouvait cacher des choses aux enfants, mais le mensonge était impossible. Le monde entier saurait bientôt que personne n'avait gagné le livre, qui tombait dans l'escarcelle de l'éditeur. Lucy respira à travers ses mains, son esprit partant au galop, comme s'il existait un moyen de tout arranger, de remonter le temps, d'avoir une deuxième chance et de répondre à la question une seconde plus tôt.

— Non, non, Lucy n'a pas gagné le livre, mais elle a obtenu le deuxième prix. C'est un tableau, que j'ai peint. Un grand tableau de requin. Elle a dit que tu allais adorer. (Hugo sourit et croisa le regard de Lucy.) Quel est ton préféré ? Le requin-marteau ? Très bon choix. Dommage qu'il n'y ait pas d'autres animaux qui aient une tête de la même forme. Des chats-marteaux, des chiens-marteaux, des serpents-marteaux. Attends, je crois que tu viens de me donner une idée pour une nouvelle peinture.

Lucy vit Miss Hyde sortir de la bibliothèque, l'air triomphant.

— Tu devrais conserver le tableau que Lucy a gagné. Dans dix ans, tu le vendras, et ça payera tes études. Pas dans une très bonne université, mais quand même…

Lucy se mit à rire. D'un rire timide, si faible qu'Hugo ne l'entendit même pas. Le deuxième prix, avait-il dit ? Elle était arrivée troisième, à égalité avec Melanie, avec cinq points. Andre avait terminé avec six. Mais cela n'avait aucune importance. Plus rien n'avait d'importance. Elle tendit la main et la posa sur l'épaule d'Hugo. Il se tourna vers elle et elle articula un « merci » silencieux.

Puis elle renversa sa tête sur le dossier du fauteuil et pleura.

30

Dans la chambre Océane, Lucy préparait ses bagages. Elle se sentait vidée, épuisée, plus zombie qu'être humain, mais l'activité aidait. Hugo lui proposa son aide, toutefois, il ne pouvait guère que lui tenir compagnie, pour éviter qu'elle s'écroule à nouveau.

— Demain matin, je vous emmènerai à l'aéroport, dit-il lorsqu'elle eut bouclé sa valise.

— Je dois prendre le ferry à cinq heures, lui rappela-t-elle d'une voix qui semblait lointaine et creuse à ses propres oreilles. Cinq heures du matin.

— Ne vous inquiétez pas. Je pars avec vous, et vous ne pourrez pas m'en empêcher.

— Je ne vous empêcherai de rien du tout.

Il était déjà vingt et une heures trente, et elle devrait se coucher tôt, mais elle voulait passer plus de temps avec Hugo. C'était peut-être la dernière fois qu'ils se voyaient. Ils ne fréquentaient pas exactement les mêmes cercles. À quand remontait la dernière fois qu'elle était allée à New York ? C'était dans une autre vie.

— Si vous voulez emporter le tableau du requin, je le ferai emballer et mettre en caisse, ce qui prend un temps fou, ou bien je vous l'enverrai par la poste ou…

Elle prit un oreiller et le lui jeta à la tête.

Il l'attrapa, feignant d'avoir eu mal.

— Qu'est-ce que j'ai fait pour mériter ça ?

— C'est quoi, cette histoire de deuxième prix ? Pourquoi être allé inventer ça ?

— Je veux que Christopher ait ce tableau. Et je n'avais pas le choix : c'était ça, ou me détester. Enfin, me détester encore plus que ce n'est déjà le cas.

Elle leva les yeux vers la peinture suspendue au-dessus de la cheminée, qui s'intitulait *Pêche au vol.* Au moins elle ne partirait pas les mains vides, elle reviendrait avec un authentique tableau d'Hugo Reese. Son artiste favori. Et celui de Christopher.

— C'est un énorme cadeau, Hugo. Je sais que vos œuvres se vendent très cher…

— Je n'ai pas la cote de Banksy, vous savez, mais si vous le portiez dans une galerie pour le vendre, vous en…

— Non. N'y pensez même pas. Je ne vendrai pas la peinture que vous avez offerte à Christopher. Ce tableau paiera un jour ses études s'il le souhaite, à moins qu'il ne veuille le garder pour le léguer à ses enfants ou ses petits-enfants, mais moi je ne le vendrai pas. Jamais.

— Lucy…

Elle laissa tomber le T-shirt qu'elle pliait, et se tourna face à lui.

— Venez, lui dit-il.

— Non.

Mais elle s'avança malgré tout et le laissa la tenir dans ses bras. Elle pleura une fois de plus, à chaudes larmes. Le genre de sanglots qui sortent d'un cœur brisé net. Hugo lui frictionnait le dos sans rien dire.

Il faut toujours se taire quand un cœur se brise.

Finalement, elle cessa de pleurer et inspira profondément, deux fois de suite.

— Ça ira, assura-t-elle tout bas.

— J'en suis sûr.

— Je ferai comme toutes les mères célibataires au monde, je me casserai le dos à travailler et à élever mon enfant. J'ai décidé de prendre un deuxième emploi, même si ça me privera de voir autant Christopher. Mais puisqu'il est capable de parler au téléphone maintenant, nous nous verrons en Facetime, on s'appellera même quand je ne pourrai pas le voir en chair et en os. Le jour où je le ramènerai chez moi, mes efforts seront récompensés.

— J'imagine que vous ne me laisseriez pas vous prêter...

— Non, en effet. Au moins pour une raison : que fera-t-on dans six mois, quand il me faudra à nouveau de l'argent ? Dans deux mois, quand ma voiture tombera en panne ? Quand mon loyer augmentera, ou que je serai licenciée ? (Lorsque son souffle fut redevenu régulier, elle se dégagea de l'étreinte d'Hugo.) Il faut que je sois capable de veiller moi-même sur lui. Mais merci pour les chaussures.

— J'aurais tellement voulu...

— Oui. Moi aussi.

Il se leva, la regarda. Il avait visiblement envie d'ajouter quelque chose, mais ne pouvait ou ne voulait pas.

— Je peux vous demander une faveur ?

— Tout ce que vous voudrez.

À sa réponse, elle sut qu'il était sincère.

— Vous pourriez faire un petit dessin de requin ou d'autre chose, pour Christopher, que je lui montrerai demain en attendant le tableau ? Peut-être avec son nom dessus ? Je vous laisserai l'écharpe rouge en échange.

— Bien sûr. Je vais chercher mon carnet. Et de toute façon, l'écharpe, je ne prévoyais pas de vous la rendre.

Il se dirigea vers la porte, mais s'arrêta.

— Cet enfant vous adore, Lucy. Il a répondu au téléphone parce que c'était vous qui l'appeliez. Parce que c'était sa maman qui l'appelait.

Elle sourit.

— Cette journée a été horrible, mais je suis heureuse. Même quand il sera parti dans une nouvelle famille d'accueil, au moins, nous pourrons nous parler au téléphone tant que je n'aurai pas acheté de voiture pour aller lui rendre visite. C'est drôle. Il a dit que le Cerveau l'avait aidé à décrocher. J'imagine que les enfants courageux dans les livres lui ont montré l'exemple.

— Il a été extraordinairement courageux.

Lucy haussa les épaules.

— Dommage que son vœu n'ait pas été exaucé.

— Il vous a dans sa vie, dit Hugo. Il a bien de la chance.

Elle sentit qu'elle s'empourprait. Hugo lui sourit.

— Ne bougez pas. J'en ai pour une seconde !

En son absence, Lucy inspira à travers ses mains. Elle avait perdu le concours. C'était douloureux. C'était nul. Elle aurait voulu pleurer à nouveau, hurler… mais elle était là, encore debout, encore en vie, et demain elle verrait Christopher. C'était tout ce qui comptait.

Elle consulta son téléphone pour lire ses messages. Rien d'important. Le résultat du concours n'avait pas encore été dévoilé à la presse. Jack les avait prévenus : dès le lendemain, ils seraient assaillis. Lucy envisagea d'appeler sa sœur. Jack lui avait donné le numéro d'Angie. Même après toutes ces années, de négligence, de solitude et de cruauté, elle aurait aimé avoir un membre de sa famille à appeler quand elle avait le cœur gros.

Elle rangea son téléphone. Elle n'était pas prête à se laisser à nouveau atteindre, alors qu'elle souffrait déjà bien assez.

— Toc toc toc !

Lucy reprit un visage serein. Jack se tenait sur le seuil de sa chambre. Il portait encore son uniforme habituel : pantalon froissé, chemise bleu ciel à col boutonné avec une tache de café sur le devant, gilet informe dont les extrémités commençaient à se détricoter. Il avait glissé un livre dans l'une des poches de son gilet, et elle se demandait si c'était la raison pour laquelle il choisissait toujours des pulls aussi amples.

— Jack, vous n'êtes pas couché ?

— Non, j'avais de la paperasserie à expédier. Je peux entrer ?

— Bien sûr, je vous en prie.

— J'espère que ça ne te chagrine pas trop de ne pas avoir gagné.

— Je tiens le coup. Je suis contente que le livre soit publié. Je suis assez contente d'avoir vu Angie. Je suis très contente de vous avoir revu.

— Et Hugo ?

Elle devint rouge pivoine.

— Et Hugo. Mais pas pour les raisons que vous croyez. C'est mon peintre préféré.

— Je ne rougis pas quand je parle de Paul Klee.

— Vous devriez. Je suis sûr qu'il était très bel homme.

Jack éclata de rire. C'était bon de le voir rire. Il redevenait alors exactement tel qu'elle l'avait rencontré quand elle avait treize ans. Les années s'envolaient en même temps que la peine.

— D'ailleurs, où est-il, notre Hugo ? Il était avec toi, non ?

— Il est parti dessiner quelque chose pour Christopher.

— Très bien. Avant qu'il revienne, je voulais te donner un petit quelque chose. (Il tira le volume de sa poche.) Je voulais te donner *La Maison sur l'île de l'Horloge.*

Elle baissa les yeux. C'était un exemplaire assez usé du premier volume de la série.

— Ah, merci. Il est dédicacé, j'espère ? Vous voulez bien écrire « Pour Christopher » ?

— Ce livre n'est pas un cadeau pour toi. Ni pour Christopher.

Lucy plissa le front :

— Pardon ?

— Le cadeau, ce n'est pas le livre. Je ne veux pas que tu aies *La Maison sur l'île de l'Horloge.* Je veux que tu aies la *maison*… sur l'île de l'Horloge.

Il ouvrit le volume. Une clé était cachée dedans. La clé d'une maison.

La clé d'une maison.

La clé de la maison sur l'île de l'Horloge.

— Jack, balbutia Lucy. Qu'est-ce que…

— Tu n'as pas gagné le livre, mais ton vœu est exaucé. Lucy Nerr, veux-tu toujours être mon acolyte ?

31

Elle se laissa choir sur le lit. Ses jambes s'étaient dérobées sous elle. Elle voyait trouble. Puis tout s'éclaircit. La brume se dissipa. Son cœur fut transporté de joie.

— Vous m'offrez…

— La maison. Si tu en veux bien, et avec moi dedans, car je ne prévois pas d'en partir avant qu'on m'emporte dans une boîte. Et si tu peux persuader ton Christopher de venir habiter dans le Maine, je serais ravi qu'il vienne vivre ici également.

— Je ne l'ai pas encore adopté. Et je ne peux pas l'emmener hors de l'État de Californie. Ça prendra des mois…

Elle arrivait à peine à réfléchir, à respirer. Tout cela était-il vraiment en train de lui arriver ?

— Oh, pour ça, je pourrai t'aider. Par chance, j'ai de l'argent à ne savoir qu'en faire.

— Vous ne pouvez pas… C'est trop généreux, Jack. Je ne peux pas accepter.

— Tu peux, Lucy. Tu peux accepter de l'aide. Et si tu ne peux pas, Christopher peut, lui.

Il tira de l'autre poche de son gilet une liasse de papiers qu'il lui remit.

Lucy les déplia. De son écriture adorable, tremblante, maladroite, Christopher avait écrit aux crayons gras : « Mon vœu c'est que Lucy m'adopte. »

Elle feuilleta la liasse et trouva une demi-douzaine de lettres adressées au Cerveau par Christopher. Apparemment, Jack et lui s'écrivaient depuis plusieurs mois. Avec un millier de fautes d'orthographe, Christopher avait raconté à Jack – alias le Cerveau – son rêve de devenir le fils de Lucy, la mort de ses parents, sa peur des téléphones. Dans la dernière lettre, Christopher promettait de décrocher, la prochaine fois que Lucy tenterait de l'appeler.

— Vous avez aidé Christopher à surmonter sa peur des téléphones, murmura-t-elle en levant les yeux vers lui. Ce ne sont pas les livres, c'est vous qui l'avez fait.

— S'il y a bien quelqu'un qui s'y connaît en peur, c'est moi.

— Vous…

Elle plaqua les lettres contre son cœur. Sa gorge s'était nouée. Sans attirer l'attention, Jack avait discrètement aidé un petit garçon à trouver son courage, à l'autre bout du pays.

— Il ne m'en a rien dit, le petit cachottier !

— Il voulait te faire une surprise. Il a réussi, non ?

Des larmes coulèrent de ses yeux. Jack la prit doucement par les épaules et la regarda fixement.

— Lucy Nerr, il y a treize ans, tu voulais être mon acolyte. Vœu accordé. Si tu souhaites que ce soit un titre honoraire, c'est possible. Ou bien tu peux réellement emménager ici, vivre avec moi, et m'encourager à tenter de redémarrer ma vie. Et le vœu de Christopher était que tu puisses l'adopter. Vœu accordé. (Il eut un sourire démoniaque.) J'ai déjà demandé à mon avocate de mettre en route la procédure pour toi. Elle pense pouvoir tout obtenir d'ici quelques mois.

— Je sais que je peux.

Lucy se retourna. Miss Hyde se tenait dans l'encadrement de la porte.

— Vous ?

Elle ne pouvait en croire ses yeux.

— Quand vous aurez un moment, Lucy, j'aurai besoin que vous me signiez quelques papiers. Je serai dans la bibliothèque.

— Attendez… Vous ne travaillez pas pour l'éditeur de Jack ?

Sans sourire, elle se borna à hausser le menton.

— Le cinquième amendement de la Constitution m'autorise à ne pas répondre.

Quand Miss Hyde fut partie, Lucy se tourna vers Jack.

— Je… je suis sous le choc.

— Si tu ne peux pas accepter pour moi, fais-le pour Christopher.

— Mais… Hugo ? Et Hugo ? Vous essayez de le remplacer par moi ? Il sera…

— Il en sera très heureux. Il sera plus qu'heureux lorsqu'il saura que je ne serai pas seul. Il pourra décider de rester volontairement ou de s'en aller volontairement. Plus de souci. Plus de culpabilité. Et ne t'inquiète pas, je te donne la maison, mais c'est à lui que je lègue l'île.

Jack s'assit sur la chaise près du lit. Lucy et lui se regardèrent. En treize ans, il avait vieilli, il s'était fané. Mais il était encore le Cerveau, toujours enveloppé d'ombre, toujours étrange, mystérieux, bizarre et bon.

— J'ai attendu le bonheur assez longtemps. Ne m'oblige pas à patienter davantage. (Il lui prit la main.) Que réponds-tu ?

Que pouvait-elle dire ?

Tout sourire, Lucy déclara :

— Je gagne.

32

BIEN SÛR, le Cerveau avait laissé Lucy gagner.*

* Jack Masterson, *Le Secret de l'île de l'horloge*, 2005. Rappelez-vous : toujours citer ses sources.

33

Trois mois plus tard

— INQUIET ? demanda Jack.

— Est-ce que j'ai l'air inquiet ?

Hugo parcourut des yeux le carrousel à bagages, à l'affût d'yeux écarquillés ou de regards entendus de la part des autres voyageurs présents dans l'aéroport. Jusque-là, personne n'avait reconnu Jack. C'est un des avantages d'être écrivain : même les plus célèbres peuvent préserver leur anonymat. Malgré tout, de temps à autre, un enfant ou un adolescent dévisageait Jack, comme s'ils savaient qu'ils l'avaient déjà vu quelque part, sans pouvoir se rappeler son nom.

— Toi, tu as l'air enthousiaste. Moi, j'ai l'air inquiet, soupira Jack.

— Je ne peux pas te le reprocher, mon vieux. Ce n'est pas tous les jours qu'on rencontre son petit-fils pour la première fois.

Jack haussa un sourcil.

— Mon petit-fils ?

— Si Lucy est ta fille honoraire, Christopher est ton petit-fils honoraire, non ?

Jack parut ruminer cette idée.

— Tu savais que, dans le Maine, la loi autorise à adopter un adulte ?

— Ne nous adopte pas tous les deux, Lucy et moi, je t'en supplie.

— Tu n'aurais pas le droit d'embrasser ta sœur sur la bouche.

— Exactement.

— Quand elle aura vu la chambre de Christopher, elle voudra sans doute t'épouser.

— Je préférerais commencer par l'embrasser.

Jack pouffa.

— Ce que tu peux être vieux jeu !

Hugo ignorait ce qui l'enthousiasmait le plus : revoir Lucy ou voir Lucy découvrant la chambre de Christopher. Il avait consacré le mois entier à préparer cette pièce, en fonction de ce que Lucy lui avait dit. Il avait peint le plafond comme un ciel traversé de nuages. Les murs représentaient l'océan : bateaux pilotés par des requins à casquette de capitaine, pieuvres tricotant des filets de pêche pour attraper des lettres de l'alphabet formant le nom de Christopher. Il en était très fier. Qui aurait deviné que le bonheur était la meilleure source d'inspiration ?

— La prochaine fois qu'un enfant me demande si le Cerveau existe vraiment, déclara Hugo, je lui répondrai que oui.

— Je ne savais pas que Lucy te plairait autant, ricana Jack. Ne m'attribue pas ce mérite. Tu es seul responsable.

— Curieusement, je ne te crois pas.

Hugo consulta le tableau des arrivées. Bientôt. Très bientôt…

Jack eut un sourire digne de la Joconde. En bon écrivain, il avait toujours dix, vingt ou cent pages d'avance sur le reste du monde.

— Je suis désolé de ne pas t'avoir prévenu, pour le concours. Sincèrement. Mais j'avais peur que tu m'en dissuades, et le doute n'était plus permis. Ma lâcheté n'avait que trop duré. Il était temps de suivre mon propre jugement et d'être un peu courageux. Ou stupide. Difficile de faire la différence, parfois.

Jack vérifia l'heure à sa montre. Tous deux comptaient les secondes.

— Il y a une chose dont je voulais te parler, reprit Hugo. J'ai reçu un étrange message du Dr Dustin Gardner. Il voulait savoir si tu avais bien vu son mot de remerciement.

— Je l'ai vu, oui.

— Il te remercie de quoi ? De l'avoir chassé de l'île ?

— Aucune raison particulière.

Jack arborait un air de parfaite innocence dont Hugo ne fut pas dupe un seul instant. Hugo le dévisagea, même si Jack fuyait son regard.

— Tu as payé son prêt étudiant, c'est ça ?

— Je ne ferai aucun commentaire. Mais si je l'ai fait, le don était assorti d'une condition : suivre une thérapie de gestion de la colère.

— Et Andre, et Melanie ?

— Ils n'ont pas gagné, mais personne ne m'a interdit d'offrir de jolis lots de consolation.

— J'ai remarqué que, pour une raison mystérieuse, la soirée de lancement du livre aura lieu à la librairie *Le Petit Phare Rouge*, à Saint-John, dans le Nouveau-Brunswick. C'est au Canada, non ?

Jack enfonça ses mains dans ses poches et haussa les épaules.

— J'ai toujours été le défenseur des petites librairies indépendantes.

Le défenseur ? Le sauveur, plutôt. Hugo voyait déjà la scène. La semaine où le livre paraîtrait, les journalistes et les fans allaient se ruer par dizaines dans la librairie de Melanie. La file d'attente serpenterait autour du pâté de maisons, pour rencontrer Jack et obtenir son autographe. À elles seules, les commandes en ligne d'exemplaires signés dispenseraient Melanie de soucis d'argent pendant dix ans.

— Je n'ose pas te parler de tes reins, dit Hugo.

L'unique vœu d'Andre était d'obtenir un rein pour son père mourant. Quand il était sur l'île, ils n'avaient toujours pas trouvé de donneur.

— Je n'ai offert ni l'un ni l'autre de mes reins. Après tout ce que je leur ai fait subir, je suppose que personne n'en voudrait. Mais, avec l'aide d'un détective à Atlanta, ils ont déniché un cousin éloigné qui était compatible. L'opération devrait avoir lieu très bientôt.

— Jack, tu ne peux pas sauver le monde.

— Et je n'essaierais jamais. J'ai simplement tenu les promesses faites à ces enfants.

Hugo s'étonnait néanmoins... pourquoi maintenant ? Pourquoi Jack avait-il soudain surmonté son chagrin pour se remettre à écrire ? Pourquoi avait-il rouvert les portes de sa maison ? Pourquoi revivait-il enfin ? Hugo s'interrogeait à ce sujet depuis un moment, mais il hésitait à saisir la perche que Jack lui avait tendue. Il savait pourtant qu'une autre occasion ne se présenterait pas de sitôt.

— M'expliqueras-tu pourquoi tu t'es remis à écrire ? Nous ne sommes pas en faillite, tout de même ?

Jack sourit.

— Je vais te répondre, mais sous la forme d'une devinette.
— Soit.
— Ça vient après moi.
Jack était trop altruiste pour faire allusion à la formule « Après moi le déluge ». Hugo chercha donc une solution plus simple et plus plausible. En grammaire, la deuxième personne du singulier suivait la première, donc « toi ».
Toi, Hugo.
— C'est pour moi que tu as fait tout ça ?
Hugo pouvait à peine entendre sa propre voix. Les mots étaient comme des lames tranchantes dans sa gorge.
— Tu allais partir, non ? Et te voici. Tu n'as pas encore préparé tes bagages.
Hugo déglutit.
— Jack…
— Il m'arrive parfois de ne pas voir ce qui est juste sous mon nez. Pendant des années, je me suis reproché de ne pas avoir d'enfants. J'ai compris très tard que j'allais perdre mon fils unique, quand nous avons commencé à recevoir des messages d'agents immobiliers new-yorkais. Et que j'en serais seul responsable. Je savais que tu resterais jusqu'à la fin du concours. Et selon l'issue… eh bien, je trouverais peut-être une raison pour que tu restes.
Trop ému pour parler, Hugo ne put que dévisager Jack.
Il se rappelait le soir où Lucy était venue le voir, prête à rentrer chez elle. Que lui avait dit Jack pour qu'il la convainque de ne pas partir ?
« Détourne son attention. Sollicite son aide pour un projet. »
Il avait raison. Ça avait marché.
— Tout ce fichu concours était une ruse pour me faire rester ? dit finalement Hugo.

Jack éclata de son rire habituel, comme lorsqu'il était épaté par sa propre intelligence. Il donna un coup de coude à Hugo et désigna l'Escalator où descendaient lentement Lucy et Christopher.

— C'est gagné, déclara Jack.

***

Nous y sommes, pensa Lucy alors qu'elle et Christopher atteignaient l'Escalator. Leur nouvelle vie ensemble dans le Maine allait démarrer à l'instant où ils seraient en bas. Christopher s'arrêta avant de mettre un pied sur la marche et leva les yeux vers elle.

— Tout va bien, dit-elle. Soit je te porte, soit tu essaies. Tiens-toi à la main courante, et mets-toi très vite sur la première marche.

Il fit un pas, toucha la rampe et retira sa main comme s'il s'était brûlé. Mais au lieu de se réfugier dans les bras de Lucy, apeuré, il réessaya.

La deuxième fois, il réussit. Il saisit la rampe et s'avança sur l'escalier mécanique. Lucy le retint par le dos de son T-shirt, au cas où.

— Waouh ! dit-il avant de rire tout seul.

— Bravo, mon grand.

Christopher eut un sourire de triomphe. Il souriait beaucoup, ces temps-ci. Les cernes noirs sous ses yeux avaient depuis longtemps disparu. L'air sombre qu'il affichait lors des jours difficiles se montrait désormais rarement. Il souriait, riait et faisait des cabrioles dans la maison sans raison. Juste parce qu'il pouvait le faire. Parce qu'il était maintenant en sécurité. Parce qu'il était aimé. Parce qu'il n'allait plus perdre cette sécurité et cet amour.

Lucy le tira doucement par son T-shirt. Il se tourna vers elle.

— Ta maman t'aime.

— Je sais, répondit-il en roulant des yeux.

Mais aussitôt il s'adossa à elle, car c'était sa façon de dire qu'il l'aimait aussi.

Lucy regarda en bas de l'Escalator et vit Hugo et Jack qui les attendaient. Elle sourit mais s'abstint de leur faire signe ou de dire quoi que ce soit à Christopher. Elle ne voulait pas qu'il s'excite trop et qu'il coure sur les marches mobiles. Il était en train de gazouiller, expliquant que c'était fou car il prendrait tous les jours le bateau pour aller en classe à partir de la semaine prochaine. « Le bateau ! Pour l'école ! Tous les jours ! » Il n'était encore jamais monté sur un bateau, et voilà qu'il allait prendre « le bateau ! Pour l'école ! Tous les jours ! ».

Jack agita la main en direction de Lucy. Hugo était trop occupé à manipuler ce qui ressemblait à un rouleau de papier d'emballage blanc. Elle le vit frapper le bras de Jack. Mais à quoi jouaient-ils donc ? Puis Hugo et lui se séparèrent, et dévidèrent une banderole longue d'au moins trois mètres et haute d'un mètre qui disait « Bienvenue à Lucy et Christopher ».

De toute évidence, Hugo avait peint ce message. Les prénoms étaient inscrits sur le ventre de requins, un élégant grand blanc pour elle, un requin-marteau pour Christopher. En voyant la banderole, le petit garçon ouvrit grand la bouche. Plus moyen de l'arrêter. Il descendit les dernières marches en hâte et courut rejoindre les deux hommes.

Il fallut d'abord embrasser Hugo. Puis Lucy put faire ce dont elle rêvait depuis des semaines.

— Christopher, dit-elle en le prenant par les épaules pour le guider, je te présente Jack Masterson. Jack, je vous présente

Christopher. Mon fils, ajouta-t-elle avec un sourire et plus d'orgueil qu'elle n'en avait jamais ressenti dans sa vie.

Muet, Christopher leva vers Jack des yeux ébahis, respectueux.

— Dis bonjour, lui souffla Lucy.

— Vous êtes vraiment le Cerveau ? demanda l'enfant.

— Qu'est-ce qui a deux aiguilles mais ne peut pas tricoter ? répliqua Jack.

Un sourire s'étala lentement sur le visage de Christopher.

— Une horloge.

— Bravo, mon garçon. Tu te débrouilleras très bien sur l'île de l'Horloge. Allons-y, vous voulez bien ? Adam nous attend sur le parking.

Une fois dans la voiture, Christopher voulut occuper la banquette centrale avec Jack, tandis que Lucy et Hugo s'asseyaient à l'arrière. Dès qu'il fut installé, Jack leur adressa un clin d'œil.

Pendant le trajet jusqu'au quai, Hugo et Lucy eurent une conversation chuchotée, tandis que Christopher et Jack rivalisaient de jacassements.

— Je ne l'ai jamais vu aussi heureux, fit remarquer Hugo. Pas depuis toutes ces années… même avant la mort d'Autumn.

— Christopher est sur un petit nuage, on n'arrivera jamais à le faire revenir sur terre.

— Et vous ? Heureuse ?

Elle posa la tête sur son épaule.

— Il est avec moi. Tout est dit.

***

Les trois derniers mois avaient été frénétiques, le meilleur trimestre dans la vie de Lucy. De retour à Redwood, elle avait été accueillie en héroïne par les enfants de l'école. En son absence, Jack avait envoyé trois cents collections complètes des *Aventures de l'île de l'Horloge*, une pour chacun des élèves de Redwood. Lucy passa le week-end à accorder des interviews aux chaînes de télévision locales et nationales. Puis, le lundi matin, l'année scolaire étant terminée, elle rencontra une spécialiste du droit familial qui travaillait avec Miss Hyde. Il fallut deux semaines pour louer une petite maison dans un quartier sûr, la meubler, et trouver une voiture, mais Christopher fut enfin légalement son fils. Elle avait obtenu l'approbation officielle.

Tous les jours de cet été, ils avaient fait des promenades à vélo ou à pied, ils étaient allés à la bibliothèque. Pendant ce temps, avec Miss Vargas, la juriste, elle avait rempli la demande d'adoption. Tous les fonds avaient été fournis par Jack Masterson.

Et Hugo qui pensait que l'argent ne faisait pas le bonheur !

Pourtant, le meilleur moment, mais le plus difficile, avait été la première colère de Christopher quand Lucy lui avait demandé quelque chose. Elle attendait cet instant où il oserait lui désobéir. Cela signifiait qu'il savait qu'il était vraiment son fils et qu'elle était vraiment sa mère ; il savait que Lucy ne s'en irait pas, même s'il rechignait à ranger son assiette dans le lave-vaisselle après le petit déjeuner, même s'il refusait de se brosser les dents ou de ranger ses Lego, dont la maison était littéralement envahie. Le petit garçon n'était pas un colocataire très ordonné.

— Il me rend chèvre, aujourd'hui, avait confié Lucy à Theresa, un soir particulièrement orageux.

— Félicitations ! avait répondu Theresa en riant. Maintenant, tu es une vraie maman.

Il y avait des moments plus durs, quand Christopher se réveillait en sueur d'un vieux cauchemar et réclamait ses parents en pleurant. Alors, elle ne pouvait rien faire à part le serrer dans ses bras, lui parler ou lui lire un livre jusqu'à ce qu'il se rendorme. Bizarrement, c'était pendant ces nuits déchirantes qu'elle se sentait le plus mère.

Quand vint l'heure de l'adoption officielle, il y avait dans la salle non seulement Theresa et sa famille, mais aussi les institutrices de Christopher et toute sa classe de CE1. Même Mrs Costa, l'assistante sociale, qui avait acheté pour Lucy des ballons où était écrit « C'est un garçon ». Lucy fut heureuse de la voir. Après tout, elle avait raison : il fallait en effet un village entier pour élever un enfant. Et Lucy allait obtenir un village tout neuf. Car ce soir-là, Hugo leur rendit visite dans leur salon et annonça, en tant qu'émissaire du Royaume enchanté de l'île de l'Horloge, qu'il invitait Lucy et Christopher à en devenir les citoyens officiels.

— Il nous demande si nous voulons bien emménager sur l'île de l'Horloge, murmura Lucy à l'oreille de Christopher. Tu penses qu'on devrait ?

Le petit garçon répondit oui. Il prononça le mot « oui » un bon millier de fois.

Le lendemain, plus forte qu'elle ne s'était jamais sentie auparavant, Lucy appela Sean et réussit à avoir avec lui une conversation brève mais polie. Elle lui parla de sa fausse-couche, lui présenta ses excuses pour ne pas l'en avoir informé plus tôt, puis répondit « Jamais » lorsqu'il lui demanda si elle voulait en discuter face à face la prochaine fois qu'elle serait à Portland. Et ce fut tout. Sean. Ses parents. Ses échecs. Lucy avait mis derrière elle son passé et tous ses fantômes, réels et imaginaires.

Presque tous.

***

— Nous y sommes, Lucy, annonça Jack depuis le siège avant.

— Merci. Je vous promets que je ne serai pas longue. Juste une visite rapide.

Jack se pencha par-dessus le siège et lui saisit le bras, puis croisa son regard.

— Prends tout le temps qu'il te faudra.

— Je peux venir ? demanda Christopher.

— Pas aujourd'hui. Mais bientôt, promis, répondit Lucy. Reste avec Jack et Hugo.

— Non, dit Hugo. J'y vais aussi. J'attendrai dans le couloir.

Lucy comprit au ton de voix d'Hugo qu'il serait vain de discuter. Elle adressa à Christopher un sourire rassurant, puis Hugo et elle sortirent du véhicule. Ils franchirent les portes tournantes de l'unité d'oncologie.

— Où allons-nous ? demanda Hugo une fois devant l'ascenseur.

— Au troisième, répondit-elle d'une voix faible, l'estomac noué.

Près de l'ascenseur, un panneau annonçait : « Les visites ne sont pas autorisées aux moins de dix-huit ans. »

Hugo appuya sur le bouton. La cabine s'éleva.

— Vous n'étiez pas obligé de m'accompagner…

— Si. Elle sait que vous venez la voir ?

— Je lui avais dit que je passerais chez elle cette semaine, mais elle m'a signalé par texto qu'elle avait été admise aujourd'hui pour des tests.

Hugo posa la question à laquelle elle évitait de réfléchir :

— Vous savez si c'est grave ?

— Plutôt, répondit Lucy avec un frisson. Elle n'en a peut-être plus que pour trois mois. Quatre si elle a de la chance. Mon Dieu, nous avons perdu tant de temps…

Il garda le silence, se contentant de lui prendre la main pour la presser dans la sienne.

L'ascenseur s'arrêta, les portes s'ouvrirent. Lucy trouva la chambre 3010.

— Je ne bouge pas, déclara Hugo.

— C'est vraiment injuste, chuchota Lucy après un soupir. Je viens de la retrouver. Mais vous le savez mieux que quiconque.

Lucy inspira profondément pour se calmer, puis entra dans la chambre.

— Angie ? dit-elle en écartant le rideau à fleurs suspendu autour du lit.

Sa sœur était assise dans un fauteuil, un joli foulard avec un motif cachemire sur la tête, une couverture bleue sur les genoux, son iPad entre les mains.

— Lucy ! s'exclama-t-elle avec un sourire fatigué mais heureux. Quand es-tu arrivée ?

Lucy aurait voulu prendre Angie dans ses bras, mais celle-ci avait un tuyau attaché au bras et elle n'osait pas la toucher. Angie tendit son autre bras et Lucy lui prit la main. Angie avait la peau froide, la main trop maigre, mais elle serra vigoureusement la main de sa sœur.

— Il y a vingt minutes.

Angie écarquilla les yeux. Elle désigna la porte :

— Va-t'en. Tout de suite. Va-t'en et reviens demain. Je serai encore là.

Lucy ne tint aucun compte de cette injonction et s'assit sur une chaise.

— Ils te gardent pour la nuit ?

— Vu mon passé médical, ils préfèrent pécher par excès de précautions, expliqua Angie avec un haussement d'épaules. C'est comme ça. Maintenant, va-t'en immédiatement et reviens plus tard.

— Je voulais juste te dire que ça a marché. Tu veux que je te ramène chez toi demain, que j'aille nourrir tes chats ce soir, ou autre chose ?

— Les chats sont chez ma voisine. Et quelqu'un doit venir me chercher demain. Ce que je veux, c'est que tu sortes d'ici et que tu emmènes ton fils sur l'île de l'Horloge. Et je veux que tu fasses des photos, des vidéos, pour me les envoyer. Je veux te voir demain, et Christopher dans la semaine, quand je serai rentrée à la maison. OK ? Maintenant, va-t'en avant que je me mette vraiment en colère. Tu interromps ma lecture.

Elle reprit son iPad. Lucy leva les bras en signe de capitulation.

— Je m'en vais, puisque tu es ronchon.

Angie éclata de rire sans que cette gaieté se manifeste dans ses yeux.

— Merci d'être venue, petite sœur.

Lucy reprit la main d'Angie.

— Avant, j'étais furieuse qu'on ne me laisse pas te rendre visite à l'hôpital.

— Veinarde. Maintenant tu as l'âge requis. On s'amuse bien, pas vrai ?

— Comme des folles, riposta Lucy en tâchant en vain de sourire. Ça va ?

— Je suis en paix, assura Angie avec un sourire las. Allez, va-t'en. Dehors. On se revoit bientôt. Et embrasse mon neveu de ma part.

— Je n'y manquerai pas. (Lucy se dirigea vers la porte, puis se rappela une chose.) Ah oui, Christopher m'a donné quelque chose pour toi, hier soir. C'est un cadeau un peu bizarre, mais il tient beaucoup à ce que je te le remette.

— Alors je tiens beaucoup à l'avoir.

Lucy ouvrit son sac et en sortit un objet enveloppé dans du papier de soie bleu noué par un lacet de chaussure.

— Comme tu peux voir, il a fait l'emballage lui-même.

Angie prit le cadeau, ravie de dénouer le lacet et de déchirer le papier. L'objet était un petit requin-marteau en plastique, celui que Lucy avait offert à Christopher.

— Il adore les requins. Tu devrais te sentir honorée. Le requin-marteau est son préféré.

Angie leva la figurine en plastique comme s'il s'agissait d'une antiquité inestimable. Puis elle glissa le corps lisse du requin entre ses doigts et le plaqua contre sa poitrine, contre son cœur. À cet instant précis, sans tambour ni trompette, ni larmes ni feux d'artifice, Lucy pardonna à Angie, et elles furent sœurs, véritablement sœurs, pour la première fois de leur vie.

— Dis-lui que je suis honorée, murmura Angie.

Quand Lucy reparut dans le couloir, Hugo l'attendait encore. Il se leva et lui tendit les bras. Elle s'approcha et il la serra contre lui.

— Ne me dites pas que tout va s'arranger, le prévint-elle.

— Jamais. Je ne suis pas né de la dernière pluie.

Il l'embrassa sur le sommet du crâne.

— Allons-y. Rentrons à la maison.

Lorsqu'ils remontèrent dans la voiture, Lucy avait séché ses larmes. Elle aurait tout le temps de pleurer, mais pas ce jour-là. Cette journée appartenait à Christopher, pas à elle. En tant que mère, elle devait désormais faire passer ses propres sentiments au second plan.

Vingt minutes plus tard, ils étaient devant le ferry.

— Prêt ? demanda Jack à Christopher.

Christopher répondit d'une voix d'environ dix décibels plus forte que nécessaire :

— Prêt !

L'air était chaud, le soleil vif, et le ciel plus bleu que Lucy ne l'avait jamais vu alors que le ferry les transportait vers l'île. Christopher et Jack se tenaient côte à côte à la proue. Jack désignait quelque chose, puis Christopher l'imitait. Quand Jack plaçait sa main au-dessus de ses yeux pour mieux voir un oiseau planant au-dessus d'eux, Christopher en faisait autant.

Derrière eux, Lucy ne put s'empêcher d'en rire avec Hugo.

— On croirait un grand-père et son petit-fils.

— C'est ce qu'ils sont, répondit Hugo en souriant. Avez-vous décidé avec Jack de ce que vous ferez, en tant qu'acolyte officielle ?

— Nous avons de grands projets. D'abord, nous allons créer une organisation à but non lucratif pour offrir des livres, des cartables et des fournitures scolaires aux enfants en famille d'accueil. Les paquets porteront le cachet postal de l'île de l'Horloge. Qu'en pensez-vous ?

— Je pense que c'est l'une des meilleures idées que j'aie entendues.

— Je crois que nous l'appellerons…

Hugo se tourna tout à coup vers l'avant du bateau et leva la main.

Lucy se pétrifia.

— Quoi ?

— Christopher, viens ici et regarde ! ordonna Hugo.

Le petit garçon accourut. Hugo désigna un endroit de la mer où un triangle gris fendit une vague avant de disparaître à nouveau sous l'eau.

— Un requin ? haleta Christopher.

— On en a plein par ici. Ne va jamais nager avec un sandwich au jambon dans ta poche.

Le ferry remonta lentement la côte sud de l'île. Six Heures, Cinq Heures, Quatre Heures.

Lucy prit son téléphone et se mit à filmer. Angie voulait des photos et des vidéos, elle en aurait.

Enfin, ils virent, radieuse sous le soleil, la maison sur l'île de l'Horloge.

— Nous voilà arrivés, annonça Jack à Christopher.

— Quoi ? C'est notre maison ?

Abasourdi, le petit garçon regarda Hugo, puis Lucy.

— Oui, c'est là. Ça te plaît ?

Le ferry atteignit le quai. Le capitaine coupa le moteur.

— Quelle heure est-il ? demanda Jack. Bienvenue sur l'île !

Le sourire de Christopher était plus large que le ciel.

Hugo descendit le premier et aida Lucy, qui aida son fils. Tous trois aidèrent Jack.

***

Christopher fut stupéfait en découvrant les requins peints sur les murs et l'océan qui se trouvait juste derrière sa fenêtre. Tandis que Jack lui apprenait à utiliser une machine à écrire et à donner des noix à Pierre Corneille, Hugo fit signe à Lucy de le suivre dans le couloir.

— Quoi ? murmura-t-elle.

Il regarda à gauche, puis à droite. Il avait une main derrière le dos, ce que Lucy trouvait tout à fait suspect.

— Ne révélez à personne que je vous ai donné ça. L'éditeur de Jack me traînerait dans les rues en me tenant par l'oreille.

Hugo tendit vers elle la main qu'il cachait jusque-là.

Un livre. Pas n'importe lequel.

— *Un vœu pour l'île de l'Horloge.* J'espère que vous aimez la couverture.

Les larmes jaillirent des yeux de Lucy alors qu'elle contemplait le travail d'Hugo. Un petit garçon qui ressemblait exactement à Christopher était assis dans un lit, et une femme exactement comme elle lui lisait une histoire pour l'endormir. Derrière la fenêtre, l'Homme dans la Lune regardait par-dessus l'épaule de la femme comme s'il voulait profiter de sa lecture.

Lucy ne sut que répondre, à part :

— Hugo…

— Je l'ai lu. Il est question d'Astrid, l'héroïne du tout premier livre, qui revient sur l'île lorsqu'elle est plus grande.

— Je suis Astrid, sur la couverture ?

— Bien sûr. Elle et son fils apprennent que le Cerveau a disparu et ils partent à sa recherche.

— Et ils le retrouvent ?

— Ah ! Vous allez devoir le lire pour le savoir. Et vous devriez le lire. C'est zinzin.

— Vous voulez dire que c'est excellent ?

— Vous faites des progrès.

Elle ne pouvait détacher les yeux de la couverture. C'était bien Christopher – ses grands yeux noisette, ses cheveux ébouriffés. Et c'était bien elle – ses cheveux bruns, son profil, et même une de ses écharpes tricotées autour du cou.

— Quand j'étais petite, je voulais être elle, vous savez ?

— Maintenant c'est devenu réalité. Si vous ne m'intentez pas un procès pour avoir utilisé votre image sans autorisation.

Elle l'enlaça et l'embrassa si fort sur la bouche qu'elle faillit laisser tomber le livre.

Christopher arriva en courant dans le couloir, criant son nom. Lucy lâcha Hugo et glissa le volume dans son sac.

— Maman ! Maman ! Maman ! J'ai donné à manger à une vraie corneille.

Elle ne se lasserait jamais de l'entendre l'appeler « Maman ». Même quand il le disait cent fois de suite.

— J'ai vu ça. Bravo ! Et après ? demanda Lucy à Jack. Le puits à souhaits ? Le phare ? Le Marchand d'Orages ?

— Oh, j'ai une bien meilleure idée.

Jack prit Christopher par la main et le conduisit dans le jardin.

Hugo prit Lucy par la main, et ils les rejoignirent.

— Ne bouge pas, ordonna Jack au petit garçon.

Ils restèrent tous derrière la maison pendant que Jack se dirigeait vers la Ville de Petite Aiguille.

— Qu'est-ce qu'il fait ? chuchota Lucy.

— Il s'est beaucoup activé en attendant que vous arriviez enfin tous les deux, répondit Hugo.

Ils entendirent un bruit, le mouvement de roues d'acier et un sifflement strident. Puis l'*Express* de l'île de l'Horloge surgit à l'horizon, Jack occupant le poste de conducteur de la locomotive noire et jaune.

— Lucy ! cria Jack. J'ai terminé de faire poser les rails ! Tu veux qu'on aille à la gare de Samhain, Christopher ? Il paraît que c'est Halloween tous les jours, là-bas !

Christopher était muet d'ébahissement. Ses yeux étaient immenses. Lucy savait ce qui allait venir, et elle prit son téléphone afin de filmer la scène pour Angie.

Il se remplit les poumons d'air, leva les mains et poussa un hurlement de pure joie.

Et pourquoi pas ? songea Lucy. Elle hurla aussi. Comme Hugo. Et comme Jack.

Dans la vie, il y a des moments où on est obligé de crier.

LES AVENTURES DE L'ÎLE DE L'HORLOGE. COLLECTIONNEZ-LES TOUTES !

1. *La Maison sur l'île de l'Horloge*
2. *Une ombre sur l'île de l'Horloge*
3. *Un message de l'île de l'Horloge*
4. *Mystères sur l'île de l'Horloge*
5. *Le Prince de l'île de l'Horloge*
6. *Le Sorcier de l'hiver*
7. *La Quête de l'île de l'Horloge*
8. *La Nuit des gobelins sur l'île de l'Horloge*
9. *Têtes de mort et têtes de lard* (une super-aventure de *L'Île de l'Horloge*)
10. *La Corneille mécanique*
11. *La Machine à fantômes*
12. *Nuit noire sur l'île de l'Horloge*
13. *Les Pirates de Mars contre l'île de l'Horloge*
14. *Le Fantôme de l'Opéra de l'île de l'Horloge*
15. *Les Cavaliers sans tête*
16. *Le Yoyo du Yéti*

17. À l'attaque de l'île de l'Horloge !
18. Le Roi perdu de l'île de l'Horloge
19. Sorcière un jour, sorcière toujours
20. Le Sortilège d'octobre
21. Les Loups-garous de l'île de l'Horloge
22. Le Bateau des cauchemars
23. Le Baron de l'île de l'Horloge
24. Le Sablier magique
25. L'Escalier dérobé
26. Montres marines et monstres marins
27. L'Attrapeur de nuages
28. Le Cirque secret
29. Le Chevalier étoilé
30. La Princesse de l'île de l'Horloge
31. La Porte du squelette
32. Mystère à bord de l'Horloge Express
33. La Forêt des dernières heures
34. Les Maîtres du temps
35. Prisonnier sur l'île de l'Horloge
36. Masques et mascarades
37. La Clé de la tour de l'horloge
38. Le Carnaval du clair de lune
39. Le Gardien de l'île de l'Horloge
40. Les Exclus de l'île de l'Horloge
41. L'île de l'Horloge dans l'espace !
42. La Licorne du vitrail
43. La Chute de la maison sur l'île de l'Horloge
44. Le Plan du labyrinthe
45. Le Chien de l'île de l'Horloge
46. Bizarre Bazar
47. Récits oubliés de l'île de l'Horloge

48. Vol au-dessus d'un nid de corneille
49. Péril à Noël
50. Le Voleur de tonnerre
51. Le Voyage dans le temps perdu
52. Le Secret de l'île de l'Horloge
53. Le Paradoxe du puzzle
54. Évasion sur l'île de l'Horloge
55. La Bibliothèque de presque tout
56. L'Horloge maudite
57. Le Doudou du dinosaure
58. Une boîte de devinettes
59. Un espion sur l'île de l'Horloge
60. La Lanterne à lucioles
61. Le Capteur d'histoires
62. Le Manoir du chat noir
63. Le Chaudron des heures
64. La Créature du lagon de l'île de l'Horloge
65. Il était une mauvaise fois
66. Un vœu pour l'île de l'Horloge

Également par Jack Masterson

NON FICTION
Contes écrits avec une corneille

POÉSIE
Moi, le cyclope
Les Chants des épouvantails

REMERCIEMENTS

Écrire un livre est une activité solitaire en théorie, mais mille mains invisibles sont aussi présentes sur le clavier chaque fois qu'un écrivain se met au travail. Je dois d'abord remercier le Willy Wonka de Gene Wilder pour s'être emparé de mon esprit quand j'étais à l'école primaire. Vous imaginez, participer à un jeu qui pourrait changer votre vie ? Ah, être Charlie invité dans la chocolaterie ! Ma plus profonde gratitude va également aux centaines de familles d'accueil et d'enfants autrefois en famille d'accueil qui m'ont fait partager leur expérience, dans des livres, des articles de journaux et sur les médias sociaux. Toutes les histoires sont différentes. Certaines sont heureuses, d'autres sont horribles. Mais nous serons tous d'accord sur un point : tout enfant en famille d'accueil mérite une issue aussi heureuse que celle de Christopher. Je souhaite autant de joie et d'amour à ces enfants et à ceux qui veillent sur eux. Mes excuses pour toutes les erreurs et omissions contenues dans ce livre quant aux réalités et aux aspects juridiques de l'adoption. J'ai choisi de me focaliser sur les espoirs, les rêves et les vœux d'un enfant en famille d'accueil plutôt que sur les complexités du système.

Merci à mes merveilleux parents et à ma fabuleuse sœur pour tout leur amour et leur soutien. Merci à mon génie de mari qui a repéré dans le livre des problèmes que personne n'avait vus. Merci à mes premiers lecteurs dont l'aide m'a été inestimable. Kira Gold, talentueuse autrice et costumière qui, comme Hugo, a un frère bien-aimé qui souffre du syndrome de Down. Grand merci également à Kevin Lee, mon artiste britannique préféré, et à Karen Stivali, écrivain, mère et ex-thérapeute (et amie très chère). Earl P. Dean, le premier auteur à avoir lu quelques pages que j'avais écrites, m'a dit que si je terminais ce livre, il serait ravi de le lire. Merci, Earl ; j'espère qu'il vous plaira !

Merci à mon extraordinaire, prodigieuse, sublime agent littéraire, Amy Tannenbaum, et à toute la formidable équipe de l'agence Jane Rotrosen. Ô apprentis écrivains, sachez qu'il y a une vie après la mise au rebut ! Merci à Shauna Summers, éditrice incroyable. Vos idées et votre enthousiasme sont sans prix pour moi.

Et un remerciement spécial à l'épisode 470 de l'émission de radio *This American Life*. « Juste au sud des licornes » raconte l'histoire d'Andy, un petit garçon qui, en 1987, s'est enfui de chez ses parents à New York pour aller en Floride, chez Piers Anthony, auteur de fantasy, qu'Andy considérait comme son héros. En réalité, Andy, ce livre est pour toi et pour tous les enfants qui, alors que leur vie était sombre, ont trouvé la lumière entre les pages des livres.

Merci beaucoup à tous.

P. S. : Les enfants, ne fuguez pas, s'il vous plaît.